Alte Ruinen, die dunklen Häuserschluchten der New Yorker Nachtwelt, der einsame See eines verschlafenen Fischerdorfs – **Juna Black** fühlt sich überall wohl, wo sich ein Schauer über den gesamten Körper legt. Schon als Jugendliche entdeckte die Amerikanerin ihre Vorliebe für finstere Orte, schaurige Geheimnisse und böse Jungs. Ihre Erlebnisse lässt sie auf gefühlvolle Weise in ihre Romane einfließen. Dunkle Romantik, das Spiel mit dem Feuer, leidenschaftliche Küsse mit Bad-Boys und der Glaube, dass es das wahre Happy-End wirklich geben kann – das alles findet sich in ihren sexy-knisternden Büchern wieder.

JUNA BLACK

KING OF REAPER MC

ER IST DEIN UNTERGANG

Überarbeitete Neuausgabe April 2022

Copyright © 2022 dp Verlag, ein Imprint der
dp DIGITAL PUBLISHERS GmbH

Made in Stuttgart with ♥
Alle Rechte vorbehalten

King of Reaper MC

ISBN 978-3-98637-588-1
E-Book-ISBN 978-3-98637-587-4

Copyright © 2019, dp Verlag
Dies ist eine überarbeitete Neuausgabe des bereits 2019 bei dp
Verlag erschienenen Titels *Rebel Hearts – Das Licht in meiner
Dunkelheit* (ISBN: 978-3-96087-809-4).
Covergestaltung: Anne Gebhardt
Umschlaggestaltung: ARTC.ore Design
Unter Verwendung von Abbildungen von
shutterstock.com: © MIX of ALL SOLUTIONS, © Val_Iva
stock.adobe.com: © LeitnerR , © Chinnapong , © r_tee
istockphoto.com: © LightFieldStudios
elements.envato.com: © PixelSquid360, © Muntab_Art, © MikiBith,
© ilhamtaro, © RockboyStudio
Lektorat: typo18
Satz: dp DIGITAL PUBLISHERS GmbH
Druck und Bindung: Books on Demand GmbH, Norderstedt

Kapitel 1 – Im Glanz der Nacht

Hastig blicke ich mich um.

Die Lichter zucken grell, Musik dröhnt in meinen Ohren, und vom Schweiß nass glänzende Körper bewegen sich rhythmisch zu den Klängen aus den Boxen.

„Entspann dich, Samantha. Sie sind nicht hier." Amüsiert nippt meine Stiefschwester Theodora am Champagnerglas und stupst mich behutsam in die Seite. „Wir können also ganz in Ruhe feiern."

Sie hat recht. Weit und breit keine Bodyguards. Normalerweise erkenne ich sie am mürrischen Blick, der aussieht, als gäbe es sieben Tage Regenwetter, und den schlecht sitzenden Jacketts, doch auf der Tanzfläche des New Yorker Klubs sind keine Anzugträger zugegen. Nur Menschen in zu knapper Kleidung, die in diesem viel zu heißen Sommer ein wenig Ablenkung suchen und sich die mit Eiswürfeln gekühlten Drinks gegen die Stirn drücken.

„Er hat Wort gehalten", flüstere ich mehr zu mir als zu Theodora und lasse mich ein wenig tiefer in den Sessel irgendeines Edeldesigners sinken.

„Natürlich hat er das", sagt sie empört. „Immerhin ist es dein dreißigster Geburtstag. Da wird dein Vater seine kleine Prinzessin doch mal ohne schwer bewaffnete Leibgarde aus dem Haus lassen." Sie zwinkert mir zu und erhebt ihr Glas. „Also, alles Gute, Schwesterherz. Und jetzt genieß deinen Abend."

Ich stoße mit ihr an. Das helle Klirren geht im wummernden Bass unter. Noch immer kann ich es nicht fassen. Verdammt, ich bin jetzt dreißig! Eben noch saß ich auf Daddys Schultern, während er mich durch unsere Villa getragen hat, und jetzt prangt die böse Drei vorneweg.

Ich streiche mir über das schwarze Kleid, richte meine blonden Haare und lächle meine Stiefschwester an. „Danke, Theodora. Was wäre ich nur ohne dich?"

„Hilflos, und die Firma wäre pleite." Sie leert den Champagner in einem Zug und ordert zwei neue Gläser. Als der Kellner den Nachschub zum VIP-Bereich bringt, gibt sie mir eines und zieht mich auf die Füße. „Und jetzt wird getanzt. Der Typ da hinten sieht dich schon die ganze Zeit an." Dabei deutet sie verschwörerisch auf einen Mann mit hellblondem, gegeltem Haar, der lässig an der Theke lehnt. Als er meinen Blick bemerkt, prostet er mir zu. Das Erscheinungsbild des Mannes geht stark in Richtung Schwiegermutters Liebling.

„Das ist dein Typ?", will ich etwas zu pikiert wissen und mustere ihn von oben bis unten.

„Sam, das ist der Typ von *jeder* Frau!" Sie lacht auf, schiebt mich aus der Lounge auf die Tanzfläche. Dabei kommt sie ganz nah an mein Ohr. „Tolle Haare, nettes Lächeln, super Figur. Wenn er jetzt noch Arzt oder Anwalt ist, schnappe ich ihn dir weg."

Ich zucke mit den Schultern und lächle herausfordernd. „Nur zu. Deiner Mutter würde es gefallen, wenn endlich Enkel da wären."

„Deinem Vater ebenso. Er wünscht sich schon lange jemanden, der das Firmenimperium weiterführen kann, wenn die Tochter schon keine Lust darauf hat“, erwidert sie augenzwinkernd und zieht mich weiter zu dem Mann.

„Ich habe doch dich“, gebe ich zurück und hebe die Augenbrauen. Mir ist nur allzu bewusst, dass Theodora es nicht so meint, aber sie trifft einen wunden Punkt. Auch wenn Vater es sich noch so sehr wünscht, die Führung unserer Firma ist einfach nicht mein Ding. „Du leitest die *Mayflower Incorporation* besser als jeder andere. Außerdem kann ich mich dann in Ruhe auf mein Studium konzentrieren.“

„Und auf die Partys“, sagt Theodora, in Anspielung darauf, dass ich immer noch keine Ärztin bin, und streckt die Zunge raus.

„Touché, kleine Schwester.“ Wir stoßen an und lachen.

Während wir uns im Rhythmus der Musik bewegen, suche ich den Blick des Mannes. Noch immer steht er allein, fesselt mich mit seinen Augen. Zwei Haarsträhnen fallen ihm ins Gesicht und verleihen ihm etwas Geheimnisvolles. Theodora hat recht – er ist ein äußerst attraktives Exemplar der Gattung Mensch.

„Interesse?“, ruft sie absichtlich laut.

Schon, aber … Trotzdem schüttle ich den Kopf. „Du bist diejenige, die sich ein wenig Spaß gönnen sollte“, antworte ich und lege meine Stirn in Falten. „Immerhin arbeitest du seit Monaten beinahe ununterbrochen.“

„Keine Chance, Sam. Heute ist dein Geburtstag, also lasse ich dir den Vortritt.“ Sie packt mich an der Hüfte und schiebt mich zu dem Unbekannten. Ich stolpere und falle ihm direkt in die Arme. „Gern geschehen", haucht sie noch, trinkt einen Schluck und ist innerhalb von wenigen Lidschlägen in der tanzenden Menge verschwunden.

Dieses kleine, verschlagene Mistst...

„Wow, ich muss deiner Freundin dankbar sein." Der Mann hilft mir vorsichtig auf die Beine. Seine Stimme dringt mühelos durch die Musik und legt sich wohlig in meine Ohren.

„Schwester."

„Wie bitte?"

„Sie ist meine Stiefschwester. Mein Vater hat ihre Mutter geheiratet und ... Ach, ist ja auch egal."

Der Kerl sieht wirklich nicht schlecht aus, duftet nach süßlichem Parfüm, und seine blauen Augen glänzen so sehr, dass er einem *Disney*-Film entsprungen sein könnte. Mein ganz persönlicher Prinz Charming. Außerdem flirte ich für mein Leben gern und sollte es genießen, dass sich gerade keine fünf Bodyguards um uns postieren.

„Ich bin übrigens Samantha", stelle ich mich vor und rücke noch ein Stückchen an ihn heran. Die Wärme seiner Haut löst ein Prickeln in mir aus, das der letzte Schluck Champagner noch verstärkt.

„Nikolas", entgegnet er und schüttelt mir die Hand. „Darf ich dir einen Drink ausgeben?"

Ich ziehe einen Schmollmund und tue so, als würde ich überlegen, und spiele mit meinen Haaren. „Mhm, mein Vater hat mir verboten, etwas von Fremden anzunehmen."

„Dein Daddy ist nicht hier", raunt mir Nikolas zu. „Außerdem bin ich kein Fremder. Richtig, Sam?" Wieder dieses Lächeln.

Zumindest ist er nicht auf den Mund gefallen. Gefällt mir. „Okay, ein Drink, und dann muss ich wieder zurück."

Er lacht auf. „Wieso, Aschenputtel? Schlägt dann die Uhr Mitternacht? Ist der Zauber dann vorbei, dein Kleid verwandelt sich, und ich muss die ganzen Königslande absuchen, damit dein gläserner Schuh passt?", will er wissen und ordert die Getränke.

Ich schüttle den Kopf. „Nein, das nicht. Aber wenn ich erst in den Morgenstunden nach Hause komme, wird mein Dad vielleicht nervös und sendet eine Truppe von Elitesoldaten aus, um mich zu finden."

„Mir gefallen Frauen, die nicht leicht zu haben sind."

Er hält es für einen Scherz. Gut so. Ich würde mir selbst kaum glauben, wenn die Wahrheit nicht so erschreckend wäre. Wir lachen gemeinsam und stoßen an. Okay, Humor hat er auch. So langsam bin ich Theodora dankbar, dass sie mich, wenn auch auf unsanfte Weise, zu diesem Flirt gezwungen hat.

„Weißt du, mit wem du eine gewisse Ähnlichkeit hast?"

Oh, bitte nicht. Es war gerade so schön.

„Vielleicht mit Beyoncé?" Nachdenklich lege ich den Zeigefinger an meine Lippen. „Gut, ich habe nicht ihre schönen Locken, kann weder singen noch tanzen und besitze auch keine eigene Fernsehshow, aber ansonsten passt es doch ziemlich gut, oder?", will ich scherzhaft wissen.

„Nein, nicht wirklich." Nikolas kraust angestrengt die Stirn und trinkt einen großen Schluck. Ich kann förmlich hören, wie in seinem Kopf die Zahnräder ineinandergreifen und zu arbeiten beginnen. „Eher mit dieser Mayflower-Prinzessin."

Mayflower-Prinzessin, pah! Den Groll spüle ich mit *Veuve Clicquot* herunter und verziehe keine Miene. „Nie gehört." Mit ein wenig Glück kann ich ihn noch ablenken. Leicht berühre ich seine Hand und streiche mit den Fingerspitzen den Arm hoch. Auch wenn ich um einiges weniger Erfahrung habe, als mir die Presse andichten will, habe ich das Flirten noch nicht verlernt. Zumindest hoffe ich das.

Inständig.

Seine Bewegungen stocken, als wäre sein Blut zu Eis gefroren, dann fixieren mich seine stahlblauen Augen. „Wirklich nicht? Du kennst nicht die Partyprinzessin des Firmenimperiums? Alleinige Erbin der *Mayflower Incorporation*? Verlassen von ihrer Mutter im Kindesalter und zu blöd, um die eigene Firma zu führen?" Er reibt sich über das glatt rasierte Kinn. „Sogar das muss ihre Schwester übernehmen."

„Stiefschwester."

„Wie bitte?"

„Ach, nichts."

Er sieht mich an, als würde ich von einem anderen Stern kommen. Ich intensiviere meine Berührungen, rücke noch ein Stück an ihn heran und lasse wie zufällig ein Bein gegen seines streifen. Seine Nähe lässt mich erschauern, und ich bin mir sicher, ihm geht es genauso.

Er schaut mir tief in die Augen. Am liebsten würde ich über alles andere reden, nur nicht darüber. Doch Nikolas ist selbst durch meine Zärtlichkeiten nicht davon abzubringen.

„Jeder kennt die Mayflowers und besonders die zickige Samantha, die schon Jahre Medizin studiert, weil sie ja ach so gerne in die Fußstapfen ihres allmächtigen Vaters treten möchte und immer noch keine Ärztin ist." Seine Stimme wird leiser und ist durchzogen von beginnender Lust. Trotzdem holt er sein Mobiltelefon hervor. „Ein wenig Ähnlichkeit ist nicht von der Hand zu weisen, aber du siehst um einiges besser aus, und deine Augen strahlen heller als ..." Sein Blick schnellt vom Display zu meinem Gesicht und zurück. „Fuck!"

Es ist immer die gleiche Reaktion, wenn die Menschen erkennen, dass die Figur aus den Klatschgeschichten tatsächlich ein Mensch aus Fleisch und Blut ist.

„Nenn mich einfach Sam", sage ich und drücke mich an seine Brust. „Noch kannst du abhauen, ohne dass die Presse peinliche Fotos schießt, wie du mit der Partyprinzessin flirtest." Die letzten Silben speie ich förmlich aus. Ich hasse diesen Beinamen.

„Und wenn ich das nicht will?", erwidert Nikolas gedämpft, lässt das Handy in die Tasche gleiten und streicht mir über die Wange. „Du hast heute Geburtstag, wenn ich es richtig gelesen habe."

Ich nicke. Einige Zeitschriften haben dem Ereignis sogar eine hämische Sonderseite mit meinen größten Verfehlungen und Alkoholeskapaden gewidmet – extrem unvorteilhafte Fotos inklusive.

„Wieso? Hast du ein Geschenk für mich?", will ich wissen und lasse den Blick über die Tanzfläche schweifen. Noch immer keine Bodyguards in Sicht, und ich fühle mich seit langer Zeit endlich richtig frei.

„Ich kenne den Besitzer des Klubs", antwortet er schnell und nickt in Richtung einer Tür neben der Theke. „Wenn die Gerüchte in den Zeitungen stimmen, bist du ja eher ein böses Mädchen."

Soll ich ihn für diese Bemerkung eine Ohrfeige verpassen oder ihn küssen? Beides hätte einen gewissen Reiz. Ich entscheide mich für eine völlig andere Variante und probiere es mit entwaffnender Ehrlichkeit. „Ein böses Mädchen, das noch nie einen festen Freund hatte."

„Du verarschst mich!"

„Ich wünschte, es wäre so. Dazu hatte ich leider nicht mal im Ansatz so viel Spaß, wie mir die Journaille andichtet. Und bei Weitem nicht so viele Typen. Aber das verkauft sich natürlich nicht so gut. Deshalb drucken sie auch lieber alte Fotos, auf denen ich betrunken aus einer Limousine steige, mit einem Fremden rumknutsche und einen zu kurzen Rock trage." Wieder streiche ich über seine Hand. Mir ist unklar, ob der Alkohol aus mir spricht oder ich so trunken von der unbekannten Freiheit bin, dass es mir zu Kopf steigt, doch plötzlich beginnt mein ganzer Körper, zu kribbeln und sich etwas zu wünschen, was er allzu selten verspüren durfte. „Allerdings ist immer irgendwann das erste Mal." Behutsam schmiege ich mich an ihn. „Ich würde mich gerne wieder fallen lassen."

Er streicht zärtlich über meine Wange und kommt näher. Mein Herz schlägt mir bis zum Hals, als wir uns küssen. Gefühlvoll berühren sich unsere Lippen, seine Zunge spielt mit meiner. Ich nehme nichts mehr um mich herum wahr, nur noch seine Zärtlichkeiten. Seine Fingerspitzen fahren über meine Seiten, suchen sich langsam einen Weg zur Hüfte und stoppen erst an der empfindlichen Stelle über meinem Po. Als sich unsere Lippen trennen, ist die Luft wie elektrisiert.

Nikolas' Berührungen sind wie Federstriche, als er über mein Schlüsselbein streichelt. „Mir scheint, du gehörst zu den Menschen, die bekommen, was sie wollen."

„Könnte sein."

„Ich wette, dein Dad hat dir früher auch ein Pferd geschenkt, wenn du eins wolltest."

„Sogar eine ganze Ranch." Ich muss lächeln, wenn ich daran zurückdenke. „Aber ich habe sie dem Tierschutz gespendet."

Auch seine Mundwinkel ziehen sich bei dem Gedanken nach oben. „Und was möchte die Partyprinzessin jetzt?"

Nun bin ich diejenige, die in die Offensive geht und seine Lippen zärtlich durchbricht, während uns ein Kokon aus Begierde umgibt und mit jedem weiteren Lidschlag an Kraft gewinnt. „Zeig mir den Abstellraum, Nikolas."

Er zögert keine Sekunde. Gemeinsam verschwinden wir hinter der Tür, lassen das Partyvolk hinter uns. Die Musik dringt nur noch gedämpft an unsere Ohren. Der Geruch von abgestandenem Bier erfüllt den engen, viel zu heißen Raum und wird nur von seinem Parfüm übertroffen. Im schummrigen Licht erkunde ich seinen Körper mit hastigen Berührungen. Ich kann meine

Finger nicht mehr bei mir lassen, öffne zwei Knöpfe seines Hemds und streichle über seine Brust. Die hitzigen Küsse brennen auf meiner Haut, und ich spüre die wachsende Lust in seiner Hose. Nikolas fasst behutsam in meine Haare, bündelt sie zu einem Zopf und zieht sie sanft zurück. Meinen frei liegenden Hals bedeckt er mit Küssen, und plötzlich flattern tausend Schmetterlinge in meinem Bauch.

Geschickt öffnet er den Reißverschluss meines Kleids und fängt an, meinen Busen durch den BH zu massieren. Gleichzeitig fahren seine Fingerspitzen über meinen Hals. Dabei hinterlassen seine Berührungen eine brennende Spur, die sich tief in meine Lust frisst. Ich lege den Kopf schief, fahre über seinen durchtrainierten Bauch und schließe die Augen.

Der Raum hat die Hitze der Nacht gespeichert. Ein Tisch, von Spirituosen umrahmt, präsentiert sich perfekt für unsere Zwecke. Schnell drehe ich mich um, entziehe mich seinen Küssen und gehe lasziv auf den Tisch zu. Mit beiden Händen stütze ich mich darauf ab und senke den Kopf. Tief atmend erkenne ich am Rascheln, wie er sich seines Jacketts und des Hemds entledigt. Ich bin wie im Rausch, weiß selbst nicht, was ich tue, und koste dieses unbändige Verlangen in mir aus.

Gerade als ich den Gedanken zu Ende gedacht habe, spüre ich seine Hände auf meinem Kleid und sein glatt rasiertes Kinn an meinem Nacken. Mir entfährt ein lang gezogenes Seufzen, das sich in einem kurzen Schrei verliert, als er meine Haare grob packt und zu sich zieht. Mein Hals liegt für ihn jetzt frei, und wäre er ein Vampir, wäre ich nun seine wehrlose Beute und in wenigen Augenblicken tot. Als wäre er imstande, meine Gedanken zu lesen, bedeckt er die empfindlichen Seiten meines Halses erst mit Küssen, dann beißt er hinein. Mit jedem kleinen Schmerz, den Nikolas' Zähne auf meiner Haut hinterlassen, drücke ich meinen Po an sein Becken, um den Druck zu erhöhen. Rücklings schmiege ich mich an seine weichen Lippen und streichle über seinen Hinterkopf. Augenblicklich ballt sich meine Hand zur Faust und fasst sein Haar, sodass ich seine Liebkosungen dirigieren kann. Selbst durch den Stoff unserer Kleidung kann ich spüren, dass sein bestes Stück die volle Größe erreicht haben muss – oder zumindest hoffe ich es. Mit einem rauen Grunzen wirbelt er mich herum und drückt mich auf die Tischplatte. Als seine Hände langsam über die Außenseiten meiner Beine fahren, sich in meinem Po festkrallen und er sein Becken vorschiebt, meine ich, den Verstand zu verlieren. Als hätte jemand die Saite einer Gitarre zu hart aufgezogen und würde mit Gewalt weiter an ihr drehen, spielt er nun mit mir.

Meine Gedanken sind bereits einen Schritt weiter, da reißt mich gleißendes Licht aus den Träumen.

„Samantha Mayflower?", will eine mir unbekannte Frauenstimme wissen. Die Lady betätigt den Lichtschalter und leuchtet mir zusätzlich mit der Taschenlampe ins Gesicht.

„Ja", antworte ich unsicher. Ich blinzle ein paarmal, meine Augen müssen sich erst an die neuen Lichtverhältnisse gewöhnen. Jetzt erkenne ich die Umrisse mehrerer Polizisten. Ich werde grob gepackt und gegen die Wand gedrückt.

„Sie sind verhaftet", bellt die Stimme. Immer mehr Cops drängen in den Raum. „Hier ist sie! Der Barmann hatte recht."

Ich seufze theatralisch. „Hören Sie, es tut mir leid, wenn wir hier nicht sein sollten. Nikolas meinte, dass er den Besitzer kenne."

Unverständnis spricht aus den Augen des weiblichen Cops. Ich muss die Beine spreizen, werde am ganzen Leib abgetastet, während die Beamten mit kalter Mechanik arbeiten. Im gleißenden Licht funkeln Handschellen, dann erfüllt ein metallisches Klicken den Raum, und ich bin gefesselt.

„Darum geht es nicht."

„Sondern?"

Die Polizistin sieht mich scharf an. „Samantha Mayflower, Sie werden des Mordes beschuldigt."

Hitze steigt mir ins Gesicht, obwohl meine Glieder eine plötzliche Taubheit überkommen und eiskalt sind. „Wie bitte? Wen soll ich ermordet haben?"

Als die Worte ihre Lippen verlassen, bricht für mich eine Welt zusammen.

„Doktor Adam Mayflower." Sie macht eine kurze Pause. „Ihren Vater."

Kapitel 2 – Andere Welten

Ich wähne mich in einem Albtraum.

Anders kann ich mir das nicht erklären.

Eng und scharf liegt das kalte Metall der Handschellen um meine Gelenke und schneidet mir unnachgiebig ins Fleisch. Ich sitze auf einer hölzernen Bank, umgeben von Gitterstäben, und blicke auf den verdreckten Boden unter meinen Stilettos. Keine Träne, keine Emotionen sind aus meinem Gesicht zu lesen, nur die bohrende Gewissheit, dass von nun an nichts mehr so sein wird, wie es einmal war.

Noch vor einer halben Stunde war ich die Hauptperson einer bittersüßen Verführung, doch als mich die Cops in Handschellen durch den Klub geführt haben, haben die Menschen ihre Handys gezückt, und ich wurde zu einer weiteren Schlagzeile. Wahrscheinlich sind diverse Internetseiten jetzt schon voll von der Partyprinzessin, die auf der Tanzfläche eines New Yorker Edelschuppens verhaftet wird und ihren eigenen Vater ermordet haben soll. Theodora wurde von den Beamten zurückgehalten, hat mir nachgerufen, dass alles gut werden würde, doch ich weiß, dass es eine Lüge war.

Dad …

Die Erkenntnis trifft mich wie ein Schlag in die Magengrube. Er ist tot. Ermordet. Nichts wird ihn zurückbringen.

Und in der Zeit, in der ich in Lower Manhattan im Gebäude des New York Police Department gefesselt auf meine Vernehmung warte, läuft sein Mörder frei herum. Wut mischt sich mit Trauer zu einer grausamen Melange, die kaum auszuhalten ist. Meine Hände formen sich zu Fäusten, bis sie zu kribbeln beginnen. Eben noch war mein Leben in Ordnung – ach, was rede ich, es war wunderschön. Doch jetzt liegt es in Scherben vor mir, während ich im Abendkleid neben gelangweilt wirkenden Ladys sitze, die ihr Geld offensichtlich im horizontalen Gewerbe verdienen, und mich der Typ in der Nachbarzelle fixiert, als wäre ich Freiwild.

„Begleitservice?" Die Stimme meiner Sitznachbarin reißt mich aus meinen Gedanken.

Ich will mir übers Gesicht fahren, spüre, wie die Handschellen tiefer in meine Haut schneiden, und lasse die Arme sinken. „Wie bitte?"

„Du kommst doch bestimmt aus dem Escort, oder?", will die dunkelhäutige Frau mit der Zahnlücke wissen. Ihre blond gefärbten Haare wippen bei jeder Bewegung. „Du weißt schon, High Class. Geschäftsleute aus Japan, schicke Restaurants, teure Hotels, und nach einem kurzen Ritt liegen sie schnaufend in deinen Armen." Sie lehnt sich zu mir herüber, sodass ihr Rock in Leopardenmuster spannt. „Kannst du mich da reinbringen? Du weißt schon, in deine Agentur." Sie lächelt und mustert mich von oben bis unten. „Wenn ich mir dann auch so einen Fummel leisten kann, bin ich sofort dabei. Aus welchem Schuppen sind die?"

Ich verschweige, dass der Schuppen *Chanel* heißt, und sehe wieder auf den Boden. Nicht eine Silbe gebe ich von mir. Es ist, als würde es mir das Herz zerreißen, und nur der flammende Zorn lässt mich nicht in Tränen ausbrechen.

„Ich bin übrigens Cassy", ergänzt die Lady neben mir und rutscht wieder auf ihren Platz. „Natürlich heiße ich nicht so, aber ich werde von allen so genannt." Sie massiert ihre viel zu langen, rot lackierten Fingernägel. „Schon komisch, oder? Ich stelle mich gar nicht mehr mit meinem richtigen Namen vor, hab ihn beinahe vergessen. Du weißt schon, mit der Zeit werden wir zu den Masken, die wir uns vorhalten."

„Wie bitte?" Die Worte der Frau scheinen einfach keinen Sinn zu ergeben. Wie alles hier.

„O Kindchen, du bist noch nicht lange dabei, oder?" Sie lehnt sich zu mir und streichelt mit den Fingerspitzen meinen Rücken.

Eigentlich sollte mir die Berührung unangenehm sein, doch aus irgendeinem Grund trösten mich ihre Zärtlichkeiten, und ich schließe die Augen. „Samantha", sage ich schließlich kaum hörbar. „Aber alle nennen mich Sam." Endlich gelingt es mir hochzusehen. Ihr Lächeln schenkt mir einen Funken Trost in meiner dunkelsten Stunde. „Wie ist dein Name? Also, dein richtiger?"

Sie zögert einen Moment. „Patricia."

„Ein wirklich schöner Name. Du solltest ihn auf keinen Fall vergessen." Ich versuche, ihr die Hand zu reichen, doch die Ketten der Handschellen sind zu kurz. „Was passiert jetzt, Patricia?", will ich zaghaft wissen und betrachte aus dem Augenwinkel den gefesselten

Typen in der benachbarten Gewahrsamszelle. Er liegt im Schatten, ich kann nur seine Silhouette erkennen. Die Fußfesseln rasseln ab und zu. Was muss er getan haben, um von den Cops mehrfach gefesselt zu werden? Ich schaue genauer hin. Über ihm sind die Lampen defekt, als wolle das Schicksal sein Gesicht vor mir verbergen. Trotzdem scheint er die Ruhe selbst zu sein, und obwohl ich seine Augen nicht sehen kann, spüre ich, dass er mich beobachtet, einem gefährlichen Raubtier gleich.

„Als Erstes werden sie dich befragen, dann wirst du dem Haftrichter vorgeführt. Mit ein wenig Glück, guten Anwälten oder Geld kommst du hier raus, und es wird Kaution erlassen. Ansonsten buchst du ein One-Way-Ticket ins Staatsgefängnis und verrottest da, weil sich niemand um Huren wie uns kümmert." Sie wartet eine Sekunde, tippt mir behutsam auf die Schulter und deutet in Richtung des Mannes. „Von dem solltest du dich fernhalten", flüstert sie. Offensichtlich hat sie meinen Blick bemerkt.

Ich reiße mich mit aller Willenskraft los, um den Typen nicht weiter zu fixieren. „Warum?"

„Siehst du seine Kutte? Er ist ein *Reaper.*"

Der Mann bewegt sich. Seine Pranke streichelt die Gitterstäbe, als wären sie seine Geliebte. Ein Ring blitzt aus der Finsternis hervor, und ich bemerke etliche weiße Narben. Stumme Zeugen zahlloser Kämpfe, die er ausgetragen haben muss. Nicht schwer zu erraten, dass ihm Police Departments nicht fremd sind. Eine Tür wird geöffnet, und einen Moment lang dringt ein Lichtstrahl durch den Schatten. Für den Bruchteil einer Sekunde kann ich seine tiefschwarzen Augen sehen.

Sie funkeln mich aus tief liegenden Höhlen an, als würde er am liebsten aufspringen wollen, um mir die Kehle zuzudrücken. Mir läuft es eiskalt den Rücken hinunter. „Was ist ein *Reaper*?"

Patricia seufzt auf. „Der *Reaper MC* ist ein Motorradklub. Du weißt schon, Waffen, Immobilien, Schutzgeld. Böse Jungs, bei denen man lieber die Straßenseite wechseln sollte." Ihre Stimme ist nicht mehr als ein Flüstern. „Und besonders so Mädchen wie du, die neu im Business sind." Sie holt Luft, legt die Stirn in Falten. „Kenne ich dich nicht irgendwoher? Hast du mal an der hundertfünfunddreißigsten Straße in East Harlem gestanden? Dort ist nämlich mein Platz."

„Nein", wispere ich kopfschüttelnd und drehe das Gesicht in den Schatten. Das Letzte, was ich jetzt brauche, ist jemand, der mich unter all diesen Leuten erkennt.

Wieder zucke ich zusammen, als die Tür ins Schloss fällt. Kurz darauf öffnen zwei Cops die Gittertür und deuten auf mich. Ich zittere am ganzen Leib.

„Dein Taxi ist da." Patricia klopft mir umständlich auf die Schulter. „Wenn du rauskommen solltest, besuch mich mal, Sam."

Die zwei Polizisten lösen die Handschellen von der Holzbank, packen mich am Unterarm und reißen mich unsanft auf die Füße. Kurz kann ich mich noch zu meiner Sitznachbarin umdrehen. „Das werde ich, Patricia."

„Und, Kleines", sie sieht mich aus ihren großen dunklen Augen an, „du weißt schon – durchhalten."

Gerade noch schaffe ich es, ihr zuzunicken, dann werde ich aus dem Raum gezogen. Kälte legt sich um mein Herz wie eine düstere Vorahnung.

In dem hell erleuchteten Gang sehen mich die Cops an, als wäre ich Aileen Wuornos, die bekannteste Serienmörderin der Welt. Hass und Abscheu schlagen mir entgegen. Nach einer halben Ewigkeit werde ich in einen Raum mit glatt verputzten weißen Wänden und einem riesigen Spiegel geschoben. Sofort schießen mir Tränen in die Augen.

„Marge!" Ich werfe mich meiner Stiefmutter in die Arme. Seit meinem sechsten Lebensjahr, als uns meine leibliche Mutter von einem auf den anderen Tag ohne Erklärung verlassen hat, wurde Margarete erst zur Freundin und dann zu einer Frau, die einer Mutter schon verdammt nahekommt. Sie und meine Stiefschwester haben sogar unseren Familiennamen angenommen. Ich bin überglücklich, sie zu sehen, und möchte sie gar nicht mehr loslassen.

„Sam, was haben sie nur mit dir gemacht?"

„Stimmt es?", will ich wissen, unterdessen streichelt sie mir zärtlich über die Wange. „Ist er …?"

Marge nickt traurig. Sekunden verstreichen stumm. Während ich keine Träne vergießen kann, fließt ihre Trauer in Strömen.

„Jemand hat ihn vergiftet." Der Ton ihrer Stimme schwankt zwischen Ohnmacht und Wut. Wer könnte es ihr verdenken? „Ausgerechnet in seinem geliebten Arbeitszimmer."

Wie oft habe ich Daddy als kleines Mädchen dort besucht, wenn er bis spät in die Nacht gearbeitet hat? Wie oft habe ich auf der unbequemen Couch geschlafen, nur um bei ihm zu sein? Dort habe ich meine Liebe zur Medizin entdeckt, habe von ihm gelernt und dabei zugesehen, wie er aus einer mittelgroßen Investmentfirma die riesige *Mayflower Incorporation* erschaffen hat.

„Vergiftet", wiederhole ich, ohne es wirklich zu verstehen.

„Das genügt." Die Worte des weiblichen Detective unterbrechen uns. Sie kommt auf uns zu, trennt uns und drückt mich grob auf einen Stuhl hinab.

„So können Sie meine Mandantin nicht behandeln."

Erst jetzt bemerke ich unseren Firmenanwalt Michael Cooper. Wie immer wirkt er so, als würde er gerade auf ein Galadinner gehen. Sein lockerer Scheitel sitzt perfekt, und obwohl er zehn Jahre älter ist, war ich schon als Teenager in ihn verliebt. Jedes Mal, wenn er Vaters Büro mit neuen Ideen betreten hat, habe ich meine Haare gerichtet, in der Hoffnung, dass er mir ein Lächeln schenkt. Er begleitet die Firma schon seit Ewigkeiten und sitzt nun mit Theodora im Vorstand. Schon früher war ich froh, ihn zu sehen.

Heute bin ich überglücklich.

Auch ihn umarme ich kurz. „Michael, was ist passiert?"

„Keine Angst, Sam. Wir holen dich schnell hier raus."

„Das würde ich nicht sagen." Der weibliche Detective bespricht sich kurz mit ihrem Kollegen, dann richtet sie ihre Uniform. „Miss Mayflower, mein Name ist Viola Hicks, ich bin die zuständige Ermittlerin."

Ich will aufstehen, ihr die Hand reichen, wie man es mir beigebracht hat, doch sie ignoriert sie. Ihr Blick ist von Kälte durchzogen. Schließlich legt Cooper sanft eine Hand auf meinen Arm und bedeutet mir, mich hinzusetzen.

„Sie stehen unter dringendem Mordverdacht", fährt Detective Hicks fort. „Sie waren die letzte Person, die Ihren Vater lebend gesehen hat, haben ihm immer seinen Tee gebracht, mit dem er am frühen Abend vergiftet wurde, hatten Zugang zu allen Räumlichkeiten und verfügen über das Wissen, so ein Gift zuzubereiten, da Sie kurz vorm Abschluss Ihres Medizinstudiums stehen. Ist das alles korrekt?"

„Ja, aber …"

„Des Weiteren geht das Erbe ganz allein …", die Frau blättert geschäftig in ihren Unterlagen, „ganz allein an Sie. Glückwunsch, mit einem Schlag sind Sie steinreich."

Ich meine, mich verhört zu haben. Mir wird heiß und kalt gleichzeitig, und mein Herz schlägt so heftig, als würde es mir aus der Brust springen wollen. „Wie bitte?"

„Sie haben mich ganz genau verstanden, Miss Mayflower." Dabei deutet sie auf mein Dekolleté. „Ich bin mir sicher, Sie konnten es nicht abwarten, all die glitzernden Mayflower-Sterne um Ihren hübschen schmalen Hals zu tragen."

„Das genügt jetzt!" Energisch schlägt Cooper auf den Tisch.

Auch meine Stiefmutter springt mir bei. „Was sind Sie für ein Mensch!", stößt sie voller Inbrunst hervor und tupft sich die Tränen von der Wange.

Detective Hicks lehnt sich zufrieden zurück. „Ich mache nur meine Arbeit, und derzeit verhöre ich eine Mordverdächtige."

Die Stimmen überschlagen sich im Wortgefecht, doch ich höre ihnen gar nicht mehr zu. Wie von unsichtbaren Fäden gezogen streichen meine Fingerspitzen über den Diamantstein an meinem Hals. Vater hat mir einen der fünf Mayflower-Diamanten geschenkt, nachdem uns meine Mutter verließ. Als Trost, wie er gesagt hat, und damit ich immer daran denke, so stark zu sein, wie es unsere Ahnen waren. Doch ich fühle mich nicht stark, nicht mutig, wie er gehofft hat, sondern schwach und hilflos. Mein Blick gleitet zur Tischplatte.

Unsere Vorfahren hatten nichts außer den Steinen, als sie vor Jahrhunderten das gelobte Land mit einem kaum seetüchtigen Schiff erreichten. Fünf Diamanten, die unzählige Male beliehen wurden und aus denen ein Familienimperium erwuchs, das seinesgleichen sucht. Sie brachten jenen Glück, die den Namen Mayflower trugen, und inständig hoffe ich, dass die Strähne bei mir nicht abreißen möge. Wie viel Leid mussten sie ertragen, wie viele Entbehrungen auf sich nehmen, bis der stolze Name bei mir ein jähes Ende nehmen wird? Untergegangen in Schande, mit der Partyprinzessin der Upper East Side, die nicht einmal imstande ist, ihr Medizinstudium abzuschließen. Mit jedem Atemzug wird mir klarer, dass ich nicht würdig bin, diesen Namen zu tragen oder auch nur einen Stern der Mayflowers.

Mit zitternden kalten Fingern löse ich den Verschluss der Halskette und möchte sie Marge geben. „Ich weiß nicht, ob ich sie weiter tragen sollte."

Plötzlich ist es so still, dass jeder Atemzug wie ein Donnergrollen klingt.

„Sei nicht albern, Samantha", erwidert Marge und legt mir die Kette wieder an. „Er gehört dir, seit du ein kleines Mädchen warst, und du wirst ihn noch ein langes, glückliches Leben tragen und ihn irgendwann an deine Kinder überreichen."

„Wir werden Ihnen den Klunker ohnehin abnehmen." Die Stimme von Detective Hicks schmerzt wie hundert Messerstiche in meinem Herzen. „Mir ist absolut schleierhaft, warum die persönlichen Gegenstände noch nicht in Gewahrsam genommen wurden. Aber das werden wir im Handumdrehen nachholen." Sie klappt die Akte zu und blitzt mich aus kalten, abschätzigen Augen an. „War vielleicht der Promibonus, nicht wahr, Miss Mayflower?"

„Das ist ungeheuerlich!" Cooper ist in seinem Element. „Die Familie Mayflower ist einer der größten Gönner dieser Stadt. Ich verbitte mir, dass Sie auf diese Weise mit meiner Mandantin reden."

„Tun Sie das, Herr Anwalt?" Hicks lehnt sich nach vorne. Ihre Dienstwaffe und die Marke blitzen bedrohlich unter dem Jackett hervor. „Wo wir gerade davon reden, Miss Mayflower: Ihr Vater war in der Tat ein äußerst beliebter Spender für karitative Zwecke. Tierschutz, medizinische Versorgung der Unterprivilegierten, Heime für Obdachlose und Waisen, Forschung an Dutzenden Krankheiten. Nicht wenige sagen, dass er mehr an wohltätige Zwecke gespendet hat, als die *Mayflower Incorporation* einnimmt."

Cooper schweigt eine Weile und atmet durch. Ein untrügliches Zeichen dafür, dass er sich Zeit zum Überlegen nehmen muss. „Sehen Sie, Detective, tatsächlich erleben wir ein paar schwere Jahre. Aber dies hat nichts …"

„Ein paar schwere Jahre?“, schleudert ihm Hicks entgegen, während sich ihr Blick in mich hineinbohrt. „Miss Mayflower, kann es nicht sein, dass Sie genug hatten von der Geldverschwendung Ihres Vaters und Ihr Erbe bedroht sahen?“ Sie verfällt in Schweigen, um ihre Worte wirken zu lassen. „Und es gab nur einen Weg, das zu beenden, habe ich recht?“

„Nein!“, rufe ich. „Ich habe ihn nicht umgebracht. Sie müssen mir glauben, ich würde nie … Ich habe ihn doch geliebt.“ Jede Silbe atmet Hass und Schmerz.

Detective Hicks schlägt die Beine übereinander und lächelt. „Das werden wir herausfinden. Verlassen Sie sich drauf. Bis dahin setzen wir unser Gespräch in einem Staatsgefängnis im Hochsicherheitstrakt fort.“ Ihre Augen zucken bedrohlich. „Abführen.“

„Nein!“ Marge erhebt die Stimme. So aufgebracht habe ich sie noch nie erlebt, und erneut bin ich unendlich dankbar, dass sie an meiner Seite ist. „Sie haben die Falsche. Wenn Sie Ihre Arbeit richtig machen würden, wäre der wahre Täter längst hinter Gittern!“

Hicks’ Antwort bekomme ich schon nicht mehr mit. Zu unwirklich scheint dieser Albtraum, zu dunkel sind meine Gedanken. Vorsichtig lehne ich mich zu Cooper hinüber und spüre, wie ein ziehender Schmerz meine Handgelenke durchfährt. „Michael, wie stehen die Chancen, dass ich nach Hause darf?“ Ich sehe ihn an und spüre, wie mein Blick vor Tränen verschwimmt. Wieder wollen sie meine Augen nicht verlassen, als wäre dies ein Eingeständnis, dass mein Dad tatsächlich tot ist. „Ich will nur noch nach Hause.“

Behutsam legt er eine Hand auf mein Knie. „Leider nicht gut. Aber halte durch.“ Aus seinen wasserblauen

Augen spricht Hoffnung, die mir zumindest etwas Kraft verleiht. „Nicht mehr lange und alles wird sich aufklären." Er ringt sich ein Lächeln ab. Es sieht lächerlich aus, und trotzdem kann es sein attraktives Gesicht nicht entstellen. „Halte durch, Sam. Wir tun alles, was in unserer Macht steht."

Auch ich versuche zu lächeln. Es misslingt mir vollends. „Danke."

„Mein Beileid, Sam."

Kapitel 3 – Die Versuchung

Mir bleibt nur wenig Zeit, um mich zu verabschieden, dann werde ich wieder von Cops auf die Füße gehoben. Unter schärfstem Protest von Marge und Cooper, begleiten sie mich aus dem Verhörraum. Auf dem Gang bohren sich die Finger der Cops in meine Oberarme.

„Doktor Mayflower hat den jährlichen Polizeiball gesponsert", zischt die Beamtin von links in mein Ohr.

„Und das neue Gebäude für die Hundestaffel", ergänzt der Cop rechts von mir nicht minder aggressiv. „Wir hoffen, du verreckst, Partyprinzessin!"

Ich bin starr vor Angst, mein Geist ist wie gelähmt. Sie schieben mich weiter bis zur Gewahrsamszelle. Von Patricia fehlt jede Spur. Lediglich ein halbes Dutzend ihrer Kolleginnen langweilt sich mit Handschellen an die Holzbank gefesselt und beäugt den Stein um meinen Hals mit wachsendem Interesse.

Die Cops allerdings denken gar nicht daran, mich neben sie zu platzieren. Sofort führen sie mich in die hinterste Ecke der Zelle, direkt beim im Schatten liegenden Biker. Meine Beine versagen den Dienst. Ich falle zurück und werde auf grobe Weise nach vorne gedrückt. Die Cops müssen erheblich Kraft anwenden, um mich auf das Holz zu zwingen und die Handschellen mit der Kette an der Bank zu befestigen.

„Du wirst hinter Gittern sterben, Mörderin“, flüstert die Polizistin.

Der Typ bewegt sich keinen Zoll, als wäre er in einen tiefen Traum versunken. Ich wage nicht aufzusehen. Nur wenige Handbreit trennen unsere Gesichter, lediglich ein paar Eisenstangen bieten die Illusion von Sicherheit. Erst als die Tür hinter den Cops ins Schloss fällt, realisiere ich, dass sein Zeigefinger immer wieder gegen das Metall tippt.

„Schlechten Tag gehabt?“ Seine Stimme ist so dunkel wie der Schatten selbst. Die Worte sind fein akzentuiert. Ich meine, einen britischen Akzent herauszuhören. In meinen Kopf erscheint das Bild eines englischen Edelmanns, der auf seinem Landsitz Kricketturniere und Teegesellschaften abhält, und nicht das eines Verbrechers, der nach Zigarrenrauch und alten Lederklamotten riecht.

Während die Gedanken wie Billardkugeln durch meinen Kopf rasen, bewege ich mich kein Stück. Meine Atmung ist schwer und gepresst. Ich schließe die Augen und will aus diesem Albtraum erwachen. Einige Sekunden warte ich, zähle von zehn herunter und bete, dass diese Tortur bald ein Ende haben möge. Doch als ich die Lider wieder öffne, befinde ich mich immer noch gefesselt in der Zelle des NYPD und spüre die Hitze der Haut eines unbekannten Schwerverbrechers an meiner.

„Ich weiß, wer du bist“, raunt er und wendet sich mir langsam zu.

Sekunden später drehe ich den Kopf und blicke in Augen, die so dunkel sind, als würden sie die Farbe Schwarz neu definieren wollen.

„So?“, zische ich wütend.

Er lehnt sich zu mir. Sein Gesicht ist eingerahmt von Gitterstäben. Nass hängen ihm die dunklen Haare ins Gesicht und verdecken einige der weißlich schimmernden Narben. „Ich nehme an, den Ladys dort drüben ist es noch nicht aufgefallen, ansonsten wäre der Stein um deinen Hals längst weg. Habe ich nicht recht, meine kleine Maiblume?“

Etwas in mir zieht sich zusammen, und ich presse die Zähne aufeinander. Meine kleine Maiblume, meine Mayflower – so hat mich Vater immer genannt, wenn er mich damals ins Bett gebracht und mir anstatt Kinderbüchern die dicken Wälzer der menschlichen Anatomie vorgelesen hat.

Ich blitze den Unbekannten an. „Nenn mich nicht so.“

„Wieso nicht, Samantha?“ Er deutet in die Richtung meiner Mitinsassinnen. „Hast du Angst, dass sie dir zu nahekommen, wenn sie herausfinden, wer du wirklich bist?“

Langsam wende ich mich von ihm ab. Die Frauen beginnen bereits zu tuscheln. Ich greife instinktiv nach der Kette an meinen Hals. Nicht mehr lange, dann wird sie mir abgenommen werden. Wenn ich mich hier schon gegen Habgier schützen muss, wird es im Staatsgefängnis nicht anders sein.

„Richtig.“ Er weist mit der Nasenspitze in Richtung des Sterns. „Den bist du als Erstes los“, flüstert der Mann und dreht sich weiter zu den Gittern. In einer blitzschnellen Bewegung schießen seine gefesselten Hände durch die Stäbe und greifen nach der Kette. „Was ist dir der Klunker wert?“

Meine Finger umkrallen seine Pranken, ich komme so nah an sein Gesicht, dass ich seinen glühenden Atem spüre. Der herbe Duft seines Aftershaves steigt mir in die Nase, als ich ihm meine Fingernägel tiefer in die Haut schlage. Er verzieht keine Miene und lächelt sogar, als wollte er mich verhöhnen.

„Alles", sage ich zornig. „Es ist ein Geschenk meines Vaters, einer der fünf Sterne der Mayflowers." Ich hebe eine Augenbraue. „Vielleicht hast du davon gelesen – wenn du dressierter Affe überhaupt lesen kannst." Ich komme noch näher. „Heute ist mein dreißigster Geburtstag, mein Vater wurde vergiftet, und irgendjemand versucht, es mir in die Schuhe zu schieben. Jetzt sitze ich hier und muss mich mit Verbrechern herumschlagen, obwohl ich nichts anderes will, als um meinen Dad zu trauern. Dieser Stein ist das Einzige, was mir von ihm bleibt. Wenn du ihn also haben willst, wirst du mich vorher töten müssen." Ich warte einige Sekunden. Mein Hass brennt so stark wie das Höllenfeuer selbst. „Und jetzt nimm deine dreckigen Pfoten weg, sonst werde ich sie dir abbeißen."

Die Stille legt sich wie ein unsichtbares Tuch über uns. „Ein wenig zickig. Ich mag das." Seine Mundwinkel gehen für den Bruchteil einer Sekunde nach oben. Dann nickt er und fällt augenblicklich wieder in den ernsten Ausdruck zurück. Endlich lässt der Druck nach, und er lehnt sich in seiner Zelle zurück. „Mein Beileid."

„Danke", flüstere ich, sehe zu Boden und beobachte aus dem Augenwinkel, wie er erneut mit dem Zeigefinger gegen die Gitterstäbe tippt und sich seine Lippen dabei tonlos bewegen.

„Und jetzt?", will er wissen.

Ich will meine Schläfen massieren, doch die Ketten halten mich zurück. Hinter meiner Stirn wächst der dumpfe Schmerz zu einer fürchterlichen Migräne heran. Durch die Handschellen sind meine Gelenke aufgescheuert und schmerzen. „Was? Und jetzt?"

„Willst du den Mörder deines Vaters finden und zur Strecke bringen?", fragt er mit tiefer Stimme. „Ich würde es wollen."

Ich überlege und lehne schließlich den Kopf zurück. „Eigentlich will ich nur nach Hause."

„Und was erwartet dich dort? Vergebung? Vielleicht die Erkenntnis, dass man allen Menschen verzeihen muss? Auch die andere Wange hinhalten?" Der Mann beugt sich nach vorne, bis die Hand- und Fußfesseln klirren. „Ich würde meine Rache wollen. Oder zumindest Gerechtigkeit."

„Gerechtigkeit", erwidere ich leise. „Das war eins von Daddys Lieblingswörtern. Er hat immer gesagt, dass unser Reichtum recht wäre, aber nicht gerecht, wenn wir ihn nicht mit anderen teilen."

„Dein Vater war ein kluger Mann." Das Tippen gegen die Gitterstäbe wird energischer. „Zu schade, dass du hier keine Gerechtigkeit bekommen wirst. Die Justiz will schnell die Mörderin ihres Wohltäters präsentieren, und für die Presse ist deine Verhaftung gedrucktes Gold." Er schnalzt mit der Zunge. „Es gibt nicht viele Leute, die dann noch nach der Wahrheit suchen werden. Glaub mir, ich kenne mich aus." Er dreht sich um. „Im Knast wirst du keine Gerechtigkeit bekommen, Maiblümchen, geschweige denn Rache."

Seine Worte hallen in meinen Ohren. Allmählich sickert die schmerzende Erkenntnis in meinen Verstand:

Dieser Verbrecher hat recht. Und ich kann nichts dagegen tun. Rein gar nichts.

Das Tippen wird schneller, zieht meinen Blick hypnotisch an. Meine Wut über mich selbst, die Situation und über die Welt wächst ins Unermessliche.

„Was, zum Teufel, machst du da?", zische ich viel zu laut. Alle Anwesenden heben die Köpfe.

Der Unbekannte dreht sich ins Licht und lächelt. „Sekunden zählen."

„Warum?"

Das Grinsen wird breiter, und seine Stimme wird so kratzig, als hätte er Kreide gegessen. „Geh doch bitte in Deckung, Maiblümchen."

„Du sollst mich nicht so …" Die letzten Silben gehen in der Explosion unter. Im nächsten Moment zerreißt ohrenbetäubender Lärm jeden Gedanken. Hitze streift meine Haut, als mich die Druckwelle gegen die Wand presst und mein Hinterkopf unsanft gegen den Beton schlägt. Für einen Moment schließe ich die Augen und lasse zu, wie mich die Müdigkeit tief in einen süßen Traum hinabzieht.

Kapitel 4 – Bittersüße Verführung

Ein helles Pfeifen umgibt mich.

Mein Kopf dröhnt, als hätte mich die Erkenntnis mit einem Backstein erwischt. Ich öffne die Augen und erkenne erneut, dass das Schicksal ein mieser Verräter ist.

Die Tür der Nachbarzelle steht offen. Zwei Kerle in Polizeiuniformen und mit schwarzen Masken fummeln an den Fesseln meines Gesprächspartners herum, bis diese zu Boden klirren. Der Verbrecher ist frei, und meine Ketten schneiden mir noch tiefer ins Fleisch. Augenblicklich erstirbt der pfeifende Ton in meinen Ohren, und in meinem Kopf formen sich lose Enden zu einem großen Gedanken.

Ich muss hier raus!

Kein Schmerz durchdringt mich, alles läuft vor meinen Augen ein wenig langsamer ab. „Hey!" Schnell will ich aufstehen, werde aber von meinen Fesseln unsanft zurückgehalten. Ich stöhne auf. „Hey ... du!" Hätte ich doch nur nach dem Namen des Unbekannten gefragt. „Nimm mich mit. Bitte!"

Der Mann reibt sich die Gelenke, bekommt von einem seiner Gehilfen eine Pistole in die Hand gedrückt und lädt sie durch. Sofort setzt sich ein Kloß in meinen Hals.

„Du weißt, dass hier überall Kameras sind", sagt er amüsiert, lehnt sich gegen die Gitterstäbe und erheitert sich sichtlich daran, wie ich gefesselt versuche, meinen Rücken durchzudrücken. „Wenn du mitkommst, werden sie dich bis zu deinem Lebensende jagen."

„Nicht, wenn ich meine Unschuld beweise." Sirenen werfen ihr schmerzendes Lied durch die engen Räume. Die Ladys neben mir kreischen, unterdessen krachen einige Schüsse im vorderen Teil des Department. „Außerdem scheint es dich auch nicht zu stören, dass du gejagt wirst."

Der Mann tippt sich nachdenklich mit dem Lauf der Waffe an den Kopf und lehnt die Stirn an die Gitterstäbe. „Mmh, ich bin daran gewöhnt." Mit seinem britischen Akzent und der Attitüde des Gelangweilten wirkt es so, als würde er jede Sekunde wissen, was in der nächsten passiert.

„Boss, wir müssen los", poltert der riesige Kerl in Polizeiuniform neben ihm.

„Unser Zeitfenster schließt sich, *patrón*", zischt ein anderer.

Spanischer Akzent. Die Silben sind so schnell gesprochen, dass ich Mühe habe, sie zu verstehen. Hastig sehe ich mich um und begreife erst jetzt, zu was diese Männer imstande sind. Mit Explosionen haben sie das ganze Department zum Beben gebracht, sodass alle Cops nach draußen geflohen sind. In dem Trubel haben die beiden Helfer das Revier infiltrieren können. Niemand blickt in Gesichter, wenn man Uniformen vor sich hat. Ich beiße mir auf die Unterlippe. Mir rennt die Zeit davon. Auch diese Finte wird schneller auffliegen, als mir lieb ist.

„Bitte, nimm mich mit“, wispere ich erneut und versuche, seinen dunklen Blick zu erforschen. Keine Regung ist zu erkennen.

„Du hast keine Ahnung, worauf du dich einlässt“, gibt er gerade so laut zurück, dass ich es verstehen kann. Der unbekannte Verbrecher lässt mich nicht aus den Augen. „Bist du dir sicher, Maiblümchen?“

Selten war ich mir mit etwas sicherer. Ich nicke hektisch.

Er wartet eine weitere Sekunde, und für einen Moment sieht es so aus, als würde er einen inneren Kampf austragen. Dann wendet er sich nach links. „Macht die Tür auf!“, bellt er in Richtung seiner Handlanger.

„Boss, dafür fehlt uns die Zeit!“ Der Hüne hat ebenfalls seine Waffe gezogen, späht immer wieder nervös in den Gang und gibt vereinzelt Schüsse ab. „Wir können keinen Passagier mitnehmen.“

„Das entscheide ich.“ Seine Stimme strotzt vor endgültiger Härte.

„Wie du meinst.“ Der Riese nähert sich, legt die Hand auf die Schulter seines Bosses. „Kannst du fahren?“

„Mach dir keine Sorgen, Brooks.“ Nach wie vor sieht er mich an, während er mit dem Riesen in Uniform redet. „Das Leichtgewicht kann ich selbst nach ein paar Tagen Knast noch stemmen.“

Nicht schwer zu erraten, wen er damit meint. Tatsächlich fühle ich mich geschmeichelt, da ich der Ansicht bin, dass ich einige Pfunde zu viel auf den Hüften habe, aber das spielt jetzt keine Rolle.

Sein Blick ist weiter auf mich gerichtet und bohrt sich förmlich in meine Seele. Ich muss all meine mir verbliebene Kraft aufwenden, um ihm standzuhalten. „Komm schon. Es wird sich für euch lohnen! Ich kann euch bezahlen."

„Ja, das wird es." Er grinst und richtet sich an den anderen Mann, der die ganze Zeit am Inhalt seines Rucksacks hantiert. „Weißt du, wer das ist, del Gardo?"

Der Kerl mit den mexikanischen Wurzeln mustert mich für einen Moment. *„Ninguna idea, patrón.* Keine Ahnung."

„Das ist Samantha Mayflower."

„Die Partyprinzessin?" Er erhebt sich, öffnet erst meine Zellentür und löst dann die Handschellen. *„Madre mia!"* Sofort widmet er sich wieder seinem Rucksack.

Sein Boss baut sich mit schweren Schritten vor mir auf. Seine Augen brennen sich in mich hinein, er ergreift mein Handgelenk und fährt über die roten Striemen. Zum ersten Mal stehe ich ihm ohne schützende Gitterstäbe gegenüber.

„Du wirst mir doch keinen Ärger machen, Maiblümchen?"

„Nein", hauche ich und bleibe auch ruhig, als er mir eine blonde Strähne aus dem Gesicht streicht. Der Duft von Leder raubt mir fast die Sinne. „Ich will nur hier raus."

„Gut." Er bietet mir den linken Arm an, in seiner rechten Hand ruht die Waffe. „Ich habe nämlich vor, ein astronomisch hohes Lösegeld für dich zu kassieren."

Die Erkenntnis wirft nicht einmal mehr mit Backsteinen, sondern mit tonnenschweren Güterzügen nach mir. Natürlich befreit er mich nicht aus reiner Nächstenliebe. Mein Gesicht entgleist für einen Moment.

„Was denn, Prinzessin? Hast du gedacht, dass du uns ein paar Hunderter für unsere Dienste zusteckst, dich dann unter falschem Namen im Penthouse des *Hilton* einquartierst und von dort deinen alles umfassenden Racheplan schmieden kannst?"

So in etwa. Mist!

Dieser Biker hat seinen Kopf offensichtlich nicht nur zum Rasieren. Ich schweige eisern.

Im Hintergrund toben die anderen Frauen. Er zieht mich mit sanfter Dominanz aus der Gewahrsamszelle. „Willkommen in der Realität."

„Boss, wir müssen los", ruft der Riese eindringlich.

Der Verbrecher nickt langsam. „Del Gardo, zünde das Paket."

„Si, patrón."

Die Druckwelle der Explosion wiegt mich in einer warmen Umarmung. Der Biker stellt sich schützend vor mich, sodass nur meine Haare um mich herumwirbeln. Er verzieht keine Miene, lässt mich nicht aus den Augen, als wäre ich eine Kostbarkeit, die es zu behüten gilt. Sofort fühle ich mich unwohl und zugleich geborgen.

Als sich der Staub gelegt hat, klafft ein Loch in der Wand neben den Zellen. Ein Stoß Nachtluft lässt den restlichen Qualm tanzen, und ich sehe die Lichter der Straße. Diesmal war es kein Trick. Sie haben erst die Cops mit einer Explosion hinausgelockt, nur um zur Flucht tatsächlich einen Teil der Außenwand des Reviers zu sprengen.

„Los, los, Beeilung", brüllt der Riese und geht mit der Waffe im Anschlag voran.

Die Frauen hinter uns schreien immer noch, und die Sirenen erfüllen die Dunkelheit. Der Anführer der Gruppe zieht mich weiter. Doch nicht mit Gewalt oder gar überhastet – er geleitet mich, als würden wir einen Ballsaal betreten. Das passende Kleid dazu trage ich zumindest.

Er hält schützend seine riesige Pranke über meinen Kopf, als ich durch das Loch steige. Ich halte kurz inne und sauge die frische Nachtluft in meine Lunge. Er lässt mir keine Zeit zum Verschnaufen.

Während Schüsse in der Finsternis krachen und mich das Mündungsfeuer in Angst und Schrecken versetzt, lotst er mich hinter einen Müllcontainer.

„Schön unten bleiben", grollt er und feuert ein paarmal in die Richtung der herannahenden Cops. „Wir wollen ja nicht, dass dein hübsches Gesicht nachher so viele Narben trägt wie meins."

Es soll ein Scherz sein, doch ich erstarre vor Furcht. Kugeln schlagen in die Mauer neben uns ein. Steinsplitter bohren sich in meine Haut und lassen mich zusammenzucken. Plötzlich wird mir klar, worauf ich mich eingelassen habe.

Verdammt, ich bin Medizinerin. Zumindest will ich eine werden und keine Flüchtende, ausgestoßen und gejagt von den Cops, die sich der Illusion hingibt, im Alleingang ein Verbrechen aufzuklären und ihre Unschuld zu beweisen.

Beinahe bin ich dankbar, als der Hüne meine Gedanken durchkreuzt. Er wirft mehrere Rauchgranaten und nickt seinem Anführer zu. „Die Kleine mitzunehmen, war nicht der Plan, Boss."

„Pläne ändern sich. Außerdem wird sie uns viel Geld einbringen." Das Narbengesicht keucht vor Anstrengung. Er tastet nach seinem Bauch, und doch kann ich ein Grinsen auf seinen Zügen ausmachen. Bereitet ihm das Ganze etwa eine perverse Freude? Er sieht mich an. „Bereit?"

„Wofür?", will ich wissen und ducke mich vor den einschlagenden Projektilen.

„Wir müssen über die Straße", sagt er so ruhig, wie es in solch einer Situation möglich ist, und zwinkert mir zu. „Niemand hat gesagt, dass eine Flucht vor der Polizei ein Kinderspiel ist, oder?"

Mir läuft es kalt den Rücken hinunter. Wenn Dad sehen könnte, was aus mir geworden ist. Eine Gesetzlose, eine Gangsterbraut, die sich in Lebensgefahr begibt, nur weil die Worte eines Rockers wie süßes Gift in ihre Blutbahnen geflossen sind.

Ich bin wie versteinert, bevor mich der Biker auf die Beine zieht. „Lasst uns Spaß haben!", ruft er bedrohlich, wartet noch eine Sekunde, bis der Rauch der Granaten als dichte weiße Wolke in der Gasse hängt, und spurtet los. Dabei umschließt seine Hand meine wie ein Schraubstock. Mein Herz pocht wie wild. Ich jage durch den Kugelhagel, gezogen von einem Mann, den ich bis vor einer Stunde noch nicht einmal kannte.

Mit schlafwandlerischer Sicherheit führt er mich in eine Seitengasse. Der Rauch lässt allmählich nach und umgibt uns wie der milchige Schleier des Morgennebels. Der Riese geht vor, zieht eine dreckige Plane zur Seite, und zum Vorschein kommen drei blitzende Motorräder.

Sofort schwingen sich die beiden Helfer auf die stählernen Ungetüme und starten die Motoren. Ich halte Abstand, als der Anführer auf den Sitz steigt und mit fast kindlicher Freude den Motor zum Aufheulen bringt.

„Nun, vielen Dank, aber ab hier schaffe ich es allein“, keuche ich und starre mit großen Augen auf das Motorrad. Zweiräder sind mir immer suspekt gewesen. Warum sich selbst in Lebensgefahr bringen, wo es doch so viele stilvolle Fortbewegungsarten gibt, die einem nicht beim kleinsten Unfall töten?

Ich atme einmal durch. Das ist meine Chance zur Flucht. Gerade als ich zum Spurt ansetzen will, ertönt die Stimme des Bikers.

„Von wegen Maiblümchen.“ Der Mann ergreift mit spielerischer Leichtigkeit mein Handgelenk und zieht mich auf den Sitz. „Mach es dir bequem. Es könnte ein holpriger Ritt werden.“

„Du meinst ...?“ Meine Worte werden abgeschnitten, da er Gas gibt und ein Ruck durch meinen Leib geht.

Mir bleibt nichts anderes übrig, als die Arme um den Mann zu schlingen und mich fest an ihn zu pressen. Wieder ist da der Duft von Leder und herbem Aftershave. Ich muss mich zwingen, die Augen offen zu halten, während er einen Freudenschrei ausstößt, mit der Maschine durch den Nebel bricht und auf die hell erleuchtete Straße schießt. Problemlos setzt er sich vor die beiden *Reaper*, weicht einer Handvoll Autos aus, nimmt eine fast rote Ampel und beschleunigt das Gefährt so schnell, dass mir der Wind um die Ohren pfeift.

„Verzeihung“, schreit er nach hinten. „Bin lange nicht mehr gefahren.“

Ich bringe kein Wort heraus, klammere mich an seinen athletischen Oberkörper und schließe die Augen. Dabei sende ich etliche Stoßgebete gen Himmel und hoffe, dass dies nicht meine letzten Atemzüge sein werden. Bald schon ist die Geschwindigkeit wie ein Rausch, der sich meiner bemächtigt. Obwohl mein Griff immer noch verkrampft ist, öffne ich die Lider und beginne, die Fahrt zu genießen.

„Halt dich gut fest, Prinzessin. Wir kriegen Gesellschaft.“

Ich muss die Worte mehrmals in meinem Kopf wiederholen, bevor sie Sinn ergeben. Endlich traue ich mich mich umzusehen. Drei Streifenwagen des NYPD haben die Verfolgung aufgenommen. Das Sirenengeheul erschüttert die Nacht, und zu allem Überfluss fahren wir plötzlich im Scheinwerferlicht eines Hubschraubers.

„O Gott“, schreie ich, und mein Griff verstärkt sich. „Werden die auf uns schießen?“

„Wer weiß?“ Der Mann zuckt mit den Schultern, reckt den rechten Arm und gibt seinen beiden Bikerfreunden ein Zeichen. „Aber das werden wir gleich herausfinden.“

Sofort trennt sich das Trio.

Wir bleiben allein auf der Straße zurück, gefolgt von einer Streife und dem Heli. Das Flatiron Building fliegt an uns vorbei, dann der Broadway mit all den blinkenden Lichtern und Musicalwerbungen. Augenblicklich steigen Erinnerungen in mir auf, und für einen Moment bin ich in der Vergangenheit gefangen. Wie oft war ich hier mit Daddy, Marge und meiner Stiefschwester Theodora, obwohl ich genau wusste, dass er die Musicals nur uns zuliebe besucht hat. Ich habe es immer gemocht, wenn nach einer herzzerreißenden Geschichte und vielen Songs das Happy End folgte. Zu schade, dass das wahre Leben kein Musical ist. Vielleicht brauchen wir Helden in Filmen und Aufführungen, weil es sie in Wirklichkeit gar nicht gibt.

Der Gedanke bewahrheitet sich auf schreckliche Weise, als das Bike haarscharf an einem Fahrzeug vorbeischrammt und es nur den Reaktionen des Fahrers zu verdanken ist, dass unsere Gehirne nicht auf der Fifth Avenue verteilt werden.

„Wir werden sterben", schreie ich und presse mich an seinen Rücken.

„Nur wenn du dich nicht zusammenreißt", brüllt er zurück und weicht einem weiteren Wagen aus. „Aber du hast eine super Körperspannung. Sehr leicht zu fahren."

War das ein Kompliment? Ich beiße mir auf die Unterlippe und versuche, in den Kurven ein wenig mitzugehen, indem ich das Gewicht verlagere. Wäre doch zu schade, wenn ich auf der Avenue sterbe, wo ich so viel Geld ausgegeben habe.

Noch einmal gibt der Mann Gas, fährt immer wieder auf dem Gehweg. „Ich habe vor, die Cops an der Park Avenue abzuhängen", ruft er nach hinten.

Zu dem Polizeihelikopter gesellen sich mehrere Hubschrauber der Fernsehstationen. Schon nach wenigen Minuten ist der Himmel voll von den Helis, die wie riesige Glühwürmchen am Firmament tanzen. Ich habe es noch nie gemocht, im Rampenlicht zu stehen, doch jetzt hasse ich es.

„Du willst zur Upper East Side?" Ich schüttle den Kopf, obwohl er es nicht sehen kann. „Da ist selbst um diese Zeit zu viel Verkehr."

Amüsiert und betont locker lehnt er sich nach hinten. „Ich habe nie gesagt, dass ich in die Upper East will."

„Aber von hier aus geht es nur noch zum – o mein Gott!" Als sich der Central Park vor uns öffnet, setzt mein Herzschlag für einen Moment aus. „Du willst doch nicht …?"

Meine Stimme überschlägt sich, als er von der Fifth Avenue direkt auf die Grünflächen des Parks brettert. Der Streifenwagen hinter uns stoppt sofort. Zum Ledergeruch gesellt sich der frische Duft der Bäume und vermischt sich mit den Gerüchen des Central Park Zoo zu einer ganz eigenen Komposition. Der warme Fahrtwind streichelt über meine nackten Beine, und für eine Sekunde erlaube ich mir sogar, mich in der abendlichen Sommerbrise zu verlieren.

Geschickt hält uns der Verbrecher unter dicht bewachsenen Baumkronen. Das Licht der Suchscheinwerfer bricht immer wieder durch das Blattwerk und lässt uns im Schein erstrahlen, bis es nach und nach verschwindet. Einige Augenblicke später schießt das Motorrad vom Rasen auf den Asphalt und in Richtung Hudson River. Mein Entführer passt das Tempo an, nimmt Seitengassen und Schleichwege, um uns schließlich über die altehrwürdige George Washington Bridge zu führen.

Ich halte den Atem an, sehe mich immer wieder um oder hinauf in den schwarzen Nachthimmel. Doch von den Cops fehlt jede Spur. Wir haben es tatsächlich geschafft!

Ich lächle in die Nacht hinein und weiß eigentlich gar nicht, warum ich so breit grinsen muss. Wäre es nicht besser gewesen, wenn die Beamten die drei Typen geschnappt hätten und ich in die Schatten der Häuserschluchten hätte flüchten können? Ich muss eine Möglichkeit finden, ihn und seine gesetzlose Gang loszuwerden. Nur so kann ich meine Unschuld beweisen.

Immerhin bin ich in den Augen des Gesetzes eine Verbrecherin, und der Mörder meines Vaters läuft noch irgendwo frei in dieser Stadt herum. Das Feuer der Rache lodert wieder stärker in mir und verdrängt die Trauer. Nur widerwillig kehren die Erinnerungen an Dad zurück in mein Bewusstsein, als wüsste mein Gehirn, welchen Schmerz jeder einzelne Gedanke hervorruft.

Erneut steigen mir Tränen in die Augen, doch auch jetzt wollen sie sich einfach nicht lösen. Ich ziehe die Nase hoch und schließe einen Pakt mit mir selbst, unterdessen entfernen wir uns immer weiter von Manhattan. Mit aller Macht schiebe ich meine Trauer beiseite. Erst wenn ich den Mörder meines Vaters gefunden habe, erlaube ich mir den Luxus zu weinen.

Koste es, was es wolle.

Behutsam lege ich den Kopf gegen den Rücken des Mannes und schließe die Lider. Das wummernde Geräusch der Maschine umfängt mich beruhigend. Der Geruch von Leder, Öl und der Straße tut sein Übriges. Wir fahren durch Wälder, kleine Städte, Parks und Dörfer. Über allem schwebt das Dröhnen der Maschine, und die zarten Vibrationen entspannen mich.

Für einen Moment sehe ich nach oben. Sterne. Unzählige Sterne, so weit das Auge reicht. Erst wenn man aus der Stadt hinausfährt, kann man so viel Glitzern erkennen. Das gilt für die Skyline wie für den Himmel.

Ich taste nach meinem Hals. Mein Stern, der Mayflower-Diamant, ist noch da. Mit einem zufriedenen Lächeln schließe ich erneut die Augen und bemerke, wie die Anstrengungen des Tages allmählich ihren Tribut einfordern.

***

Die ersten Sonnenstrahlen kitzeln zärtlich mein Gesicht. Ich knurre missmutig, zu gern hätte ich weitergedöst. Ich reibe mir über die Augen. Der Fahrtwind zerrt an meinen Haaren, doch ich fühle mich, als würde ich mich in die Bettdecke in unserer Villa kuscheln. Als ich mich recken möchte, schlägt die Realität eiskalt zu.

„O Gott!", entfährt es mir, und ich habe größte Mühe, mich an meinem Entführer festzukrallen.

„Vorsicht, Maiblümchen." Er muss kräftig gegensteuern, das Motorrad macht ein paar Schlenker, dann hat es sich wieder gefangen.

Ich klammere mich mit aller Macht an ihn und vernehme ein schmerzhaftes Stöhnen. Ist er etwa die ganze Nacht durchgefahren? Vor uns liegt eine einsame Straße, die Sonne steht bereits am Himmel und begrüßt uns mit gleißendem orangefarbenen Licht, das gerade so über die Baumwipfel lugt. Wir befinden uns in einem dichten Wald, kein Auto, keine Strommasten oder andere Zeichen der Zivilisation sind zu sehen. Wäre die asphaltierte Straße nicht, ich würde mich in einem Fiebertraum wähnen. Wenn mir gestern Morgen jemand gesagt hätte, dass ich beim nächsten

Sonnenaufgang auf dem Motorrad eines Verbrechers sitze und durch einen unbekannten Wald fahre, während mich alle Welt für die Mörderin meines Vaters hält, ich hätte ihn für verrückt erklärt. Nun bin ich diejenige, die an ihrem Verstand zweifelt.

Mein Atem beruhigt sich langsam, und meine Glieder entspannen sich. „Wo sind wir?", will ich wissen und reibe mir noch einmal die Augen.

„In Sicherheit", antwortet er mit schwacher Stimme. „Der Rest ist unwichtig. Hast du dich etwas ausruhen können?"

„Danke", murmle ich. „Habe ich, und du?"

Er lacht verhalten. „Das Ganze muss dich ziemlich mitgenommen haben."

Hunger, Durst oder das dringende Bedürfnis, ein Bad aufzusuchen, waren nebensächlich in den letzten Stunden. Doch jetzt spüre ich deutlich, dass mein Körper viel zu lange im Ausnahmezustand war.

„Hast du etwas zu trinken oder essen für mich? Ein *Evian*-Wasser oder ein paar Croissants?"

„Klar, steht gleich neben dem gekühlten Champagner und dem Kaviar." Ich sehe ein kaum merkliches Grinsen, als ich mich zu ihm nach vorne lehne. „Hab ein wenig Geduld. Wie ich Brooks kenne, hat er schon ein Frühstück zubereitet." Der Mann fasst sich erneut an den Bauch, streicht mit der Linken seine etwas zu langen Haare aus dem Gesicht und atmet tief durch.

In den ersten Sonnenstrahlen des Tages sind die Narben gut zu erkennen. Das Leben hat einige Furchen in sein Gesicht gegraben und verleihen ihm einen geheimnisvollen Ausdruck. Vielleicht ist es nur der britische Akzent, trotzdem meine ich, das Gesicht eines Aristokraten zu erkennen. Zumindest wenn man die Narben, die Furchen, die sonnengegerbte Haut und den Fünftagebart weglässt.

Er biegt in einen Waldweg ein. Als das Motorrad den Pfad herauf rumpelt, schrecken etliche Vögel hoch. Ein paar Rehe nehmen vor der dröhnenden Maschine Reißaus. Minuten später taucht eine Jagdhütte vor uns auf. Zwei Motorräder blitzen in der Sonne. Den beiden anderen Gangmitgliedern des *Reaper MC* ist ebenfalls die Flucht gelungen. Ansonsten erspähe ich in der Idylle kein weiteres Gefährt. Offensichtlich sind die Männer nur ein kleiner Teil des gefährlichen Klubs.

Als mein Entführer den Motor abstellt, werde ich von friedlichem Waldgeflüster empfangen. Blätter rauschen im Wind, ein Bach plätschert in der Nähe, Vögel zwitschern, und der Ruf eines Kuckucks hallt durch die Kronen der mächtigen Bäume.

Obwohl jeder Muskel schmerzt und meine Gelenke bei den ersten Schritten knacken, habe ich das starke Bedürfnis, durch den Wald zu laufen und die klare Luft zu atmen.

„Es ist … wunderschön hier", rufe ich und bemerke erst jetzt, dass der Verbrecher keine Zeit verloren hat und bereits in der Jagdhütte verschwunden ist. Ich sehe nur noch, wie die Eingangstür ins Schloss fällt. „Dann rede ich halt mit mir selbst", murmle ich und beobachte, wie das Licht glitzernd durch das Dickicht fällt.

Das wäre meine Chance zur Flucht. Andererseits, wohin sollten mich meine Füße tragen? Ich sehe kein Auto, weiß nicht, wo wir sind, und gelernt, so eine Höllenmaschine zu steuern, habe ich auch nicht. Nicht einmal die grobe Richtung nach Manhattan kenne ich. Außerdem knurrt mein Magen, als hätte ich tagelang nichts gegessen. Nein, ich muss mich in Geduld üben. Meine Chance auf Rache wird kommen, da bin ich mir sicher.

Schwermütig schleiche ich zur Hütte und öffne die Tür behutsam. Tatsächlich duftet es sofort nach frischem Kaffee. Vor mir erstreckt sich ein geräumiges Wohnzimmer, das in eine moderne offene Küche zu meiner Rechten übergeht. Ihr gegenüber an der linken Wand präsentiert sich ein langer Tisch. Geradeaus führt ein schmaler Gang in den hinteren Bereich. Diese Jagdstube ähnelt eher einer Pension, denke ich. Brot, Gebäck, Obst und Orangensaft stehen auf dem Küchentisch bereit. Bei dem Anblick läuft mir das Wasser im Mund zusammen.

Es scheint, als hätte es die Zeit hier nicht allzu eilig zu verstreichen. Staub tanzt in den einfallenden Sonnenstrahlen, und Geflüster wabert durch den Raum. Es verstummt schlagartig, als mich die beiden Biker entdecken. Erst jetzt bemerke ich, dass der Riese, Brooks, wie ihn mein Entführer genannt hat, farbig ist. Umgezogen in Jeans und Kutte, greift er fahrig nach seiner schwarzen Skimaske und versucht, sie sich über den Kopf zu stülpen. Del Gardo, der Mann mit den mexikanischen Wurzeln, tut es ihm gleich.

„Echt jetzt?" Lachend lehnt ihr Boss an einer Wand, trinkt in aller Seelenruhe seinen Kaffee. „Keine Angst, Jungs, sie wird uns nicht verraten, weil sie dann wüsste, was ihr blüht." Er drückt sein Kreuz durch und verzieht das Gesicht zu einer Maske aus Schmerz. „Nicht wahr, Prinzessin?"

Die beiden Männer finden sich selbst peinlich und werfen die Skimasken beiseite. Eine Handvoll Waffen, Granaten und schusssichere Westen liegt überall im Haus verteilt und sorgt dafür, dass ein mulmiges Gefühl Besitz von mir ergreift.

„Ja", zische ich und funkle ihn an. „Solange ihr nett zu mir seid, bin ich es auch zu euch." Ich gehe auf den Mann zu und mustere ihn von oben bis unten. „Ist das alles? Drei Männer und eine Hütte im Wald? Die Cops werden uns so schnell finden, dass wir nicht einmal das Frühstück beenden können."

Mein Entführer schnellt auf mich zu. „Ich wusste ja gar nicht, dass du Expertin auf dem Gebiet bist." Sofort ist es so still, dass man eine Stecknadel hätte fallen hören können. Seine Augen glühen, und er überragt mich um fast zwei Köpfe. „Glaub mir, wir sind hier sicher. Misch dich nicht in unsere Geschäfte ein, und wir werden dir nicht im Weg stehen, sobald wir das Lösegeld haben. Hast du verstanden, Samantha?"

Ich bin kurz davor, ihm eine Ohrfeige zu verpassen. Meine Hand zuckt bereits, doch als ich sehe, dass auch er vor Wut kocht und die Adern unter seiner Haut pulsieren, nicke ich. „Sie werden euch zur Strecke bringen", zische ich und drehe mich so schnell, dass meine Haare sein Gesicht streifen.

„Das werden wir sehen", brummt der Mann. „Falls ich Tipps brauche, welche Klubs in Manhattan gerade angesagt sind oder wie man sich am schnellsten mit Champagner betrinkt, ziehe ich dich zurate. Und jetzt iss etwas." Mit schmerzverzerrtem Gesicht fährt er sich an den Bauch. „Ich will ja nicht, dass du vom Fleisch fällst."

„Geht es dir nicht gut?"

„Du sollst etwas essen, habe ich gesagt."

Ich mustere die Stelle an seinem Unterleib und bemerke, dass seine Kleidung dunkelrot verfärbt ist. „Vielleicht solltest du dich hinlegen – wie kann ich dich überhaupt nennen?"

„Bullshit. Ich lege mich hin, wenn ich es für richtig halte", blafft er und beißt sich auf die Zunge. Sein Gesicht bekommt einen fahlen Ton. „Du kannst mich AJ nennen", murmelt er und krümmt den Rücken.

Ich stürze auf ihn zu, reiße seine Hände zur Seite und erkenne, dass es nicht nur eine kleine Wunde ist, die er zu verstecken versucht.

„Fuck! Ein Streifschuss. Das muss eine Kugel der Cops gewesen sein." Brooks kommt näher. „Verdammt, und der nächste Arzt ist Meilen entfernt."

„Ist er nicht", erwidere ich schnell und habe immer noch damit zu kämpfen, AJs Hände von der Wunde fernzuhalten.

„Das ist nichts", stößt er hervor und wehrt mich ab. „Bist du überhaupt eine richtige Ärztin?"

Schweißperlen bilden sich auf seinem Gesicht. Die Atmung des Mannes wird flacher, seine Augen sind glasig, als würden sie einen weit entfernten Punkt fixieren. Dann verliert sich sein Blick vollends in der Ferne. Kein Wunder, wenn er stundenlang mit einer unversorgten Wunde flüchtet und zu stolz ist, etwas zu sagen.

Seine Lider beginnen zu flattern, die Haut ist kreideweiß, und schweißnasse Strähnen hängen ihm ins Gesicht. Im nächsten Moment bricht der massige Körper in meinen Armen zusammen.

„Nein, bin ich nicht", antworte ich und reiße sein Hemd auf. „Aber das ist alles, was du gerade kriegen kannst."

Kapitel 5 – Der Schmerz in uns

Der Abend ist über den Wald hereingebrochen. Ich starre durch die Gitterstäbe vor dem Fenster, und wundere mich, wie finster es draußen ist. Ohne das Licht einzuschalten, habe ich wie gelähmt die Dämmerung abgewartet. Für den Bruchteil einer Sekunde hoffe ich, dass die Nacht bessere Chancen für mich bereithält. Doch da sind nur die Dunkelheit und die Geräusche des Waldes, die sich durch das offene Fenster zu mir gesellen. Keine Neonlichter, keine Werbung, keine Autoscheinwerfer, ja nicht einmal das schwache Mondlicht dringt zu mir. Lediglich die Sterne funkeln, als wollten sie beweisen, dass ich nicht komplett in Schwärze versinke.

Nachdenklich fahre ich mit der einen Hand über das kalte Metall der Gitterstäbe und mit der anderen über den Diamanten an meinem Hals. Ist Daddy jetzt da oben? Wacht er über mich? Oder ist das alles nur Gerede, um die Menschen zu beruhigen?

Ich weiß nicht mehr, was ich denken soll.

Auf eine grausame Art ist mir klar, dass ich ihn nie wiedersehen werde, und doch werde ich das Gefühl nicht los, dass ich mich nur durch die dicken, klebrigen Schichten meines Albtraums kämpfen muss, um ihm am Frühstückstisch zu begegnen. Meine Augen sind feucht, doch noch immer fällt keine Träne. Ich erlaube es mir nicht.

Nicht bevor ...

Ja, was eigentlich?

Vorsichtig, als könnten meine Bewegungen ein Erdbeben auslösen, setze ich mich auf die Bettkante und sehe mich um. Das muss die ehemalige Waffenkammer der *Reaper*-Waldhütte sein, denke ich und streiche über die weiche Bettwäsche.

Mein Körper scheint Tonnen zu wiegen, alles zieht mich in die weichen Federn, doch da ist etwas, eine innere Stimme, die mich anschreit, es nicht zu tun.

Viel gibt es noch zu erledigen – zu viel, um zu wissen, wo ich anfangen soll. Mehrmals zwinge ich mich, ruhig zu atmen, strecke den Rücken durch und versuche mich an einer Bestandsaufnahme. Nachdem ich AJs Wunde notdürftig versorgt habe, hat mich del Gardo ins Bad begleitet. Ich durfte duschen, sogar Unterwäsche, eine frische Jeans und ein rotes Holzfällerhemd fanden sich für mich – Gott allein weiß, wie viele Frauen ihre Kleidung hier ausgezogen und vergessen haben. Im Anschluss habe ich gefrühstückt, unterdessen schmiedeten die Gentlemen im hinteren Teil des Hauses Pläne.

Am Nachmittag haben sich mich in dieses Zimmer gesperrt, und während sich dieser ominöse Ober-*Reaper* zurückgezogen hat, um seine Wunden zu kurieren, schlug ich Wurzeln, trauerte und wartete auf die Dunkelheit und bessere Nachrichten.

Erst als alles Adrenalin aus meinen Adern gewichen ist und mir nur allzu klar wird, dass mich die Anstrengungen des Tages bald schon ins Bett zwingen werden, verstehe ich, dass sich nichts ändern wird und ich allein mit meinem Hass bin.

Ich wurde hinters Licht geführt, gedemütigt, meines Vaters beraubt und gekidnappt. Doch das Schlimmste ist, dass ich dieser Bikergang auch noch dankbar sein muss dafür. Andererseits, vielleicht hätten mich Cooper, Theodora und Marge schon längst aus der Hölle der Untersuchungshaft befreit und ich könnte das tun, was ich jetzt tun sollte, nämlich in aller Stille trauern und mich darauf vorbereiten, meinen Vater zu Grabe zu tragen.

In diesem Moment fällt mir auf, dass ich seine Beerdigung verpassen werde. Augenblicklich wird mir speiübel. Ich springe auf, als würde das Bettgestell plötzlich unter Strom stehen, und gehe wieder zum Fenster. Die Finger umschließen die Gitterstäbe so hart, bis ich nichts mehr spüre.

Mein gellender Schrei lässt die Tiergeräusche verstummen. Ich rüttle und ziehe so fest an den Stäben, dass sich die Fingernägel in mein eigenes Fleisch drücken. Mehrmals lasse ich meiner Wut freien Lauf und brülle sie in das Dickicht hinaus. Meine Fingerspitzen streicheln das schwere Metallschloss, als könnte Zärtlichkeit es dazu bringen sich zu öffnen. Erst dann lasse ich schwer atmend davon ab.

Obwohl es draußen so warm ist, dass sich unter meiner Kleidung ein dünner Schweißfilm bildet, wird mir mit einem Schlag eiskalt. Eine unerbittliche Hand umschließt mein Herz und drückt langsam, aber sicher zu. Kälte breitet sich in meiner Seele aus, und mit ihr kommt der Schmerz, so klar und schneidend, als würde Raureif meine Muskeln überziehen.

Die Welt dreht sich viel zu schnell, ich atme stoßartig und fahre mir über das verschwitzte Gesicht. Ich muss hier raus!

Ich renne zur Tür und hämmere mit der Faust dagegen. Der Lärm ist bestimmt noch meilenweit in dieser Einöde zu hören. Egal. Ich lasse mich nicht einsperren, wenn mein Vater gerade gestorben ist und er allein seinen letzten Weg antreten muss. Ich bin seine Tochter, verdammt.

„He! Aufmachen!" Meine Schläge werden so hart, dass meine Knöchel zu bluten beginnen. „Hört mich jemand? Ich will, dass ihr diese Tür endlich ..."

„Hola, señora!"

Die Tür wurde aufgerissen, ich sehe in die dunklen Augen von del Gardo. Er ist schwer bewaffnet, trägt eine Pistole im Gürtel, und in den Händen hält er etwas, das wie Knetmasse aussieht, mit dem Unterschied, dass die Aufschrift *C4* an der Seite der Verpackung prangt. Nicht schwer zu erraten, wobei ich ihn gerade gestört habe.

„Ich werde gehen", teile ich ihm kurz angebunden mit und zwänge mich an ihm vorbei.

„Das kann ich leider nicht zulassen, *señora*." Er legt den Sprengstoff vorsichtig aufs Sofa, folgt mir und packt meinen Arm. Als ich mich umdrehe, wird sein Blick etwas milder. „*Perdón*, Miss Mayflower. Die Anweisungen vom Boss waren eindeutig."

Langsam, als hätte jemand die Zeitlupe bei einem Footballspiel aktiviert, drehe ich mich um. Ein gefährliches Lächeln stiehlt sich auf meine Lippen. „Del Gardo, richtig?"

„Si."

Ich bedenke ihn mit einem musternden Blick. Ein gut aussehender Kerl, das steht außer Frage. Sein Gesicht ist glatt rasiert, das Haar kurz geschoren, und das Grübchen an seinem Kinn fügt sich hübsch in das jugendliche Erscheinungsbild. Wie alt mag er wohl sein? Ein paar Jährchen jünger als ich? Etwa Theodoras Jahrgang? Der mexikanische Teint wirkt in dieser Weiße-Männer-Jagdhütte zwar fehl am Platz, doch die martialische *Reaper*-Kutte mit den Abzeichen verleiht ihm eine gewisse Härte. Trotzdem kann ich die Unsicherheit in seiner Stimme hören. Der Junge hat Angst.

„Wie heißt du mit vollem Namen, Kleiner?"

Er räuspert sich, strafft sein Kreuz, als wolle er Eindruck schinden. „Miss Mayflower, Sie sollten jetzt wirklich zurück auf Ihr Zimmer gehen."

Ich fixiere ihn und trete so nah an ihn heran, dass ich seine Wärme spüre. „Wie lautet er?", wiederhole ich. „Deine Mutter hat dich doch nicht einfach nur del Gardo genannt." Unsere Nasenspitzen berühren sich fast. „Also, wie lautet dein Name?"

Sekunden vergehen schweigend, schließlich wirkt die Erwähnung seiner Mutter, und er senkt den Blick. „Marco Fabio Rodriguez Hernández Juan Santiago Jesus del Gardo."

„Gut, also Marco." Ich fasse ihn an den Schultern, sehe ihm eindringlich in die Augen. „Mein Vater wurde ermordet. Mir ist egal, welchen Krieg ihr gerade kämpft, damit habe ich nichts zu tun. Ich werde jetzt durch die Eingangstür hinter mir verschwinden, meine Unschuld beweisen und den Mörder meines Vaters finden, hast du verstanden, Marco? Wenn alles klappt, überweise ich euch Unsummen für eure Vorhaben, und du wirst mich nicht aufhalten."

„Aber ich werde es tun." Ohne mich umzudrehen, erkenne ich den tiefen Ton von Brooks' Stimme.

Ich haste durch den Flur, passiere den geräumigen Wohnraum und erkenne erst im letzten Moment, wie Brooks seinen massigen Körper vor den Türrahmen schiebt.

„Die Anweisungen vom Boss waren eindeutig", wiederholt er monoton die Worte seines Klubfreunds.

Er sieht auf mich herab. Wartend, lauernd, bereit, mich zur Not an den Haaren zurück in mein Gefängnis zu zerren. Sofort wird mir klar, dass er alles tun würde, um AJs Befehle zu befolgen.

„Geh zurück ins Zimmer", grollt er und fasst meinen Arm.

Ich boxe gegen seinen Bauch. Wieder und wieder und wieder. Es kommt mir so vor, als würde ich auf Granit einschlagen. Meine Finger schmerzen nach wenigen Hieben, ihn scheint es nicht einmal zu stören. Die Arme hängen locker von den Seiten des Hünen hinab. Erst als mir ein Schrei entfährt und ich ein letztes Mal mit voller Wucht zum Schlag gegen seinen Bauch aushole, legt der schwarze Riese den Arm auf meine Schulter. „Bitte gehe jetzt auf dein Zimmer, der Boss braucht seine Ruhe."

An der Wand zu meiner Rechten hängen etliche Fotos von zwei Dutzend *Reapern*. Ein Trauerflor schmückt die obere linke Kante jeder einzelnen Aufnahme. Der *Motorcycle Club* musste offensichtlich in letzter Zeit viel Aderlass ertragen. Zwischen den Fotos prangt übergroß das Wappen mit dem Totenkopf, davor steht ein langer, schmaler Tisch mit Waffen und etlichen leeren Stühlen. Ich wähne mich in einer Parallelwelt.

Soll ich einen Fluchtversuch wagen?

Wie groß ist die Chance, dass mich dieser Sechseinhalb-Fuß-Hüne über Stock und Stein jagen kann? Immerhin war ich Cheerleaderin, bin geritten, und auch ein wenig Kampfsport habe ich auf Dads Bitten hin betrieben.

Mein Seitenblick trifft del Gardo. Er macht einen sportlichen Eindruck, wie ein durchtrainierter Schwimmer. Ihm zu entkommen, dürfte weitaus schwieriger werden. Ich sollte …

„Schon gut, Brooks." AJs tiefe Stimme aus dem hinteren Teil der Hütte durchkreuzt meine Überlegungen. Wieso wundert es mich nicht, dass er sich wie auf Kommando regt? „Bring sie zu mir."

Noch immer völlig außer Atem befreie ich mich aus Brooks' Griff, durchquere den Wohnraum und folge der Stimme.

„Bin ich deine Gefangene?", platzt es aus mir heraus, nachdem ich die richtige Tür erwischt habe.

AJ wirkt blass, liegt mit freiem Oberkörper auf dem Bett und lehnt am Kopfteil. Blut sickert durch den Verband. Offensichtlich ist er schwerer verletzt, als es anfangs den Anschein gemacht hat. Es grenzt an ein Wunder, dass er nicht vom Motorrad gekippt ist und wir im Graben gelandet sind. Dieser verfluchte Sturkopf muss einen Willen wie ein Stier haben.

„Wie kommst du denn auf diesen Gedanken, Prinzessin? Etwa, weil ich dich entführt habe? Oder liegt es an dem Gitter vor deinem Zimmer?" Er schnalzt mit der Zunge. Aus jeder Pore trieft selbstgefällige Ironie.

„Lernt man diese messerscharfe Kombinationsgabe auf deinen teuren Privatunis?"

„Zu deiner Information: Ich war ganz normal auf der NYU." Mir ist schleierhaft, warum ich ihm das überhaupt erzähle, doch es verschafft mir eine gewisse Genugtuung, seinen überraschten Gesichtsausdruck zu sehen.

„Oh, nur die New York University." Er macht keine Anstalten sich zu bewegen, betrachtet mich kritisch, als würde er mich zum ersten Mal sehen. „Ich bin mir sicher, du hattest es dort leicht, nachdem dein Vater eine neue Bibliothek gesponsert hat, den Westflügel renovieren ließ oder was ihr reichen Leute sonst so macht, um euch Noten zu erkaufen."

Meine Wut wächst mit jedem seiner Worte. „Ich habe alles allein geschafft, ohne das Geld meines Daddys. Ob du es glaubst oder nicht, ich werde eine verdammt gute Ärztin."

Er zieht eine Augenbraue nach oben, erwidert nichts, als wolle er mir noch etwas entlocken. Zu meiner eigenen Verwunderung klappt es hervorragend. „Und dass mein Vater die Mensa hat neu errichten lassen, hat nichts mit meinen Leistungen zu tun!"

„Natürlich nicht." Er stöhnt auf, gähnt und lehnt den Kopf demonstrativ gelangweilt gegen das Bettgestell. „Reden wir uns das nur weiter ein, dann wird es vielleicht irgendwann zur Wahrheit."

„Wieso quatsche ich überhaupt mit dir?" Ich stehe in Flammen und habe größte Mühe mich zurückzuhalten, um mich nicht auf das Muskelpaket zu stürzen und ihm die Augen auszukratzen. „Ich sollte durchs Fenster springen, Hilfe suchen und die Cops auf euch hetzen."

„Super Idee, Maiblümchen", erwidert er gähnend und schließt die Lider. „Ich bin mir sicher, du siehst in Häftlingskleidung atemberaubend aus. Es unterstreicht deinen sommerlichen Teint. Außerdem würdest du zartes Wesen im Wald verhungern, bevor du auch nur eine Straße erreichst."

„Tut mir leid, dass wir nicht alle unterprivilegierte Kriminelle sein können. Ein paar von uns müssen auch noch Geld verdienen, Steuern zahlen und sich ans Gesetz halten."

Mit einem Ruck schnellt er nach vorne. Für einen Moment verzieht er schmerzverzerrt das Gesicht, dann keucht AJ entrüstet auf. „Dann erzähl mir mal, wie hoch waren denn die Steuern, die du bis jetzt gezahlt hast?" Er gibt sich keine Mühe, den Sarkasmus aus seiner Stimme zu verbannen. „Diese Worte aus dem Mund einer gesuchten Mörderin – das grenzt an Heuchelei."

Ich will etwas entgegnen, würde ihm am liebsten Hunderte Gemeinheiten an den Kopf werfen, doch in seinen Sätzen steckt auch ein Körnchen Wahrheit. Also stemme ich entrüstet die Hände in die Hüften, tue so, als würde ich ihm nicht mehr zuhören, und sehe mich im Zimmer um. Der Totenkopfschädel mit dem *Reaper*-Symbol ist in jeder Ecke, an jeder Wand zu finden. Nur über seinem Bett hängt das einsame Bild eines Mannes im gehobenen Alter. Ich muss nicht lange überlegen, wer das sein könnte. Die Schwarz-Weiß-Fotografie strotzt nur so vor Ähnlichkeit mit dem Mann, der auf dem Bett liegt. Es sind die gleichen hohen Wangenknochen, die gleichen aristokratischen Züge, und auch die hellen, durchdringenden Augen scheint er von seinem Vater geerbt zu haben.

„Heuchelei", zische ich und deute mit einem Nicken in Richtung des Fotos. „Dein Daddy, nehme ich an. Wolltest du ihn stolz machen? Zeigen, dass auch du ein tougher Kerl bist, der eine riesige Maschine lenken kann?"

„Vorsicht", flüstert er lang gezogen. Seine Augen glühen, als würden die Silben ein Inferno dahinter entzünden.

„Ich wette, du hast als Jugendlicher einfach zu wenig Aufmerksamkeit bekommen und immer gefährlichere Verbrechen begannen, nur damit ihr Zeit miteinander verbringt."

„Ich sagte, dass es genug ist." AJ schwingt sich auf die Füße, lässt mich dabei nicht aus den Augen. Von einer auf die andere Sekunde ist er nicht mehr mein Patient, sondern wieder der Wolf, der mir mitten in die Seele blicken kann und der kurz davor ist, seine Beute zu reißen. „Mit zu wenig Aufmerksamkeit in der Jugendzeit kennst du dich bestimmt bestens aus. Oder nein, warte, du hast ja die Medien benutzt, um die zu bekommen."

Unsere Gesichter trennen nur wenige Zoll. Die Muskeln in seinen Wangen spielen verdächtig, als würde er gleich losschlagen wollen.

Ein merkwürdiges Klimpern an seinem Hosenbund zieht für einen Moment meine Aufmerksamkeit auf sich. Unzählige Schlüssel hängen an der Kette, die am Bund seiner dunklen Jeans befestigt ist. Bestimmt ist auch jener dabei, der das Gitter vor meinem Fenster öffnet. Ich sollte klug sein, diplomatisch und mich in eine günstigere Verhandlungsposition bringen, stattdessen gewinnt mein inneres Feuer die Oberhand.

Als ich den Mund öffne, zucke ich selbst vor meinen Worten zusammen. „Wenn dein Daddy gleich durch die Tür kommt und dir auf die Schulter klopft, bin ich mir sicher, du heulst wie ein kleines Mädchen."

„Das ist leider nicht möglich", flüstert er.

Jede Sekunde rechne ich mit einem Ausbruch. Rote Flecken haben sich in sein Gesicht gestohlen, seine Wangen beginnen zu zittern, doch ich halte seinem Blick stand.

„Wir haben eine weitere Gemeinsamkeit." Zu meiner Überraschung ist seine Stimme so mild, als würde sie mich besänftigen wollen. „Auch mein Vater ist tot. Er starb im Kugelhagel der Cops auf seinem Bike. Und das alles für ein Verbrechen, das er nicht begangen hat." AJ lächelt traurig. „Das müsste dir ebenfalls bekannt vorkommen. Oder habe ich unrecht und vor mir steht tatsächlich eine Mörderin?"

Für einen Moment zieht sich mein gebrochenes Herz zusammen. Ich weiß, ich sollte die Klappe halten, doch Schmerz und Trauer vermischen sich zu etwas, das ich nicht zu kontrollieren imstande bin, und meine Emotionen brechen aus mir hervor. „Bist du deshalb kriminell geworden? Um in die Fußstapfen deines Vaters zu treten?"

„Vielleicht. Wie ist es bei dir?" Gespielt nachdenklich legt er einen Finger an die Lippen. „Wie hoch ist wohl das Erbe der Mayflowers? Millionen oder sind es schon Milliarden?" Fast beiläufig streicht er über den Diamanten, der auf meinem Dekolleté ruht. „Und als

Zugabe gibt es alle fünf dieser wunderschönen Sterne gratis obendrein. Wenn das nicht ein guter Deal ist."

Das war's. Meine Sicherungen brennen durch, ich sehe mich selbst von außen, und ein Knallen stört die Idylle der Einsamkeit. Als ich wieder bei Sinnen bin, muss sich AJ an der Kommode abstützen, meine rechte Handfläche schmerzt fürchterlich, und er fährt sich über die rot anlaufende Wange.

„Wenn du das noch einmal versuchst, bekommst du es doppelt so hart zurück, Maiblümchen." Seine Stimme hat einen bedrohlichen Unterton angenommen.

Wenn Blicke töten könnten, wären wir beide nur noch ein Häufchen Asche. Beinahe bin ich froh, als Marco in den Raum tritt und ein Räuspern die Spannung löst.

„Alles gut, Boss?"

„Alles gut", grollt er, ohne mich aus den Augen zu lassen. „Unser Gast wollte gerade wieder auf sein Zimmer gebracht werden, etwas essen und dann zu Bett gehen."

Ohne etwas zu entgegnen, drehe ich mich auf dem Absatz um. Meine Haare fliegen ihm ins Gesicht. Ich sehe mich nicht mehr um, sondern schmiede schon einen Plan. Irgendwie muss ich an die Schlüssel kommen, und ich weiß auch schon, wie ich das anstellen werde. Egal ob krimineller Biker oder biederer Buchhalter, in einer Sache sind alle Männer gleich. Wenn sie einen Penis haben, kann man ihnen den Kopf verdrehen.

Ich lächle, während ich warte, dass mir del Gardo die Tür öffnet.

„Mein herzliches Beileid, Miss Mayflower.“ Seine
Stimme klingt brüchig und ehrlich.

„Danke“, erwidere ich, gehe mit durchgedrücktem
Kreuz und stolzem Ausdruck im Gesicht in meine Zelle
und warte, bis sich der Schlüssel im Schloss dreht.

Als ich sicher bin, dass mich niemand mehr hört,
lasse ich mich aufs Bett fallen und hoffe, dass das Kissen meine Trauerlaute erstickt. Heiße Tränen benetzen
das Kissen. Endlich erlaube ich mir, zu weinen und das
Unabänderliche einzugestehen.

Kapitel 6 – Wie ein Dieb in der Nacht

Fünf Tage vergehen, in denen ich endlich trauere.

Ich weine, esse, beobachte die Natur und schlafe. Nichts anderes bestimmt meinen Tagesablauf. Die Zeit zwischen meinen Atemzügen dehnt sich und ist gleichzeitig so schnell vergangen, dass ich gar nicht merke, wie die Stunden ins Land ziehen. Erst bei Sonnenaufgang des sechsten Tages gelingt es mir, nicht mit Tränen in den Augen aufzustehen.

Wie immer öffnet Marco meine Tür, bringt mir frische Kleidung und lädt mich ein, mit ihnen zu frühstücken. In den letzten Tagen habe ich abgelehnt, doch jetzt, da der Schmerz real ist und keine unsichtbare Hand mehr, die mir jede Sekunde die Kehle zudrückt, lächle ich. „Gerne, Marco. Es wäre mir eine Freude.“

Erst zögerlich, dann erfreut führt er mich in den Wohnraum der Jagdhütte. Sie ist wohl so etwas wie das Hauptquartier des *Reaper MC*, obwohl es mich stutzig macht, dass der einst so gefährliche Klub nur noch aus drei Männern bestehen soll. Halten die anderen in New York die Stellung, oder sind ihre Reihen tatsächlich so ausgedünnt?

Egal. Was interessiert mich das Schicksal von kriminellen Outlaws?

Als ich den Raum betrete, wundert es mich, dass die *Reaper* nicht an dem langem, eigentlich dafür prädestinierten Tisch Platz genommen haben, sondern in der modernen offenen Küche speisen, die eigentlich so gar nicht zu der Holzoptik passen will. Offensichtlich scheint er ihnen auf eine obskure Art und Weise heilig zu sein.

Mit einer gewissen Genugtuung registriere ich die abschätzenden Blicke von Brooks und AJ und setze mich wortlos dem Boss gegenüber.

„Kaffee?", will del Gardo wissen und hält die Kanne hoch.

„Gerne." Mein Ton ist zuckersüß, als wäre ich nicht ihre Gefangene, sondern in der Lobby eines Hotels in Aspen. Nebenbei stelle ich fest, dass AJ sichtlich mitgenommen aussieht. Wenn ich die Motorengeräusche in dieser Nacht richtig deute, ist er im Schutz der Dunkelheit nach New York gefahren. Sein braun gebranntes Gesicht wirkt fahl, die Haut schmutzig, seine Kleidung riecht nach Zigarrenqualm und Motoröl. Nur seine Augen blitzen aufmerksam, damit niemand den Fehler macht, seine Müdigkeit mit Schwäche zu verwechseln. Unmerklich lehne ich mich nach vorne. Tatsächlich, der Schlüsselbund klimpert auch jetzt an einer Kette an seiner Jeans.

Ich muss einen Dieb bestehlen, um hier rauszukommen. Doch dafür brauche ich entweder Hass oder Liebe. Beides soll mir recht sein.

AJ schweigt. Er kaut an einem Brot und mustert mich voller Argwohn. Selbst als ich mich zurücklehne, an dem wirklich guten Kaffee nippe und seinen Blick erwidere, bleiben seine Augen auf mich gerichtet, als wäre ich Honig und er ein hungriger Bär.

Brooks und del Gardo schauen sich peinlich berührt an. Die Stille zieht sich unangenehm in die Länge und baut sich zu einer unüberwindbaren Wand auf. Jedes überflüssige Geräusch wird vermieden, niemand gibt einen Laut von sich, während AJ und ich uns anfunkeln.

„Die Kaffeebohnen kommen aus Chiapas, meiner Heimatstadt in Mexiko." Die Erleichterung ist spürbar, nachdem del Gardo das Wort ergriffen hat.

„Echt?", will Brooks wissen. „Schmeckt großartig."

„Das Geheimnis liegt in der Röstung." Sein mexikanischer Akzent wird stärker. „Und natürlich in der Sonne. Die Bohnen können gar nicht genug Strahlen abbekommen."

Wieder Stille.

Ich schlürfe meinen Kaffee. AJ und ich fixieren uns immer noch wie zwei Schlangen, jederzeit bereit, das Gift in die Venen des anderen zu schicken. Doch im Gegensatz zu ihm will ich diesen Streit. Ich werde ihn spielen wie eine Violine und spüre, wie sehr die Wut hinter der sorgsam gehegten Oberfläche kocht. Dafür muss ich nur seinem Blick standhalten.

Erneut scheint del Gardo mit der Stille überfordert. „Der Hochlandkaffee wird in Höhen von bis zu fünftausendzweihundertfünfzig Fuß geerntet", fährt er fort. „Die Bauernhöfe meiner Familie liegen in den Bergen Chiapas. Wenn ich dort zu Besuch bin, nehme ich mir immer ein paar Säcke ..."

„Genug!" AJs Faust schnellt so hart auf den Tisch, dass Teller und Obstschalen zu Boden gehen. Erst nachdem die Scherben ihren wirren Tanz beenden und sich die klirrenden Geräusche in der Jagdhütte verlieren, erhebt er seinen massigen Körper. „Hört auf mit diesem schlechten Theater", grollt er in Richtung seiner Klubfreunde und sieht mich an. „Was machst du hier?"

„Frühstücken." Provokativ picke ich ein Stück Melone auf meine Gabel und esse es genüsslich. „Und was das Theater angeht, ich bin mir sicher, du hast noch nie eins von innen gesehen und kannst nicht mal im Ansatz beurteilen, ob es tatsächlich schlecht war." Ich spüle mit etwas Orangensaft nach und schenke ihm einen klimpernden Augenaufschlag. „Aber hey, wenn du willst, lade ich euch alle in die Metropolitan Opera ein, wenn wir in New York sind – also, falls ich Manhattan jemals wiedersehen werde." Mein Ton gleitet ins Zickige ab. „Das kommt natürlich auf deinen supersmarten Plan an."

AJ prescht um den Tisch, zieht meinen Stuhl zu sich, sodass ich aufstehen muss.

„Boss?" Brooks und del Gardo heben beschwichtigend die Hände. „Wir brauchen sie noch", fügt Brooks hinzu.

„Den Plan wirst du früh genug erfahren", zischt mir AJ ins Gesicht.

Ich komme näher, kann die Hitze seiner Haut spüren. Wie zufällig streichen meine Finger über die Jeans. Das Metall der Schlüssel fährt leicht über meine Hände. Schon bekomme ich die Kette zu greifen und fange an, den Karabinerhaken zu lösen. Meine Fingerspitzen sind feucht vor Aufregung, kalter Schweiß legt sich in meinen Nacken, und meine Wangen scheinen Feuer zu fangen. Ich brauche mehr Zeit, nur etwas mehr Zeit.

Um ihn vollends abzulenken, deute ich mit der freien Hand auf die Fotos hinter dem ausladenden Tisch an der gegenüberliegenden Wand. „Haben die Jungs da auch auf deinen Plan gehört? Also, wenn mir das gleiche Schicksal blüht, solltest du ihn vielleicht noch einmal überdenken."

Bedrohlich spielen AJs Bauchmuskeln unter seiner schwarzen Kutte. Seine Pupillen weiten sich, die Wut umhüllt ihn wie eine zweite Haut. Die Ader an seiner Schläfe pocht furchteinflößend, und ich erkenne das Raubtier, das in ihm steckt, nur allzu deutlich. Einen Moment später wird mir klar, dass ich den Bogen überspannt habe. Alles ist still, sogar die Vögel scheinen ihren Gesang eingestellt zu haben.

Gerade als ich den Schlüsselbund zu lösen beginne, dreht er sich zur Seite. „Miss Mayflower wird nicht mehr mit uns essen", verkündet er mit ruhiger Stimme. Der Zorn scheint verflogen, und die Geräusche des Waldes dringen nun überlaut ins Haus. „Sie wird allein auf ihrem Zimmer speisen und dort bleiben. Ist das klar?"

„Ja, Boss", ertönt es aus zwei Kehlen.

„Gut." Bevor AJ kehrtmacht und auf sein Zimmer verschwindet, spüre ich die unsägliche Trauer in seinem Blick. Wie schwer muss es ihm fallen, daran erinnert zu werden, dass er seine Leute nicht beschützen konnte? Obwohl es eine kalkulierte Provokation war, fühle ich mich auf der Stelle mies.

Ich schließe die Augen, reibe mir über die Schläfen. Meine Gedanken überschlagen sich. „AJ, warte!"

Doch es ist bereits zu spät. Die Tür wird so fest zugeschlagen, dass ich zusammenzucke und die Vögel draußen aufflattern.

Ich spüre Brooks' Pranken auf meiner Schulter ruhen. „Du solltest jetzt gehen."

„Ja", flüsterte ich mehr zu mir selbst als zu dem Riesen. „Das sollte ich."

***

Gut, ich habe versagt. Mit Hass hat es nicht funktioniert. Nun muss es Liebe sein, die mich aus meiner misslichen Lage rettet.

Nach einem kargen Abendessen, was bestimmt darauf zurückzuführen ist, dass mich AJ bestrafen will, bin ich frisch geduscht und blicke aus dem vergitterten Fenster in die Dämmerung. Mit voller Intensität wirft die Sonne ihre orangefarbenen Strahlen über die Baumwipfel und verwandelt den Himmel in ein Feuermeer. Doch selbst dieser Anblick kann meine Stimmung nicht aufhellen.

Ich muss an meinen Vater denken und daran, dass er gerade ganz bestimmt nicht stolz auf mich wäre, wenn er mich sehen könnte.

Er hat immer versucht, den Menschen mit Freundlichkeit und Respekt zu begegnen, egal ob Obdachloser oder Firmenchef. Mehrmals atme ich aus und lehne den Kopf an das kühle Metall der Gitterstäbe.

„Deine Fußstapfen sind groß, Dad", flüstere ich gen Himmel und hoffe, dass ihn meine Worte erreichen.

Ob er bereits beerdigt wurde? Seine letzte Ruhe gefunden hat?

Bestimmt wurde seine Leiche obduziert. Allein der Gedanke daran lässt mich frösteln. Mit aller Macht muss ich die schrecklichen Bilder verdrängen. In dieser

Nacht habe ich noch eine Aufgabe zu erledigen, und mit an Sicherheit grenzender Wahrscheinlichkeit bleibt mir nur ein Versuch, bis AJ andere Maßnahmen ergreifen wird, um mich ruhigzustellen. Angekettet in einer Ecke, mit einem Eimer unter mir, möchte ich ganz bestimmt nicht enden. Wie ein Dieb in der Nacht muss ich erfolgreich sein. Um jeden Preis!

Noch einmal fahre ich mir durch die Haare, lege sie behutsam auf meine Schultern und öffne die obersten Knöpfe meines Holzfällerhemds. Meine Entführer stellen mir lediglich Hygieneartikel und jeden Tag frische Kleidung zur Verfügung, auf Parfüm muss ich leider verzichten, genau wie auf einen BH. Es muss auch so funktionieren. Vorsichtig klopfe ich an die Tür.

Ich lausche in die Stille und vernehme bereits nach wenigen Sekunden Schritte.

„Ja?“

Ich bin davon ausgegangen, dass del Gardo die Tür öffnen würde, doch als Brooks vor mir steht, muss ich den Kopf in den Nacken legen, um in sein Gesicht zu sehen.

„Ich möchte mich bei eurem Boss entschuldigen“, erkläre ich ohne Umschweife.

Brooks lässt meine Worte auf sich wirken und nickt schließlich bedächtig. „Bist du doch noch zur Vernunft gekommen?“ Kein Mann der großen Worte. Er führt mich an AJs Tür und klopft an. „Du solltest ihn nicht reizen. Vor allem nicht mit den Themen, die du angesprochen hast.“ Ich verfolge seine Hand mit meinem Blick, als er sie mir sanft auf die Schulter legt. „Er hat alles getan, um uns zu beschützen. Glaub mir, es war nicht seine Schuld.“

Für Brooks müsste das Wort Loyalität neu definiert werden. Nicht schwer zu erraten, dass der schwarze Riese für seinen Anführer durch die Hölle und zurück gehen würde.

„Das werde ich mir merken", murmle ich und trete ein. Er schließt die Tür hinter mir.

Eigentlich habe ich mir fest vorgenommen, die Kontrolle zu behalten, kühl zu denken, heiß zu handeln, doch als AJ mit freiem Oberkörper am Schreibtisch sitzt, die Wunde mit einem Verband versorgt, und seine Muskeln im Licht des Abendrots spielen, obwohl er nur einen Brief schreibt, sind alle Vorsätze weggefegt.

„Ich habe mich noch gar nicht bei dir bedankt", begrüßt er mich, bevor ich etwas sagen kann.

Das sind ja ganz neue Töne. Eigentlich wollte ich das Gespräch beginnen und es direkt in die richtigen Bahnen lenken. Wieder kommt mir der Kerl zuvor.

„Bedankt? Wofür?"

Ohne vom Briefpapier aufzusehen, tippt er mit zwei Fingern gegen den Verband. „Dass du den Streifschuss versorgt hast."

Ich nicke und lasse mich seufzend aufs Bett fallen und drehe mich zur Seite, den Kopf auf der Hand gestützt. „Wo wir gerade dabei sind, uns wie kleine Mädchen die Herzen auszuschütten – auch ich habe Mist gebaut." Ich deute auf das Foto an der Wand. „Das mit deinem Vater tut mir leid und auch die Sache mit den anderen Klubmitgliedern. Mir ist klar, wer die Gefahr sucht, findet sie meist, aber meine Worte waren falsch. Bitte entschuldige."

Langsam dreht sich AJ auf dem Stuhl um. Sein Blick besitzt eine verstörende Milde, als er aufsteht und neben mir auf dem Bett Platz nimmt. „Danke."

„Wie ist es passiert?", will ich mit ehrlichem Interesse wissen. Außerdem kann es nicht schaden, so viele Informationen wie möglich zusammenzutragen, wenn ich von hier abhauen will.

Er legt sich neben mich, lässt den Hinterkopf gegen das Bettgestell sinken. Für einen Moment ist er nicht mehr der harte Boss des *Reaper MC*, sondern nur ein Mann, der viele Freunde zu Grabe tragen musste.

„Wie immer ging es um Geld, doch diesmal hat es Dimensionen erreicht, die ich nie für möglich gehalten hätte." Er fährt sich über den dunklen Bart, streicht sein Haar nach hinten. „Ein windiger Anwalt sollte für eine Firma Grundstücke in East Harlem kaufen. *Unsere* Grundstücke. Für die Drecksarbeit hat er den *Saints MC* angeheuert, einen Motorradklub von rechtsradikalen Arschlöchern. Du weißt schon, White Power und so. Die sollten alle Mieter vertreiben und die Eigentümer zum Verkauf überreden."

„Ich nehme an, auf ihre ganz eigene grausame Art?"

AJ nickt. „Sie waren nicht zimperlich, haben vor nichts zurückgeschreckt, falls du das meinst."

„Und ihr habt euch ihnen in den Weg gestellt?"

„So in etwa", seufzt er. „Die anderen Mieter des Blocks konnten die *Saints* mit Waffengewalt vertreiben. Nur wir haben Widerstand geleistet und den Krieg in Kauf genommen." Sein Blick geht durch mich hindurch, zu einem weit entfernten Ort. Sieht er gerade den Tod seiner Freunde vor dem geistigen Auge? „Wie du siehst, hat es leider kein gutes Ende für das *Reaper Chapter*

New York genommen. Wir drei sind die Einzigen, die übrig geblieben sind. Und das alles, weil die Firma eine Port City für gut betuchte Anzugträger, Scheichs und deren shoppingsüchtige Ehefrauen errichten will." Aus jeder Silbe tropft Verachtung. „Ein neues Zentrum für reiche Arschlöcher an den Docks."

„Geld regiert die Welt", sage ich gedankenverloren.

AJ lacht auf. Laut, hart und voller Häme. „Damit kennst du dich ja aus."

Unter anderen Umständen hätte ich jetzt gekontert, doch das ist nicht der Plan. Ich lehne den Kopf gegen seine Schulter und atme den herben Duft seiner Haut ein. „Was für eine schreckliche Firma."

„Ja", stimmt er mir zu, während ich mich weiter an ihn kuschle. Ein überraschter Unterton schleicht sich in seine Stimme, das Gelächter verebbt vollends. „Was für eine schreckliche Firma."

Ich lasse die Hand über seinem nackten Oberkörper schweben. Meine Kehle ist so trocken, als hätte ich tonnenweise Wüstensand geschluckt. Behutsam, als würde die Berührung Stromstöße verursachen, fahre ich mit den Fingerspitzen die Konturen seiner Brustmuskeln ab.

„Was wird das, Kleines?" Obwohl der Ton vor Ablehnung strotzt, streicht er über meinen Nacken. „Nur weil du mir einen blasen willst, werde ich dich nicht gehen lassen."

Seine direkte Wortwahl stachelt mich auf perfide Weise an. „Weiß ich", erwidere ich kühl und intensiviere meine Berührungen. Als würden meine Finger einem unsichtbaren Muster folgen, ziehen sie weiter über seinen muskulösen Bauch, bis sie die dünne Spur aus feinen Härchen erreichen, die von seinem Bauchnabel zur intimsten Stelle weist. „Aber ich würde gerne wieder mit euch frühstücken und erfahren, was du mit mir vorhast."

„Du könntest einfach fragen." Für einen Moment schließt er die Augen. Die Beule in seiner Jeans wird größer.

„Aber das wäre doch langweilig." Ich habe es noch nicht ganz verlernt, jubiliere ich still und lasse die Fingernägel über seine Flanke fahren. „Vielleicht sind es meine Hormone oder das Stockholm-Syndrom, aber ich habe in den letzten Tagen so viel Mist erlebt, da brauche ich ein wenig Ablenkung."

Ich schwinge mich auf sein Becken und bewege meine Taille in einem langsamen Rhythmus. Seine Laute werfen ein heiseres Echo im Raum.

Noch einmal streichle ich über seine Haut, kneife spielerisch in seine Brustwarzen und lehne mich nach vorne. „Es sei denn, du möchtest dich wieder an dein Poesiealbum setzen", flüstere ich ihm ins Ohr. Mein Blut rauscht so schnell durch meine Adern, dass ich Angst habe, ich könnte ohnmächtig werden.

„Es sind Einsatzpläne für unseren Schlag gegen die *Saints*", knurrt er. Das wölfische Grinsen lässt Angst in mir auflodern. Ich muss behutsam vorgehen. Unter mir liegt immer noch ein Outlaw. Seine unzähligen Narben grenzen sich in den letzten Sonnenstrahlen weißlich von seiner Haut ab. Er packt meine Haare am Hinterkopf, will mich zu sich ziehen. Ich muss alle Kraft aufwenden, damit es ihm nicht gelingt, und ich mich befreien kann.

Tanzende Sterne zucken vor meinen Augen Ich lehne mich nach vorne und lasse meine Lippen wie eine Feder über seine streichen lasse. Dann schiebe ich mein Becken vor. Ich spüre seine härter werdende Männlichkeit und vernehme zufrieden, wie ein Keuchen aus seiner Kehle dringt.

Die so sorgsam gepflegte Maske des harten Mannes fällt mit jeder meiner Zärtlichkeiten ein wenig mehr. Ich küsse seinen Hals, arbeite mich über seine Wangen zurück zu den geschwungenen Lippen. Wieder halte ich inne und lasse meine Zunge über die empfindliche Haut fahren. Dabei fasse ich in seinen Nacken, um die Intensität zu dosieren.

Minutenlang spiele ich mich ihm, drücke immer wieder mein Becken vor und verlagere das Gewicht auf seinen Schoß.

Sein Schwanz wächst, und auch meine Lust wird durch die wütender werdenden Beckenbewegungen weiter befeuert. Meine Berührungen sind wie Schmetterlingsflügelschläge auf seiner Haut, kaum spürbar, und doch lösen sie bei ihm eine Gänsehaut aus, die über seinen Leib zieht. Wie im Rausch verdreht er die Augen, er fasst allmählich meine Arme fester und zieht mich zu sich. Lange wird er das nicht mehr mit sich machen lassen.

Doch auch ich tanze auf der Rasierklinge und drohe, in den Abgrund der Lust zu stürzen. Feuchtigkeit sammelt sich zwischen meinen Beinen.

Voller Scham spüre ich, wie viel Freude es mir bereitet, mit dem gefährlichen Wolf zu spielen, ihn zu reizen und zu sehen, wie er langsam in die Lust abgleitet, obwohl er mich mit wenigen Bewegungen kontrollieren könnte.

Das Spiel mit dem Feuer verbrennt mich, zehrt mich auf wie im Fieberwahn, für den es keine Linderung gibt. Ich spüre, wie mir die Kontrolle entgleitet, als er meine Haare fasst und mit der Zunge meine Lippen durchbricht. Diesmal wehre ich mich nicht. Er küsst mich fordernd und voller Leidenschaft, doch noch scheint er sich zurückzuhalten. Hat auch er Bedenken und ist gleichzeitig von Lust zerfressen?

Jetzt bin ich diejenige, deren Laute gedämpft durch den Raum hallen. AJ reißt an meinem Hemd. Augenblicklich geben die Druckknöpfe nach. Er richtet sich auf, hält mich weiterhin fest im Griff. Seine Zunge fährt über meine Brustwarzen und liebkost sie zärtlich. Instinktiv schlage ich meine Arme um ihn und presse das Becken noch fester und in rhythmischem Takt gegen seine Härte. Ein bittersüßer Schmerz durchzieht meine Knospen.

Ich muss all meine Kraft aufbieten, um mich nicht vollends meiner Begierde hinzugeben. Das Klimpern seiner Schlüssel ist wie ein Anker zur Realität. Obwohl die Lust in mir so stark pocht, dass ich ihr kaum mehr widerstehen kann, zwinge ich mich, die Schlüssel von der Kette zu lösen. Ich benötige drei Anläufe – zu scharf machen mich AJs Zungenspiele, während er gekonnt an meinen Brustwarzen knabbert. Sie sind mittlerweile so hart, dass ich das Kribbeln nicht nur im Unterleib, sondern an jeder sensiblen Stelle spüre.

Endlich kann ich die Schlüssel greifen, fasse sie mit der Faust, damit mich kein Geräusch verrät, und lasse mich wieder gehen. Mehrmals küsst AJ mein

Schlüsselbein, sucht sich einen Weg über meinen Hals. Dabei werden seine Bewegungen langsamer und das Keuchen leiser, bis es schließlich vollends verebbt.

„Hey, warte, ich möchte die Situation nicht ausnutzen", flüstert er mit vor Erregung heiserer Stimme und räuspert sich. Seine rauen Hände streicheln über meinen Rücken, die wasserblauen Augen brennen sich in meine hinein.

Sieh an, ein richtiger Gentleman steckt hinter der rohen Schale. Er scheint mehr Facetten zu haben, als ich anfangs gedacht habe.

„Was meinst du?" Noch einmal drücke ich mein Becken durch und spüre sein riesiges Gemächt. Zu gern würde ich ihn einfach in mir haben, obwohl ich genau weiß, dass Gefahr und Trauer meine Gefühle verrücktspielen lassen.

„Wie du schon sagtest, du bist meine Gefangene. Eigentlich ist das nicht unser Stil, aber wir stehen mit dem Rücken zur Wand, und um Kriege zu gewinnen, braucht man eine Menge Kohle."

„Natürlich." Ich steige von ihm hinunter, obwohl sich jede Faser meines Körpers dagegen wehrt. Doch die Erwähnung von Geld zieht mich schmerzhaft zurück ins Hier und Jetzt. „Tut mir leid, da sind die Pferde wohl ein wenig mit mir durchgegangen."

Ich gehe zur Tür, knöpfe mein Hemd zu und lasse die Schlüssel unauffällig in meiner Hosentasche verschwinden.

Bevor ich die Tür öffne, ertönt seine Stimme. „Das war ganz schön heiß, Maiblümchen. Danke, dass du mir den Abend versüßt hast."

Ich muss lächeln, lasse mir jedoch nichts anmerken, als ich den Kopf zu ihm drehe. „Wie heißt du eigentlich mit vollem Namen?"

Unsere Blicke treffen sich. Lidschläge vergehen schweigend, bis er sich wieder zurücklehnt. Dunkelheit überzieht seinen durchtrainierten, von Narben übersäten Körper.

„Alexander James Wallace."

„Klingt adelig."

Mit den letzten Strahlen der Sonne sehe ich seine Augen aufblitzen. „Vielleicht ist es das auch. Gute Nacht, Sam."

Zum ersten Mal nennt er mich so. Es fühlt sich gut an.

„Gute Nacht, Alexander."

Kapitel 7 – Feuer und Wasser

Ich verharre, bis die Nacht den Tag zur Gänze verdrängt hat.

Mit weit aufgerissenen Augen und vollständig angezogen liege ich in Fötusstellung unter der Bettdecke und warte geduldig, bis alle Stimmen in der Hütte verstummt sind und die Natur allein für die Geräuschkulisse zuständig ist.

Das Heulen eines Wolfs lässt meinen Herzschlag für einen Moment aussetzen.

In einem Punkt kann ich AJ nicht widersprechen. Im Dickicht verliert man schnell die Orientierung, erst recht nachts. Aus dem Bett kann ich den Mond sehen. Er muss mir als Verbündeter genügen.

Ein Kloß bildet sich unweigerlich in meinem Hals. Was ist, wenn ich mir ein Bein breche? Den Tieren zum Opfer falle oder eine Böschung hinabstürze? Die Angst beißt sich wie eine hinterhältige Schlange in meinem Herzen fest.

Mit aller Kraft sorge ich dafür, dass ihr Gift nicht in meine Blutbahn sickert, reiße die Decke hinunter und mahne mich selbst zur Ruhe. Ich muss nur eine Straße erreichen – und schon wäre meine Flucht geglückt.

Mit spitzen Fingern probiere ich die Schlüssel aus und lasse sie so geräuschlos wie möglich in das Schloss am Fenster gleiten. Schon beim dritten habe ich Glück. Mit einem Quietschen geben die Gitter nach, der Weg in die Freiheit ist nur einen Sprung entfernt.

Mein Blut rauscht wie verrückt, als ich den trockenen Waldboden unter meinen Schuhen habe. Obwohl der Wind die Hitze des Tages aus dem Dickicht verdrängt hat, ist eine milde Brise geblieben. Die und meine Aufregung reichen bereits aus, um mir die Schweißperlen auf die Stirn zu treiben.

Jetzt gilt es, keine Zeit zu verlieren. Nur wenige Stunden, dann wird Alexander meinen Diebstahl bemerken, Himmel und Hölle in Bewegung setzen, um sein kostbares Faustpfand einzufangen und mich für meine Tat zu bestrafen. Für einen unbehaglichen Moment zucken Bilder vor meinem inneren Auge auf, wie ich in Ketten in seinem Bett liege und er meinen Körper mit Küssen übersät. Mit viel Leidenschaft beißt er in meine Knospen, fährt mit einer Gerte meine Brüste ab, bis er meinen Bauchnabel erreicht.

Überrascht und abgestoßen von meinen erhitzten Gedanken, betrete ich den Waldweg. Ich muss mich definitiv besser unter Kontrolle haben, wenn ich das hier überstehen will.

Angespornt von der Aussicht, den Mörder meines Vaters zu stellen, beschleunigen sich meine Schritte. Der Mond ist mir ein stummer Begleiter. Anfangs noch erleuchtet er den Weg hell und klar, doch als die Baumkronen dichter werden, weiche ich weiter vom Trampelpfad ab.

Keine halbe Stunde später schluckt das Dickicht jeden Schein, und nur noch vereinzelt rieselt silbernes Licht durch die Baumwipfel. Der Geruch von Moos und frischem Wasser kann nicht darüber hinwegtäuschen, dass ich mich in Gefahr begebe. Immer öfter stolpere ich über Wurzeln.

„So ein Mist!" Der Fluch kommt gepresst über meine Lippen, als ich mich aufrappele und nach oben sehe.

Wie war das doch gleich? Wo geht die Sonne unter, wo der Mond auf? Hilflos schaue ich mich um. Bald schon fällt es mir schwer, die eigene Hand vor Augen zu erkennen. Wenn ich einfach weiter laufe, müsste ich bald eine Straße erreichen. Oder einen See. Oder ein Wolfsrudel. Ich stemme die Hände in die Hüften und entscheide mich für eine Richtung. Alles ist besser, als in der Finsternis den Morgen abzuwarten.

Gerade als ich auf das weiche Moos wechsle, durchbricht Wolfsgeheul die Stille der Nacht und lässt meine Bewegungen erlahmen. Die eisige Hand der Angst umschließt meine Kehle und drückt zu, während die Hitze in meinem Kopf jeden klaren Gedanken in Asche verwandelt.

Die durchdringenden Rufe der Tiere haben ihren Ursprung nicht weit entfernt. Mir wird angst und bange. Sie befinden nicht im nächsten Tal, keine Meile trennt uns, sondern vielleicht nur ein paar Steinwürfe. Sie sind ganz nah und, wenn mich meine Ohren nicht täuschen, kommen sie aus mehreren Richtungen.

Mein Herzschlag setzt aus, als das laute Geheul erneut ertönt. Mein Instinkt übernimmt die Kontrolle. Ohne nachzudenken, sprinte ich los. Mehrmals falle ich hin und ignoriere das Stechen, denn die Furcht ist übermächtig und lässt mich einfach weiterlaufen. Verdammt, ich bin Ärztin, ich weiß, dass gerade Adrenalin meine Adern flutet, jeder Muskel angespannt und zur

Flucht bereit ist, und doch lässt mich der dumpfe Schmerz in meinem Bein langsamer laufen.

Als Mondlicht durch die Baumkrone bricht, erkenne ich Silhouetten, die sich hastig bewegen. O Gott, sie haben meine Fährte aufgenommen, umzingeln mich und werden mich bald schon gestellt haben.

Ich hetze auf eine Lichtung unterhalb des Hangs zu. Mein Atem rasselt, ich renne so schnell wie möglich und hoffe, dass mir der Hügel einen sicheren Zufluchtsort gewähren kann. Bald schon erkenne ich, dass es keine Anhöhe ist, sondern ein Wasserfall. Das Rauschen dringt donnernd in meine Ohren.

Sind Wölfe wasserscheu? Ich falle erneut, zwinge mich aufzustehen und den Schmerz zu verdrängen, als ich den Wasserfall erreiche. Das silberne Mondlicht fällt auf die knurrenden schwarzen Leiber der Wölfe. Sie sind lediglich ein paar Yards entfernt. Im Schatten der Bäume kann ich ein paar Jungtiere ausmachen. Keine Welpen mehr, aber auch noch nicht ausgewachsen. Sie sind es, die mit wachsender Neugier ihre Schnauzen in die Luft heben und auf mich zu traben. Sind sie der Grund für die Aggressivität des Rudels?

Ich nähere mich dem Wasserfall, spüre, wie Tropfen meine Kleidung durchnässen, und rutsche aus, als ich den feuchten Felsen erklimmen möchte. Meine Kehle ist staubtrocken, der Puls rast.

Panisch sehe ich mich um. Das Rauschen der Bäume scheint lauter zu werden, wie ein Sturm, den man spüren, aber nicht sehen kann. Spannung liegt in der Luft, einem wilden Ungetüm gleich, das mich zerfetzen möchte. Schnell stehe ich auf und blicke noch einmal in alle Richtungen. Der Wald scheint zu leben und will mich verschlingen.

Nicht heute!

Meine Kehle ist wie zugeschnürt. Die Angst treibt mich weiter die Steine hoch, bis ich nur wenige Yards von der Stelle entfernt stehe, an der das Wasser in den See stürzt. Verzweifelt suche ich Schutz unter dem Wasserfall. Die Kälte raubt mir den Atem, lässt mich jedoch wieder klar denken. Ich brauche eine Waffe!

Ich wage mich aus der Deckung und hebe hastig einen abgebrochenen Ast vom Steinboden auf, den der Wind hierher geweht haben muss.

Das Holz ist gesplittert und fährt mir in die Haut. Ich unterdrücke einen Schmerzenslaut. Hat sich die ganze Welt gegen mich verschworen? Trotz und Angst vermischen sich zu einem nie gekannten Gefühl der Kraft. Ich allein gegen das Universum. Wenn es mich töten will, werde ich ihm zumindest einen ordentlichen Kampf liefern.

Als sich ein großer Wolf nähert, der mir mit ein paar Sätzen auf den Felsen gefolgt ist, hole ich aus und schlage mit aller Kraft zu. Er ist schnell, springt zur Seite, sodass der mächtige Ast gegen das Gestein donnert. Im nächsten Moment ertönt ein lang gezogenes Knurren. Ein Jungtier ist hinter dem Wolf aufgetaucht und stürzt sich mit aufgestellten Nackenhaaren auf mich. Ich schaffe es gerade noch, den Ast hochzureißen, doch die Stärke dieses Ungetüms presst mir die Luft aus der Lunge.

Es ist, als wäre ein Güterzug gegen meinen Arm gekracht und hätte die Vibrationen tief in mein Gehirn getragen. Geifer schleudert in meine Haare, hitziger Atem fegt über mein Gesicht.

Meine Angst wird übermächtig und droht mich zu ersticken. Immer näher kommt die Schnauze des jungen Wolfs, bis Schüsse durch die Nacht hallen.

Erst meine ich, mich zu irren, dass mir mein von Agonie zerfressener Geist einen Streich spielt, doch dann fallen erneut Schüsse. Sofort nehmen die beiden Wölfe Reißaus und verschmelzen mit dem Rest des Rudels in der Finsternis des Dickichts. Schwer atmend lasse ich den Ast fallen und luge über den Felsrand.

„Guten Morgen, Maiblümchen." AJs Miene ist so kalt, dass es mich fröstelt. Seine Augen starren aus dunklen Höhlen zu mir hinauf und lassen mich förmlich zurück an die feuchte Felswand taumeln. „Was hast du dir dabei gedacht?", brüllt er.

Als sich der erste Schrecken legt, klettere ich zu ihm nach unten und boxe ihm gegen die Schulter. Aus seinem markanten Gesicht sprechen Hass und Gier.

„Was ich mir dabei gedacht habe?" Mein Lachen dröhnt laut und schrill, als wäre ich nicht bei Sinnen. „Ich will flüchten, meinen Entführern entkommen und so schnell wie möglich den Mörder meines Vaters finden." Noch einmal schlage ich ihn, obwohl er sich nicht einmal bewegt und es mir Schmerzen bereitet. „Wer sagt mir, dass du nicht mit ihm unter einer Decke steckst und mich nun für ein hübsches Sümmchen auf den Präsentierteller legst?"

„Das war der eigentliche Plan." Seine Stimme ist ruhig und trieft vor Sarkasmus. „Zumindest der Teil mit dem Präsentierteller. Allerdings wollten wir dich über einen Mittelsmann der Polizei ausliefern. Wenn es dir noch nicht aufgefallen ist, wir sind im Krieg, und das kostet nun einmal Geld!“

„Euer Krieg ist mir völlig egal! Ich will nach Hause, zu meiner Schwester und zu Marge, endlich meinen Vater beerdigen und in Ruhe trauern.“

„Die Cops würden dich sofort verhaften“, bricht es aus ihm hervor.

Mir ist klar, dass er recht hat, doch welcher andere Ausweg wäre mir geblieben?

Ich fahre mir durchs feuchte Haar. Obwohl uns die Nacht umhüllt, trägt der Wind die Wolken beiseite und offenbart AJs von Naben gezeichnetes Gesicht. „Irgendetwas muss ich tun.“

„Und da hieltest du es für eine gute Idee, mich mit lächerlichen Versuchen zu verführen und den Schlüssel zu stehlen?“ Seine Stimme wird milder, fast höre ich ein wenig Belustigung heraus.

„Lächerlich?“ Ich stemme die Hände in die Hüften. „Ich gebe zu, allzu viel Erfahrung habe ich nicht, aber zumindest musstest du diesmal nicht dafür bezahlen.“

„Das muss ich nie.“ Er lächelt süffisant. „Und für dich würde ich ganz bestimmt keine Scheine hinblättern.“

Das war’s! Ich hole aus. Die Ohrfeige klatscht so laut, dass ein paar Vögel aus dem Schlaf schrecken und aufflattern. Unbeeindruckt steht er da, nagelt mich mit seinem Blick fest. Ich warte einige Sekunden, dann sprinte ich los.

Von Panik und Wut getrieben, mache ich auf den ersten Yards viel Boden gut. Diesen groben Klotz werde ich sicherlich abhängen können. Doch schon nach wenigen Sekunden spüre ich seine Pranke an meinem

Arm. Verdammt, ist er schnell! AJ stoppt mich mitten im Lauf und hebt mich an den Achseln hoch.

„Was glaubst du eigentlich, wer du bist?", knurrt er. „Ich habe dir gesagt, was passiert, wenn du mich noch einmal schlägst."

„Dann tu es." Trotzig recke ich das Kinn vor und erwarte die Ohrfeige.

Sekunden dehnen sich zu einer Unendlichkeit, in der das Rauschen des Wasserfalls im Hintergrund das einzige Geräusch darstellt. Ich trommle auf seiner Brust, will in einem Anflug von rasendem Zorn in seine Kronjuwelen treten, doch AJ weicht mir aus. Seine Finger bohren sich in meine Arme. Ich habe das Gefühl, als wären sie in Schraubstöcke geraten.

AJ presst mich an sich. Durch den Stoff seiner Jeans spüre ich seinen Schwanz und schrecke zusammen. Ein Schauer überkommt mich. Warum, um alles in der Welt, fachen seine Berührungen meine Lust dermaßen an? Ich spüre, wie ich feucht werde, obwohl es das Letzte ist, was ich will.

Sofort werden meine Brustwarzen hart. Bei jeder Bewegung bemerke ich, wie mich seine Dominanz auf eine beklemmende Art und Weise anmacht. Sein Mund ist so nah an meinem, dass ich ihn beißen könnte. Ich muss den Impuls unterdrücken, damit ich es nicht tue.

„Letzte Warnung, Maiblümchen: Mach das noch einmal und ich kette dich bis zur Geldübergabe in meinem Schlafzimmer fest."

Ich überlege – und spüre, wie sein Schwanz größer wird. Eigentlich will ich mich losreißen, ihn treten, schreien, doch ich kann einfach nicht widerstehen.

Seine Augen blitzen im Zwielicht, als ich ihm erneut gegen die Schulter schlage.

AJ packt mich so fest, dass es mich beinahe schmerzt. Ich will nicht genießen, wie er mich zurück zum Felsen zerrt und gegen die nackte Steinwand drückt, trotzdem reizt es meine intimste Stelle so gemein, dass sich meine Knospen weiter aufrichten. Ein Stöhnen entweicht meiner Kehle, als er meine langen Haare packt und sie zurückzieht.

Blitzschnell dreht mich AJ um, zwingt meine Hände auf den Rücken und hält mich fest im Griff. Ein kurzer Schmerzstoß geht durch meine Nervenbahnen. Sein Schwanz ruht nun an meinem Po. Ich zapple wild, will ihn von mir wegstoßen, doch mit seinem massigen Körper hält er mich mühelos unter Kontrolle.

Ich spüre, wie immer mehr Blut in seine Eichel gepumpt wird. Auch ich werde feuchter. Ich winde mich, und er lässt es zu, dass ich mich halb zu ihm umdrehe. Wie zufällig berühren sich unsere Lippen. Beim ersten Mal denke ich, dass es ein Versehen ist, doch beim zweiten bewege ich sanft meine Zunge und beiße ihm in die Unterlippe.

Sofort schießt Blut aus der Wunde. Ich sinke nach unten und lege mich auf den Rücken. AJ hilft nach, presst mich hart auf den Waldboden. Schwer legt er sich auf mich. Ich ertappte mich dabei, wie ich die Beine ein wenig mehr spreize. Sein Glied reibt über meinen Kitzler, während er meine Arme nach oben biegt.

„Du braucht es also auf die harte Tour?“, zischt er mir ins Ohr. „Ihr reichen Mädchen seid alle gleich.“

Lust und ein Funke Angst vermischen sich zu einer Symphonie der Ekstase. Ich keuche vor Verlangen, als er die Druckknöpfe meines Hemds aufreißt. Meine Brüste liegen frei für ihn. AJ kann sich nicht zurückhalten und knetet sie.

„Versuch es doch!", entgegne ich angriffslustig.

Das lässt er sich nicht zweimal sagen. Er fasst meine Haare und hält sie fest im Griff. Als seine Zunge durch meine Lippen bricht, umschließen meine Beine seinen Rücken und drücken ihn noch fester an mich. Vielleicht ist es die drohende Gefahr oder das Adrenalin, ich werde so scharf, dass ich jetzt am liebsten seinen Schwanz in mir aufnehmen würde.

Ich bekomme kaum Luft, die Urgewalt dieses Mannes macht mich rasend. Er beißt mir ohne Rücksicht in den Hals. Sprühnebel, der vom Wasserfall her weht, hüllt uns ein.

„Kriegst du so auch deine Mädchen rum?" Ich drücke ihn von mir. „Ich meine, wenn du mal nicht für ihre Dienste bezahlst?"

Sein Blick verwandelt sich in etwas Unheilvolles! Was, zum Teufel, lasse ich da von mir? Ich bin zu weit gegangen. Dunkelheit stiehlt sich in seine Augen, als er sich aufrichtet und sich das Oberteil vom Leib reißt. Bei dem Anblick verschlägt es mir den Atem. Unzählige Narben glänzen im Zwielicht auf seinem muskulösen Körper, der extra so gebaut zu sein scheint, um mich einzuschüchtern. Ich lasse mir nichts anmerken, zucke mit den Schultern und sehe demonstrativ zur Seite.

Doch das lässt er mir nicht durchgehen. AJ nimmt keine Rücksicht auf den harten Boden oder meinen weiblichen Körper. Als würde ein Bär mit mir kämpfen, reißt er mir die Klamotten herunter. Immer wenn ich protestieren will, drückt er meine Hände einfach beiseite, legt sich auf mich und küsst mich so tief und leidenschaftlich, dass es mein Blut zum Kochen bringt.

Ich schlage ihn, beiße ihn und kratze, doch das bringt mir nur eine spielerische Ohrfeige ein. Kurz halte ich inne. Ich erschrecke vor mir selbst, dass mir dieser Gangster eine Lust in die Glieder fahren lässt, die ich noch nie zuvor empfunden habe. Ich wehre mich, aber nur weil ich hoffe, dass er noch gemeiner zu mir wird.

Als könnte er meinen geheimen Wunsch hören, packt er meine Haare fester und reißt mir den Slip weg. Ich bin jetzt vollkommen nackt, und ich bin so feucht, dass jede Berührung meine Lust ins Unermessliche steigen lässt.

„Lächerliche Versuche einer Verführung", wiederhole ich seine Worte mit zitternder Stimme. „Du kannst ja kaum an dich halten."

„Vielleicht hast du es doch drauf", raunt er rau und bedeckt meinen Hals mit Küssen.

Als auch seine Hose fällt und einige Wasserspritzer über seinen riesigen aufgerichteten Schwanz rinnen, gerät meine Welt vollends ins Wanken. Er gönnt mir keine Sekunde Ruhe, zieht mich auf die Beine und dringt in mich ein. Hart presst er mich gegen die Felswand. AJ hat keine Mühe, meinen zierlichen Körper zu halten – im Gegenteil, ich habe fast Angst, dass er mich zerreißen könnte.

Sein Schwanz füllt mich vollkommen aus, ich brauche ein paar Sekunden, um zu realisieren, was ich gerade tue. Alles in mir kribbelt, und mein Verstand setzt aus. AJ nimmt mich so hart, dass mir der Schmerz gleichgültig ist. Dabei quält er mich auf so hinterhältige Weise, dass ich fast wahnsinnig werde.

Er verändert den Rhythmus, zieht seinen Schwanz heraus und küsst mich voller Verve, während nur die Eichel meine Öffnung dehnt. Mit der Erkenntnis, dass er die Situation unter seine Kontrolle gebracht hat, dringt er tief in mich ein.

Ich bin nicht mehr Herrin meiner Sinne, die Fingernägel krallen sich in seinen Rücken, meine Beine umschließen das durchtrainierte Hinterteil. Als der erste Orgasmus wie ein Orkan über mich hinwegfegt, verschlägt es mir den Atem. Leider macht mich auch das so scharf, dass ich vor Ekstase zucke und keinen Muskel mehr kontrollieren kann. Ich will nicht kommen, ich will ihm nicht die Genugtuung verschaffen, jedoch werden so viele Stellen meines Körpers gereizt, dass ich gar nicht anders kann und mich der Höhepunkt schreien lässt.

Meine Rufe hallen durch den Wald und werden vom wilden Rauschen des Wasserfalls untermalt.

AJ fasst meinen Hals, drückt langsam zu. Ich gleite von einer Klimax in die nächste und spüre, wie auch er tief in mir kommt und sein Glied zu zucken beginnt. Der Sauerstoffmangel, die Lust, meine nicht mehr kontrollierbare Begierde, das alles ist zu viel für meinen zierlichen Körper.

Ich spüre noch, wie AJ seinen harten Schwanz aus mir zieht, dann gleite ich ab in die wundervolle Dunkelheit der Erschöpfung.

***

„Du willst mich also der Polizei ausliefern, um euren Krieg zu finanzieren?"

„Das war der Plan", knurrt AJ und blickt gen Himmel.

Die Wolken ziehen über unsere nackten Leiber hinweg, als könnten sie es gar nicht abwarten, den dunklen Wald zu verlassen. Ein stetig pfeifender Wind trägt die Wärme der Ebenen zwischen den mächtigen Stämmen hindurch. Eigentlich sollte mir kalt sein. Ich Frostbeule schüttle mich normalerweise schon, wenn die Heizung nicht voll aufgedreht ist. Doch bei ihm ist es anders. Ich schäme mich für den Gedanken und dafür, wie sehr ich in den Rausch der Gefühle abgeglitten bin.

Eng umschlungen liegen wir auf dem feuchten Waldboden, ich zeichne mit den Fingernägeln seine Muskeln nach und halte inne. Langsam, als hätte mich mein Gewissen bei etwas ertappt, ziehe ich die Hand zurück und bedecke mit dem Holzfällerhemd meine Brüste.

„Ist es das immer noch?"

„Mmh?" Fast wäre AJ eingeschlafen. Offensichtlich braucht sein Körper Ruhe. Kein Wunder, bei dem Druck, der auf seinen Schultern lastet. Auch seine Wunde ist aufgebrochen. Ein Rinnsal Blut versickert im Boden.

„Werdet ihr mich immer noch ausliefern, um Geld für euren Krieg gegen die *Saints* zu erhalten?" Ich bin übersät von Schrammen und blauen Flecken und stütze mich auf meine schmerzenden Ellenbogen. Marge würde bestimmt einen Herzinfarkt bekommen, wenn sie mich so sehen könnte – und mich im Anschluss zu drei Wochen Wellness in den Hamptons verdonnern.

AJ überlegt lange. Ich kann förmlich hören, wie die Zahnränder in seinem Kopf ineinandergreifen. „Nein", knurrt er schließlich und wendet den Blick nicht von den Sternen. Nach einer gefühlten Ewigkeit dreht er sich zu mir. Er fixiert mich mit seinen wasserblauen Augen. „Im NYPD habe ich dir deinen hübschen Arsch gerettet. Jetzt tust du etwas für mich, und dann sind wir quitt."

„Ich höre." Meine Augen verengen sich zu Schlitzen, ich lehne mich ein wenig zu ihm und verdränge, dass er immer noch so herb und gut duftet, dass ich ihn am liebsten in den Hals gebissen hätte. „Aber nichts, wofür ich mich nachher schämen müsste, oder?"

„Schämst du dich dafür, was wir gerade getan haben?", schmunzelt er und nimmt meine Hand.

Als er sie küssen möchte, ziehe ich sie weg. „Ein wenig. Ich hätte nie gedacht, dass ich mit ... mit so jemanden wie dir mal Sex haben werde."

„Du meinst, mit einem Kriminellen?" AJ lacht auf, lässt sich zurückfallen. „Du denkst zu viel nach, Maiblümchen."

„Kann sein." Ich rücke ein Stück von ihm weg. „Also, was muss ich tun, damit wir quitt sind?"

„Wir besitzen in diversen Lagern noch eine riesige Menge an Equipment. Du weißt schon, Computer, Hi-Fi-Anlagen, Tablets, ein paar Dutzend brandneue Mobiltelefone. Dafür habe ich einen Käufer gefunden."

„Ich nehme an, das alles ist vom Laster gefallen."

„So in der Art." Keine Regung ist in seinem Gesicht zu erkennen. „Im Austausch erhalten wir Geld und Waffen. Nur da gibt es ein Problem."

Ich ziehe mir langsam Slip und Jeans an. „Und das wäre?"

„Der Händler ist uns nicht gerade wohlgesonnen", sagt er im Plauderton, als würde er über das Wetter sprechen. „Was vielleicht daran liegen mag, dass dieses opportunistische Arschloch jetzt nur noch an die *Saints* verkauft und ich ihm deshalb ein paar Zähne ausgeschlagen habe."

„Natürlich", entgegne ich voller Ironie, schnappe mir mein Hemd und knöpfe es zu. „So machen das Geschäftspartner immer, wenn der Lieferant wechselt."

Er brummt missmutig und greift nach seiner Kleidung. „Auf jeden Fall wäre es nicht gut, wenn wir den Deal durchziehen. Deshalb wirst du es tun."

„*Ich*?" Seine Worte hallen in meinen Ohren nach. Haben mich die Wölfe gerade vielleicht tatsächlich angefallen, und ich bin in der Hölle gelandet? „Ich soll Waffen kaufen?"

„Eintauschen", korrigiert er mich lächelnd und schließt schwungvoll seinen Hosenstall. „Ach, komm schon, du spielst ein wenig Theater, lächelst breit, wie du es auf den Fotos immer tust, und dann kannst du gehen." Er lehnt sich zu mir, gibt mir einen Kuss auf die Wange. Seine Stimme wird so leise, dass sie beinahe vom Plätschern des Wasserfalls geschluckt wird. „Es sei denn, es ist dir nicht so wichtig, deine Unschuld zu beweisen. Dann kannst du einfach abwarten, bis wir dich der Polizei ausliefern, und du wärst in Sicherheit." Er lacht, betrachtet mich provokativ. „Nun ja, so sicher, wie man im Hochsicherheitsgefängnis eben sein kann. Aber hey, so ein hübsches, reiches Mädchen, wie du es bist, wird bestimmt schnell neue Freundinnen finden."

Diese Worte sind so verrückt. Ich – als Kriminelle! Niemals hätte ich gedacht, dass jemand einmal so etwas zu mir sagen würde. Jedoch wiegt schwerer, was sie bei mir auslösen. Die erneut aufflammende Begierde lächle ich weg.

„Wenn die Transaktion abgeschlossen ist, lässt du mich gehen?", will ich wissen.

„Versprochen." Er hält mir den kleinen Finger hin, als wären wir beste Freundinnen. „Großes Indianerehrenwort."

Ich schlage seine Hand weg, funkle ihn an. „Einverstanden. Wann geht's los?"

„Gleich morgen Abend. Du solltest also ins Bett gehen, um ausgeschlafen zu sein." Er bietet mir den Arm an, doch auch den ignoriere ich.

Noch bevor wir die Lichtung verlassen, halte ich inne. „Und ... Alexander?"

„Mmh?"

„Du wusstest, dass ich dir den Schlüssel klauen wollte, und hast es zugelassen. Warum hast du mich nicht aufgehalten?"

„Ich wollte sehen, wie weit du kommst. Außerdem hat es mir gefallen."

Ich nicke beiläufig und muss mir ein Grinsen verkneifen. „Wenn ich dir helfen soll, fällt kein Wort über das hier zu den anderen."

„Bin ich dir peinlich?"

„Natürlich bist du das." Ich schenke ihm einen flammenden Augenaufschlag. „Kein Wort, verstanden?"

Belustigt nickt er im Mondschein. „Natürlich, ich bin doch ein Gentleman."

Er spricht es britisch aus. Beinahe hätte ich den Akzent vergessen, doch nun bricht er hörbar durch.

„Bist du wirklich adelig?" Ich richte meine Haare zu einem Zopf und betrachte ihn kritisch.

AJs Mundwinkel zucken, er zwinkert mir zu. „Wer
weiß, Maiblümchen? Wer weiß?“

Kapitel 8 – Unter Druck

„Und hier ist deine Pistole." Meine Finger zittern wie Espenlaub, als mir AJ den Griff der matt glänzenden Waffe in die Hand drückt. „Sie ist natürlich nicht geladen."

„Und wieso soll ich dann eine tragen?" Sie ist schwer und fühlt sich nach Macht an, nach roher Gewalt und Wahnsinn. „Wie soll ich mich verteidigen?"

Er lehnt an der Seitenwand des Trucks. „Mit deinem weiblichen Charme, natürlich." AJ sieht abwechselnd zu Brooks und del Gardo. „Es sei denn, du hast so was nicht drauf. Wir können noch immer abbrechen, wenn du dir nicht sicher …"

„Nein", fahre ich harsch dazwischen, die Augen auf die Waffe in meiner Hand gerichtet. „Ich schaffe das schon."

Leider klingt es nicht besonders überzeugend.

„Bleib einfach ruhig, bring den Deal zu Ende, und in einer Stunde treffen wir uns wieder hier, und du kannst gehen." AJ überprüft seinen Revolver, lässt die Trommel sausen und steckt ihn in das Holster unter seiner *Reaper*-Weste. „Du bist fast schon eine richtige Ärztin. Es ist ein einfacher Handel unter Geschäftsleuten. Kein Grund, nervös zu sein."

Ich seufze theatralisch und ringe mit mir, ob ich verärgert oder fasziniert sein soll. „Wieso sollte ich nervös sein?", entfährt es mir, triefend vor Sarkasmus.

Die ganze Situation hat einen gefährlichen Charme. Eine dunkle Seitengasse in einem der unzähligen New Yorker Vororte, ein gestohlener Lastwagen, dazu drei Bikes, ein ziemlich übermotorisierter Mustang und jede Menge Diebesgut. Ganz abgesehen von den Waffen, die hier jedermann im Hosenbund trägt. Nein, es gibt ganz bestimmt keinen Grund, auch nur einen Anflug von Nervosität zu verspüren.

„Dass ich gleich einer Handvoll unbekannter Verbrecher gegenüberstehen werde, beruhigt mich übrigens nicht im Geringsten."

„*Rat* war eigentlich in Ordnung", bricht Brooks brummend sein Schweigen. „Er war einer von uns, ein Outlaw, mit dem man gute Geschäfte machen konnte." Seine Miene verrät keine Regung, allerdings ist seine Stimme eine Oktave tiefer geworden. Für seine Verhältnisse schon fast ein richtiger Gefühlsausbruch. „Doch dann ist er dem Ruf des Geldes gefolgt."

Ein leichter Sommerwind weht in dieser Nacht durch die Stadt. Mein Blick wechselt in Zeitlupe von Brooks zu AJ. „*Rat?*" Ich schaue in den Truck. „Ich soll jemandem gestohlenes Zeug verkaufen, der *Ratte* heißt?"

„Warum nicht?" AJ zuckt mit den Schultern. „Sollen wir nur Geschäfte mit Menschen machen, die wohlklingende Namen ihr Eigen nennen?"

Schon wieder dieser aristokratische Einschlag. Ich werde das Gefühl nicht los, dass AJ früher ein anderes Leben geführt hat.

„Gut, gehen wir den Plan noch einmal durch", verlangt AJ.

Ich seufze, stecke die Waffe in den Hosenbund meiner Jeans und schlage die Lederjacke darüber zu. Noch einmal sehe ich an mir hinunter. Das von Marco del Gardo ausgesuchte Outfit schmeichelt mir tatsächlich und verleiht mir den Hauch einer Verbrecherin.

„Ich fahre zum Lagerhaus, gebe vor, eine neue Waffenhändlerin zu sein, seine Jungs laden den Lkw leer und mit den Waffen wieder voll, zusätzlich erhalte ich vierzig Riesen in bar."

„Ganz genau", bestätigt Marco mit geschäftig. Seine Finger wandern unter dem Oberteil geschickt über meinen Rücken und verharren kurz unter meinem Dekolleté, wo er die Kabel versteckt. „Wir hören jedes Wort. Wenn es brenzlig wird, sind wir sofort bei dir und erledigen den *canalla*."

Unwillkürlich fahre ich mir durch die kurzen brünetten Haare. Ich muss zugeben, Marco hat die Farbe so unglaublich gut hinbekommen, dass ich mich nicht zum ersten Mal frage, ob er eine professionelle Ausbildung als Friseur hat. Noch immer habe ich mich nicht daran gewöhnt, dass meine blonde Mähne passé ist.

„Ich kann mich darauf verlassen, dass die Jungs auf keine dummen Ideen kommen?"

Del Gardo schüttelt den Kopf, greift an meinen Busen, jedoch habe ich instinktiv keine Scheu und lasse ihn einfach machen. „*No, señora.* Es ist alles abgesprochen, wir benötigen nur einen Mittelsmann ... oder eine Mittelsfrau, die den Deal abwickelt."

AJ nickt und baut sich vor mir auf. „Wenn alles vorbei ist, fährst du den Lieferwagen genau wieder hierhin, wir übernehmen, schütteln uns die Hände, trinken einen Schluck Whisky, und du steigst in den Mustang, verschwindest und tust, was auch immer du tun musst." Er tritt näher. Der Duft von Leder und Öl lässt meine Gedanken kreisen. „Und, nur damit wir uns richtig verstehen", sagt er so leise, dass es keine Zweifel gibt, die Worte sind nur für mich bestimmt. „Du bist für uns ein zu großes Risiko. Die halbe Stadt sucht dich, und Aufmerksamkeit ist etwas, das wir gerade überhaupt nicht gebrauchen können." Seine Wange berührt fast meine. Ich bin ganz starr, schwanke gefährlich zwischen Furcht und Begierde. „Du hast ein Fadenkreuz auf der Stirn, mein hübsches Maiblümchen. Und das ist schlecht, wenn man einen Krieg im Schatten führen möchte. Wenn das vorbei ist, geh zu deinem Anwalt und kläre die Sache."

„Du glaubst also nicht, dass ich meinen Vater umgebracht habe?"

Fast unmerklich schüttelt er den Kopf. „Du hast zwar wundervolle strahlend grüne Augen, aber es sind nicht die einer Mörderin."

Ich sehe ihn herausfordernd an und unterdrücke ein Lächeln. In seinem Blick erkenne ich, dass er die Wahrheit sagt.

„Danke." Meine Stimme ist nicht mehr als ein Wispern im Wind. Wortlos steige ich in die Fahrerkabine.

Brooks nimmt neben mir Platz. „Du weißt, wie du so ein Ungetüm fährst?"

„Nur weil ich eine Frau bin, kann ich keine Trucks steuern?", zische ich.

„Gut", erwidert er pragmatisch und will aussteigen.

„Warte!“ Ich sehe die ganzen Knöpfe und Hebel und weiß nicht einmal im Entferntesten, wofür die alle gut sind. „Vielleicht könntest du mir eine kurze Auffrischung geben. Nur zur Sicherheit.“

Der Riese nickt, erklärt mit ruhiger Stimme geduldig die Funktionen und Unterschiede zu einem normalen Fahrzeug. Nach drei Proberunden fühle ich mich einigermaßen sicher. Ich atme durch. Die zwei Kreuzungen auf den menschenleeren Straßen werde ich wohl schaffen, ohne dieses verschlafene Nest ins Unglück zu stürzen.

Kurz bevor ich losfahren will, öffnet Alexander noch einmal die Tür und lehnt sich zu mir in den Truck. „Hey, ich mag die neue Farbe und den Schnitt.“

Wie jede Frau freue ich mich über das Kompliment und noch mehr, dass es die Aufregung für eine Sekunde verdrängt. „Danke schön, Alexander.“

Ich werde das Gefühl nicht los, dass er den Zeitpunkt des Abschieds hinauszögern will. Er räuspert sich und ringt sich ein Lächeln ab. Sein Blick durchdringt mich. „Pass auf dich auf, Maiblümchen.“

Momente später donnert die Tür zu, und ich bin allein mit meinen Gedanken.

***

Mit einem lauten Knall kommt der Lastwagen zum Stehen, ich werde nach vorne geworfen, kann mich gerade so am Lenkrad abstützen.

Etliche Herzschläge atme ich tief durch, dann ziehe ich die Handbremse und zucke mit den Schultern. „Zwei Mülleimer gestreift, einen Bordstein erwischt und quer auf dem Bordstein geparkt. Gar nicht so schlecht."

Autofahren war noch nie mein Ding, geschweige denn, so ein riesiges Monstrum zu steuern. Ich hasse es, dass dieses Klischee bei mir zutrifft. Vielleicht hätte ich meinem Chauffeur öfter mal freigeben sollen, denke ich, steige aus und begutachte die lang gezogenen Kratzer lediglich mit einem kurzen Blick.

Obwohl ich weiß, dass die Waffe nicht geladen ist, fahre ich hingebungsvoll über den Pistolenschaft. Mir ist klar, es ist nur eine trügerische Sicherheit, in der mich die Waffe wiegt, doch ich nehme alles, was ich gerade bekommen kann.

Das Fabrikgebäude sah schon von Weitem gespenstisch aus, doch nun offenbart es seinen ganzen Schauer. Einsam liegt es am Rand des kleinen verschlafenen Städtchens, dessen Namen ich schon vergessen hatte, als wir die Grenze passiert haben. Einige Nebengebäude mit Wellblechdächern schmiegen sich an den nahegelegenen Wald. Der Bettelruf eines Uhus schallt über das Gelände. Die Nacht umschließt mich, und ich muss mich zwingen, in den einsamen Lichtkegel des einzigen Strahlers am Lagerhaus zu treten.

Einen gruseligeren Treffpunkt hätte sich dieser *Rat* nicht ausdenken können.

„So beginnen Horrorfilme", flüstere ich mir selbst zu.

Quietschend gibt die Tür ins Innere des Lagerhauses nach.

„Hallo?" Lampen flackern auf, meine Stimme wird weit in das Gebäude hineingetragen. Ich muss trocken schlucken, und meine Atmung setzt aus, da ich das Gefühl nicht loswerde, jeder Schritt würde so laut sein wie hundert Kanonenschläge. „Hallo?“, rufe ich erneut und suche die im Zwielicht liegende Halle vor mir ab.

Ich bleibe stehen, schließe vorsichtig die Tür und hoffe, dass mich weder Chucky die Mörderpuppe noch Jason in kleine Stücke zerteilen werden. Die passende Location dafür wäre hier definitiv gegeben.

„Kriegt ihr das mit dem Licht noch in den Griff?“, will eine Männerstimme wissen.

„Ja, Sir!“, ertönt es aus der Finsternis. „Verzeihen Sie bitte.“

Sekunden später springt eine Lampe an. Ich hebe die Hand, bis sich meine Augen an die neuen Lichtverhältnisse gewöhnt haben, und erkenne als Erstes einen Mann im schwarzen Anzug.

„Ich muss mich vielmals bei Ihnen entschuldigen“, sagt er laut und kommt auf mich zu. „Ab und zu spinnt die Elektrik.“ Nach wenigen Schritten ist er bei mir, nimmt meine Hand und schenkt mir ein breites Grinsen. „Mein Name ist *Rat*, es freut mich, Ihre Bekanntschaft zu machen.“

Die Worte sind makellos akzentuiert und so sanft gesprochen, als wolle er mir am Telefon etwas verkaufen. Der Anzug sitzt perfekt, das blonde Haar ist gescheitelt, am Handgelenk blitzt eine *Rolex*, und die Duftwolke eines teuren, dezenten Parfüms umgibt ihn. Dazu strahlen die dunklen Augen, als würde er sich tatsächlich freuen, mich zu sehen. Er ist das komplette Gegenteil vom grobschlächtigen AJ. Nur seine Angestellten, ein halbes Dutzend harter Kerle im feinen Anzug, haben den gleichen gefährlichen Gesichtsausdruck wie der Biker.

„Samantha", entgegne ich argwöhnisch und schüttle seine Hand. „Ich hatte Sie mir anders vorgestellt."

„Darf ich fragen, warum Sie dieser Annahme verfallen sind?" Galant führt er mich zu einer geschmackvoll eingerichteten Sitzecke, bietet mir Tee, Kaffee und eisgekühltes Zitronenwasser an. „Ein paar Kekse?"

Während ich den attraktiven Mann nicht aus den Augen lassen kann, probiere ich tatsächlich die Kekse. „Mmh, die sind unglaublich", entfährt es mir, und ich spüle mit Zitronenwasser nach. „Ich dachte, wegen Ihres Namens."

Er lacht auf und zeigt sein fast makelloses Gebiss. Nur seine Schneidezähne haben einen anderen Farbton und sind offensichtlich künstlich ersetzt worden – stumme Zeugen von AJs Wut und seinen teuflischen Faustschlägen. „Nun, als ich jung war, habe ich einige Studienjahre in Frankreich verbracht und dort mein Geschäft im Untergrund aufgebaut ... bei den Ratten. Sie sehen, Treffen finden nicht mehr in U-Bahn-Schächten statt, der Name allerdings ist geblieben." Er schlägt die Beine übereinander.

„Verstehe", sage ich immer noch skeptisch. Erst jetzt nehme ich mir Zeit, seine Augen zu erforschen, und versuche dabei cool und tough zu wirken, wie es sich für eine knallharte Waffenhändlerin gehört. „Heterochromia iridis", stelle ich fest und wechsle interessiert von seinem dunklen rechten Auge zu dem helleren bernsteinfarbenen linken. „Zwei verschiedenfarbige Regenbogenhäute durch eine Störung der Pigmentierung."

„Da kennt sich aber jemand aus." Er nickt anerkennend. „Interessieren Sie sich für Medizin?"

Ich ertappe mich selbst dabei, wie ich von der wohlerzogenen und charmanten Art des Mannes in den Bann gezogen werde und beginne, Fehler zu machen. Schnell schüttle ich den Kopf. „Hab ich mal aufgeschnappt", sage ich mit so viel Desinteresse, wie es eben geht.

Seine Panzerschränke in Uniform bewegen sich kein Stück. Gerade als kleine verwöhnte Tochter eines übervorsichtigen Millionärs erkenne ich, dass sie Profis sind. Genau solche Männer hat Vater immer abgestellt, um mich zu beschützen.

„Man hat Sie mir wärmstens empfohlen." *Rat* streicht über sein glatt rasiertes Kinn. „Man sagte mir, dass Sie neu in New York sind, aber irgendwie kommt mir Ihr hübsches Gesicht bekannt vor." Er nippt an seinem Espresso, stützt die Ellenbogen auf die Knie. „Habe ich in Paris schon einmal bei Ihnen MP-fünf und Panzerabwehrraketen gekauft?"

„Leider nein. Ich besuche Paris nur zum Vergnügen. Arbeit und Privatleben vertragen sich nicht." Ich mahne mich zur Vorsicht. Dieser Mann ist mit allen Wassern gewaschen, und hinter seiner Freundlichkeit lauert mit Sicherheit ein Abgrund. „An so ein charmantes Lächeln hätte ich mich außerdem erinnert. Vielleicht kennen wir uns aus Bordeaux? Dort mache ich viele Geschäfte für den Nahen Osten."

„O Bordeaux", erwidert er verzückt auf Französisch und fährt in der Sprache fort. „Was für eine wundervolle Stadt. Kennen Sie das kleine vegetarische Restaurant in der Nähe des Grabmals von Jean Catherineau auf dem Cimetière de la Chartreuse?" Nachdenklich legt er eine Hand ans Kinn und lässt mich dabei nicht aus den Augen. „Was trägt die Statue noch einmal in den Händen? Ich komme gerade nicht darauf. Können Sie mir helfen?“

Will er mich testen? Herausfinden, ob ich die Sprache beherrsche und tatsächlich einige Zeit in Bordeaux verbracht habe?

Ein kurzer Moment der Panik. Ich muss mich zusammenreißen, obwohl das Blut wie flüssige Lava in meinen Adern fließt. Nur gut, dass meine dritte Nanny aus Bordeaux stammte. Vielleicht war es deshalb die erste Stadt, die mir eingefallen ist.

„In ihren Händen hält sie eine Sense“, antworte ich auf Französisch. Seine Gesichtszüge entspannen sich. „Und was das Restaurant angeht, muss ich Sie leider enttäuschen. Es ist mir unbekannt. Ich bin Fleischfresserin.“

Er verfällt in schallendes Gelächter und klopft sich auf den Oberschenkel. Ich ziehe die Mundwinkel nach oben und kann gar nicht anders als mitzulachen.

„Ich mag sie, Männer!“, schreit er auf Englisch durch die Halle. „Wären nur all meine Partnerschaften von so viel Humor und Intellekt geprägt.“ *Rat* wischt sich eine Träne aus dem Augenwinkel und leert seine Espressotasse. „Aber nun zum Geschäftlichen. Es tut mir leid, dass wir uns so weit außerhalb treffen müssen. Wie Sie sicherlich wissen, wurde die alte Ordnung zum Einsturz gebracht. Es gibt einen neuen Gegner auf dem Spielfeld, und der ist im Begriff, die Macht an sich zu reißen.“

„Ist das so?“, höre ich mich sagen und wundere mich, wie ruhig ich bleibe. Meine Finger sind schweißnass, und ich muss mich zwingen, nicht um ein Glas Wein zur Beruhigung zu bitten.

Er lehnt sich nach vorne, unsere Knie berühren sich. Obwohl es pure Absicht ist, lasse ich es zu.

„Leider ja, Samantha. Die Frage lautet nun, auf welcher Seite möchten Sie stehen?"

„Am liebsten auf der Gewinnerseite", sage ich verführerisch und halte seinem Blick stand.

„Ich finde Sie mit jeder Minute sympathischer." Seine Augen verengen sich zu Schlitzen. „Sind Sie sicher, dass wir uns nicht schon einmal begegnet sind?"

Allmählich scheint es ihm zu dämmern. Wieder reibt er sich übers Kinn, kramt in seinen Erinnerungen und wird schon bald eine gefunden haben, die mich das Leben kosten wird. Mit etwas Glück ist mein Gesicht derzeit von den Titelseiten der Klatschpresse verschwunden, doch es war lange genug dort zu sehen.

Ich versuche, meine Nervosität wegzulachen, und fahre mir durch die ungewohnt kurzen brünetten Haare. Bald schon wird es bei ihm Klick machen und mein Todesurteil besiegeln.

„Ziemlich." Ich muss ihn ablenken und das Blut aus seinem Kopf in andere Körperregionen leiten. Mein Tonfall wird intimer. „Wenn wir uns schon einmal getroffen hätten, hätte ich Sie mit auf mein Hotelzimmer genommen und so lange geritten, bis Ihr bestes Stück wund gewesen wäre." Meine Hand zeichnet kleine Kreise auf seinem Oberschenkel, die Lippen öffnen sich voller Verheißung.

Himmel! Meine Wortwahl! Was ist nur los mit mir?

Adrenalin und Anspannung treiben mich weiter an, während mein Verstand rebelliert. Es geht hier um nichts Geringeres als mein Leben. Zum Glück zeigen meine Berührungen Wirkung.

„Ist das so?" Er lehnt sich zu mir.

„Ich sagte doch, ich bin Fleischfresserin", erkläre ich und zwinkere ihm zu. „Mein Vater sagte immer: Erst die Arbeit, dann das Vergnügen."

Allein der Gedanke an Dad lastet tonnenschwer auf mir. Obwohl ich mich dafür hasse, muss ich die Erinnerung an ihn wegwischen.

„Ihr Vater war ein kluger Mann." *Rat* lehnt sich zurück und beobachtet mich voller Vorfreude. Streift er mir in Gedanken bereits die dünne Lederjacke von den Schultern, küsst mein Schlüsselbein und fährt mit den Fingerspitzen die Konturen meines Busens ab?

Es soll mir nur recht sein. Jeder Gedanke an Sex lässt ihn nicht weiter rätseln, woher er mein Gesicht kennt. Ich drücke das Kreuz durch, schlage die Beine übereinander und beiße mir spielerisch auf die Unterlippe. „Es ist alles da, der Truck steht draußen."

Rat hebt die Hand, sofort ist einer seiner grobschlächtigen Schränke im Anzug zur Stelle. In der Zeit, in der wir weiter plaudern und ich händeringend versuche, ihn in einer Mischung aus Small-Talk und sexuellen Anspielungen gefangen zu halten, wird das Diebesgut vom Lkw geladen und durch schwere Holzkisten ausgetauscht.

Nachdem ihm einer seiner Gorillas ein paar Worte ins Ohr gesprochen hat, streichelt *Rat* nun seinerseits mein Bein und sucht den Blickkontakt. „Die Waffen befinden sich vollzählig auf der Ladefläche", säuselt er, als würde er mir eine Gutenachtgeschichte vorlesen.

„Sie sind ein wahrer Gentleman, Rat."

„Wie könnte ich bei so einer schönen Frau etwas anderes sein?" Er greift hinter sich und stellt einen Koffer neben dem Tisch ab. „Und hier ist das Geld. Wollen Sie nachzählen, Samantha?"

„Ich muss leider." Mein Augenaufschlag lässt seine Züge weich werden, und auf sein Gesicht legt sich Gier. „Sonst würde ich meinen Job nicht richtig machen, oder?"

„Nur zu."

Wenn es etwas auf dieser Welt gibt, das ich beherrsche, dann ist es Geldzählen. Schon als kleines Mädchen habe ich mir aus Hundertdollarnoten eine Decke gebastelt oder die Köpfe des ehrenwerten Benjamin Franklin ausgeschnitten, weil sie so gut in mein Puppenhaus passten.

„Es sind nur dreißig Riesen", stelle ich Sekunden später fest. Ich ziehe die Stirn kraus und lege das Geld zurück in den Koffer. „Vierzigtausend Dollar waren ausgemacht."

„Nun, Samantha, Sie werden sicherlich verstehen, dass es mit erheblichen Kosten verbunden ist, solch eine Halle auf die Schnelle und ohne die wachsamen Augen der Polizei anzumieten. Strom, Männer, Diskretion, das alles kostet eine Kleinigkeit." Sein Tonfall ist entschuldigend, der Ausdruck in seinen zweifarbigen Augen nicht. „Außerdem ist es unser erstes Geschäftstreffen. Wenn ein paar private hinzukommen würden, können wir sicherlich noch einmal über die Gewinnmarge verhandeln." Er rückt noch näher, ergreift meine Hand und beginnt, sie mit dem Daumen zu streicheln.

„Ich verhandele nicht nach." Männer! Immer das Gleiche. Meine Stimme hat jegliche Wärme verloren und ist so kalt wie Polareis. „Entweder du legst jetzt ein paar Scheinchen drauf, oder der Deal ist geplatzt!"

Ab jetzt ist es persönlich, und es geht ums Prinzip. Nur zur Genüge kenne ich dieses Machogehabe aus dem Reality-TV. Manchmal sind Männer wie Welpen, die versuchen, ihre Grenzen auszutesten, um zu sehen, wie weit sie gehen können.

Obwohl ich so viel Angst habe, dass ich innerlich schreie, bleibe ich ruhig und halte seinem Blick nach wie vor stand.

Rat lächelt milde, als wäre er ein Vater, der seine Tochter tadeln muss. Er erhebt sich, knöpft sich so langsam das Jackett zu, dass es an Provokation grenzt, und nimmt erneut meine Hand. Widerwillig stehe ich auf.

„Kindchen, das ist ein Waffenhandel, und wie bei den meisten Dingen im Leben bestimmt der Mann mit dem Größten die Regeln."

„Ist das so?" Vor Wut zittern meine Lippen. Nicht mit mir, Arschloch. Es gibt ein Business, das härter ist als alle anderen auf der Welt – das Showgeschäft, und darin bin ich ein alter Hase. Verdammt, ich war schon in den Klatschspalten, da wusste ich nicht einmal, wie man das Wort buchstabiert.

„Sag deinen Jungs, sie sollen meine Karre entladen." Meine Stimme trieft vor Zorn.

„Nein." Seine allerdings auch.

Ich bin es so leid! Ich sehe mich selbst von außen, als ich die Waffe ziehe, in sein volles blondes Haar greife, mich hinter seinen Rücken presse und ihm den Lauf an die Schläfe drücke. Was mache ich da? Das Ding ist nicht einmal geladen!

„Ich habe es satt, von euch Männern immer nur herumgeschubst zu werden, als wäre ich ein kleines Kind. Ob im Studium, in der Firma oder hier, immer denkt ihr, nur weil kein Schwanz zwischen meinen Beinen baumelt, müsste mir geholfen werden, und ihr könntet alles besser."

Überrascht von so viel unterdrückter Aggression, scheine ich einen Nerv getroffen zu haben. *Rats* Gesichtszüge entgleiten, da bin ich sicher. „Du machst einen riesengroßen Fehler."

Blitzschnell und doch etwas zu langsam richten seine Gangster ihre Waffen auf mich. Kein Geschrei, keine wütend gebellten Befehle, die Profis umzingeln mich und warten darauf, freie Bahn für den finalen Schuss zu bekommen. Dabei schneiden sie mir den Weg zur Tür ab.

„Ganz bestimmt sogar", raune ich halb aus Angst, halb aus Trotz und halte auf den Ausgang zu. Dabei bewege ich mich so, dass mich *Rat* immer schön deckt. Innerlich bete ich, dass Marco del Gardo keinen Mist gebaut hat und die *Reaper* jedes Wort hören. Doch zu meiner Enttäuschung muss ich feststellen, dass die rettende Kavallerie ausbleibt.

„Und jetzt, Samantha?" *Rats* Stimme ist so ruhig, dass es mir einen Schauer über den Rücken jagt. „Wie geht das Spiel aus?"

„Du gibst mir das fehlende Geld, oder ich verteile deine Gehirnmasse auf dem staubigen Hallenboden."

„Gut gebrüllt, Löwin – für eine, auf deren Kopf ein halbes Dutzend Läufe gerichtet ist." Er räuspert sich, lässt sich von mir in alle Richtungen drehen. Unterdessen zieht sich die Schlinge um meinen Hals weiter zu. „Wie wäre es mit einem Gegenvorschlag: Du legst deine Pistole weg, ich behalte das Geld und du die Waffen. Wenn du dich dann noch in aller Form und *gebührend* bei mir entschuldigst, vergessen wir die Sache einfach.“

Es gibt keine Zweifel, was er damit meint. Tatsächlich glaube ich, dass er die Wahrheit sagt. Mein Leben für einen beschissenen Blowjob! Gar kein so schlechtes Angebot.

Ich laufe wie auf Autopilot, kann keinen klaren Gedanken fassen. „Versprochen?“ Langsam lasse ich die Waffe sinken.

Rat dreht sich um, die zweifarbigen Augen blitzen. Betont lässig lässt er seine erhobenen Hände in die Hosentaschen gleiten. „Versprochen.“

In der nächsten Sekunde bricht die Hölle los. Der infernale Lärm einer Explosion erschüttert die Halle, und ein Feuersturm bricht über uns hinweg.

Die Druckwelle schleudert mich und alle anderen zu Boden. Durch Qualm und Feuer hindurch entdecke ich die *Reaper*, allen voran AJ, der durch ein Loch in der Wand hereinstürmt und drei von *Rats* Securityleuten ausschaltet.

„Holt das Geld!“, brüllt er, verschanzt sich hinter einem Tisch nicht weit von mir.

Sofort sind Brooks und del Gardo neben ihm. Während der Hüne mit einer Pumpgun die Meute in Schach hält, sorgen Marcos Rauchgranaten dafür, dass alles unübersichtlich bleibt.

Das Licht flackert erneut, beißender Rauch drückt sich in meine Lunge. Ich huste, muss mich auf dem Beton abstützen und spüre eine kräftige Hand am Kragen meiner Lederjacke.

„Wohin so eilig, Hübsche? Ich dachte, wir haben einen Deal." Noch immer ist *Rats* Stimme die Beherrschung pur. Er erhebt sich, klopft Staub von seinem sündhaft teuren Maßanzug und zieht mich zu sich. „Wenn das vorbei ist, wirst du eine Menge Zungenfertigkeit brauchen, um das wiedergutzumachen."

Ich will nach ihm schlagen, doch er packt mein Handgelenk, bevor ich ausholen kann. Ich spüre keinen Schmerz, allerdings macht er auf unmissverständliche Weise klar, wer der Boss ist.

Nur Bruchteile von Sekunden später erkennt er, mit wem er es zu tun hat. „Du arbeitest mit den *Reapern* zusammen? Diesem ungehobelten Haufen von Verlierern?"

Schüsse krachen im Halbdunkel, Nebelschwaden treiben durch das Lagerhaus, und immer wieder folgen Explosionen. Trotzdem scheint dieser Mann alle Zeit der Welt zu haben und dabei noch an seiner guten Erziehung festzuhalten.

„Ja ... ich meine, nein." Ich will mich losreißen, doch sein Griff ist eisern. „Mir fehlen die Optionen."

„Für eine Frau wie dich ist in meiner Organisation immer Platz." Er lehnt sich zu mir, sein Atem streift mein Ohr. „Wenn du mit Profis arbeiten möchtest, ich würde dir einen Job anbieten."

Mir verschlägt es den Atem. In diesem Chaos, das sich nun mein Leben nennt, gibt es selbst jetzt eine Steigerung von Wahnsinn.

„Hey, Schönling!" AJs Stimme holt mich wieder auf den Boden der Tatsachen zurück. „Lass sie los!" Von den umgekippten Tischen hat er sich bis kurz vor die Lounge gekämpft, und er sieht nicht so aus, als wäre es ein Spaziergang gewesen. Splitter haben sich in sein Gesicht gebohrt, sein Arm blutet.

Tatsächlich löst sich *Rats* Hand sofort von mir. Ein lang gezogenes Stöhnen entfährt mir. „Werde ich dich denn niemals los?" Er zieht das Jackett aus, legt es fein säuberlich auf einen umgekippten Stuhl und krempelt sich die Hemdsärmel hoch. „Vielleicht sollte ich die Sache eigenhändig beenden und euch Landstreichern eine Lektion erteilen."

Gerade als ich denke, wie dumm es ist, während einer Schießerei einen Faustkampf anzetteln zu wollen, sehe ich, wie AJ seine Pistole wegsteckt und ebenfalls die Hände hebt.

„Willst du dir schon wieder einen neuen Termin bei deinem Zahnarzt machen?"

Ich schließe genervt die Lider, dann gehe ich in Deckung. Warum, um alles in der Welt, haben Männer diesen überbordenden Sinn für Ehre? Selbst in höchster Gefahr lassen sie keinen Schwanzvergleich aus.

Die Fäuste fliegen. AJ und *Rat* liefern sich einen Kampf, der sich gewaschen hat. Mit brutalen Schlägen bringen sie sich beide an den Rand des Todes. Alexander platziert mehrere gute Schläge in *Rats* Gesicht, der sich dagegen auf die Nieren des Bikers zu konzentrieren scheint.

Eine weitere Explosion schüttelt mich durch. Die Druckwelle löst eine Reminiszenz aus, die mich mit meinem Vater zeigt. Er lächelt, fährt behutsam über die Sterne der Mayflowers. Das Glitzern der Steine blendet mich. Ich meine, mich im Funkeln zu verlieren, und lächle. Daddy legt mir vorsichtig die Kette mit meinem eigenen Diamanten um, bevor sein Gesicht verschwimmt und mich die Schlachtschreie in die Gegenwart zurückreißen.

„Sam!" Ich schüttle den Kopf und sehe, wie AJ Hilfe suchend seine Hand nach mir ausstreckt. *Rat* ist über ihm, donnert erschöpft eine Faust nach der anderen in sein Gesicht. „Samantha, das Kantholz!"

Ich entdecke das Holzstück, doch etwas anderes erweckt meine Aufmerksamkeit. Etwas weiter entfernt erblicke ich die Tür. Sie ist offen und unbewacht.

Mehrmals sehe ich vom Kantholz zur Tür und zu AJ. Er hat sichtlich Mühe, die Schläge von *Rat* zu parieren, kann seinerseits einen Hieb setzen, nur um dann wieder zwei donnernde Schwinger einzustecken.

Reiß dich zusammen, Samantha, befehle ich mir selbst. Er ist und bleibt ein Verbrecher, sie alle sind es, und ich bin das Opfer in einer Welt, in die ich nie hineingezogen werden wollte. Wer weiß, ob er mich tatsächlich gehen lässt, wenn er Geld und Waffen in die Finger bekommt. Traue niemals einem Lügner, denn du weißt nie, wann er die Wahrheit sagt – eine von Vaters Weisheiten.

Diesmal höre ich auf ihn und verbanne den pochenden Schmerz in meiner Seele. Ich warte keine weitere Sekunde, sehe gerade noch, wie AJ mit blutiger Faust ausholt, und hechte nach draußen.

Euphorie erfasst mich, als ich endlich der stickigen Halle entkommen bin. Ich kann nicht aufhören zu rennen. Nur weg hier!

Als würde eine unsichtbare Macht meine Schritte lenken, finde ich mich am Mustang wieder. Erst jetzt erlaube ich mir eine Pause, halte mich an der Motorhaube fest und hole tief Luft. Der Qualm hat mir doch mehr zugesetzt, als ich dachte. Ich strecke den Rücken durch, lausche in die Nacht und vernehme Feuerwehrsirenen. Bald werden auch die Cops da sein. Ein untrügliches Zeichen, um zu verschwinden.

Ich klemme mich hinters Steuer, hoffe inständig, dass ich genügend Karmapunkte gesammelt habe, und klappe den Sonnenschutz herunter.

Ein Freudenschrei entfährt mir, als die Schlüssel in meinem Schoß landen. Wollte AJ tatsächlich sein Wort halten und mich gehen lassen?

Unwichtig! Dieser Mann hat mich gekidnappt, wollte mich wie ein Kopfgeldjäger eintauschen. So reizvoll und verwirrend diese Zeit auch war, mein Leben geht weiter, und es gibt wichtige Entscheidungen zu treffen. Doch erst einmal muss ich verschwinden. Mit einem Ruck reiße ich die von del Gardo sorgsam angebrachten Kabel ab und werfe sie aus dem Fenster.

Als der Motor aufheult, jagt eine Gänsehaut über meinen Rücken. Ich gebe dem Mustang die Sporen, eine Staubwolke wirbelt auf. Nur wenige Momente, dann habe ich den Stadtrand erreicht.

New York, ich komme.

Kapitel 9 – Home Sweet Home

In einem kleinen Kaff, nicht weit vom Big Apple entfernt, steige ich auf die Bremse. Gemächlich rollt das Ungetüm neben einer alten Werkstatt aus. Meine Augen sind starr in die Ferne gerichtet, die Finger trommeln auf dem Lenkrad.

Der V8-Motor wiegt mich in sanften gleichmäßigen Bewegungen. Mehrmals lasse ich ihn aufheulen, dann schalte ich ihn aus.

Ich brauche einen Plan.

Egal was ich im Nachhinein über AJ denken mag, in einer Sache hat dieser attraktive Biker ohne Frage recht: Ich kann nicht einfach nach Manhattan brausen, an die Tür unserer Villa klopfen und hoffen, dass der Mörder meines Vaters an der nächsten Ecke steht. Die Handschellen würden schneller klicken, als ich „Partyprinzessin" sagen kann. Doch wem kann ich trauen?

Den Cops auf keinen Fall. Sie wollen die vermeintliche Mörderin eines der beliebtesten und wohltätigsten Bürger der Stadt so schnell wie möglich hinter Gitter bringen.

Was ist mit der Presse?

Ich schüttle den Kopf, beiße mir auf die Unterlippe und verwerfe den Gedanken sofort. Diese Aasgeier würden für eine gute Story ihre eigene Mutter verkaufen und ihre Seele obendrauf legen. Durch Handykameras und soziale Medien ist mittlerweile jeder ein Reporter. Nur ein unbedachter Schritt meinerseits, eine aufmerksame Influencerin, die auf der Jagd nach Likes ist, und ich bin geliefert. Meine Rückkehr würde sich schneller verbreiten als Syphilis in einem Swingerklub.

Unserem Anwalt Michael Cooper vertraue ich voll und ganz, außerdem ist er vielleicht immer noch ein wenig in mich verschossen. Ich bin mir sicher, er würde mir helfen, allerdings arbeitet er wahrscheinlich vierundzwanzig Stunden am Tag am Beweis meiner Unschuld, und das unter den Argusaugen der Staatsanwaltschaft. Marge, meiner Stiefmutter, möchte ich meine Anwesenheit noch nicht aufbürden. Ich denke, Theodora ist die richtige Wahl.

Schon immer habe ich ihren kühlen Verstand und die messerscharfen Analysen bewundert. Sie ist die geschäftstüchtige Tochter, die Dad nie hatte, und besitzt mindestens so viel Gründergeist, wie er es in sich vereinte.

Mein Blick heftet sich an den Horizont. Schimmern dort bereits die immerwährenden Lichter der Stadt, die niemals schläft? Blödsinn, die mächtige New Yorker Skyline wird frühestens in ein paar Meilen vor mir auftauchen. Ich reibe mir übers Gesicht, sehe in den Rückspiegel und erkenne mit Schrecken, dass mir ein Monster entgegenblickt. Meine Augenringe sind so groß wie Wagenränder und jetzt, da mein Adrenalinspiegel langsam sinkt, überkommt mich eine hinterhältige Müdigkeit.

Schmutz, Blut, ich entdecke sogar Splitter in meinen kinnlangen brünetten Haaren. Wenn Marge das sehen könnte – ein Königreich für einen Stylisten. Oder besser eine ganze Armee aus Beauty Artists.

Doch ich muss weiter, darf keine Zeit verlieren.

Ich gebe mir einen Ruck, steige aus und strecke meine müden Glieder. Ohne Handy gibt es nur eine Möglichkeit, Theodora zu erreichen. Ich zwänge mich in die Telefonzelle neben der Werkstatt. Früher gab es diese Apparate an jeder Ecke. Manchmal muss man einfach Glück haben.

Hastig überprüfe ich sämtliche Hosentaschen.

Nicht einen Penny finde ich. Belustigt seufze ich auf. Das muss dieses berühmte Karma sein, von dem alle reden. Millionen auf dem Konto, ein halbes Dutzend schwarzer Kreditkarten in der Geldbörse, doch nicht eine Münze in den Taschen. Das Schicksal hat Humor – einen bitterbösen.

„Kann ich Ihnen helfen, junge Lady?"

Die Stimme der alten Frau lässt mich herumfahren. Kritisch mustert sie mich von oben bis unten, lehnt sich aus der Eingangstür der Tankstelle – und hält in den Händen ein antikes Gewehr.

Jetzt bloß keine Fehler machen, denke ich und hoffe, dass die Frau noch nicht die 911 gewählt hat.

„Nein danke", antworte ich und setze mein Millionen-Dollar-Lächeln auf, als wäre ich beim Fotoshooting. „Ich versuche nur, meine Schwester zu erreichen, aber mir fehlt das nötige Kleingeld."

„Sind nicht die Erste", ruft die Lady und wagt sich etwas aus der Deckung. „Die jungen Leute vergessen, für Notfälle vorzusorgen. Ihr könnt keine Straßenkarten mehr lesen, habt kein Geld dabei, und wenn eure Akkus zur Neige gehen, wisst ihr nicht einmal, wie man höflich nach dem Weg fragt."

„Möglich." In einem Impuls greife ich in das Münzfach des öffentlichen Telefons. Natürlich ist es leer. „Glauben Sie mir, in Zukunft werde ich das beherzigen." Ich stemme die Hände in die Hüften, atme genervt aus. „Wenn es eine Zukunft für mich gibt", füge ich leise hinzu.

„Probleme, Kindchen?"

„Mehr, als ich bewältigen kann."

„Ach, das wird schon." Die Lady kommt näher. „Vierzig Jahre besitzen mein Alfi und ich diese Tankstelle im Nirgendwo. Es gab gute Zeiten, es gab schlechte Zeiten, doch mittlerweile ist es grausam." Mit Trippelschritten stellt sie sich neben mich. „Die ganze Elektronik in den Dingern, die sie heutzutage Autos nennen, kann man ja nicht mehr einfach so reparieren. Früher reichten ein paar Ersatzteile, dann lief der Wagen wieder, aber inzwischen ..." Es folgt eine abfällige Handbewegung. „So einen Mustang, wie du ihn fährst, das ist noch ein Auto! Alfi und ich wollten uns auch mal so ein Schmuckstück leisten und damit durch Nevada kutschieren. Du weißt schon, Luft aufwirbeln und so viel Gas geben, dass die Haare im Wind flattern."

„Und?"

„Es kam immer wieder etwas dazwischen, und irgendwann ist man alt und klapprig, und die Träume verblassen." Sie kramt in ihrer Schürze. Ich vernehme klimpernde Geräusche, und mein Herz macht einen Sprung. „Außerdem hat mein Alfi jetzt keine Haare mehr, die im Wind flattern könnten. Also hier, nimm das, Kleines.“

Tränen schießen mir in die Augen, als mir die alte Lady mehrere Quarter auf die Handfläche legt und meine Finger um die Münzen herum schließt.

„Ich gebe Ihnen alles zurück. Hundertfach! Ich weiß, es ist kaum zu glauben, aber ich bin reich. Und damit meine ich wirklich, wirklich reich.“

„Lass gut sein, Kindchen. Wir haben zwar nicht viel, aber du siehst so aus, als könntest du es nötiger gebrauchen als wir.“

Mehr und mehr verstehe ich, warum Vater so viel Geld für wohltätige Zwecke gespendet hat. Menschen in Not zu helfen, war ihm immer ein großes Anliegen gewesen. Vielleicht größer, als er es selbst war. Hat er daraus seine unermüdliche Tatkraft gezogen? Bestimmt war er nicht perfekt, hat sich oft in seinem Büro eingeschlossen, wirkte unnahbar, selbst für seine einzige Tochter, doch wenn es solche Dinge waren, die meinem Dad schlaflose Nächte bereitet haben, fällt es mir leichter, ihm alles zu verzeihen.

Einen Moment halte ich die warme Hand der alten Frau, und meine Lippen formen lautlos ein Wort. Danke.

Sie nickt, als wäre es das Normalste der Welt, einander zu helfen. Ich weiß es besser, habe eine kalte und unbarmherzige Branche erlebt, ja, war sogar Teil davon. Wenn ich an Schicksal glauben würde, könnte sich der Gedanke aufdrängen, dass ich nicht zufällig diesen Weg genommen habe.

Ich folge der Frau mit meinen Blicken und sehe, wie sie einige Sekunden bewundernd am Mustang verharrt, um schließlich in der Werkstatt zu verschwinden. Sekunden später stehe ich wieder allein auf der nächtlichen Straße, umgeben von Staub und Hitze.

Voller Dankbarkeit werfe ich die Münzen ein und wähle Theodoras Nummer. Ich muss lächeln, noch bevor ich ihre Stimme vernehme.

„Hallo?"

„Hallo, Schwester."

„Sam!" Der Tonfall ist so schrill, dass ich den Hörer von meinem Ohr weghalten muss. „Geht es dir gut? Wir haben uns nicht mehr gesehen, seit …" Ihre Stimme versagt. Mein Geburtstag ist gerade einmal ein paar Tage her, und doch fühlt es sich so an, als hätten wir uns Jahre nicht gesehen. Ihr muss es ähnlich ergehen.

„Ja, ich weiß", flüstere ich und schließe die Augen. „Theo, hör mir zu: Sag niemandem, dass ich angerufen habe, hörst du? Ich stecke in Schwierigkeiten und brauche deine Hilfe."

„Soll ich nicht zumindest …?"

„Nein. Niemanden!", wiederhole ich mit Nachdruck. „Mir geht es gut, das ist alles, was du wissen musst. Kannst du bei Sonnenaufgang an unserem alten Geheimversteck sein?"

„Natürlich", kommt es aus dem Hörer. Die Verzweiflung ist mit jeder Silbe zu spüren. Auch sie hat ihren Dad verloren. „Sam, sag mir bitte, was passiert ist! Und warum jagen dich die Cops?"

„Nicht am Telefon", entgegne ich scharf. „Wir treffen uns im Morgengrauen. Hörst du, kleine Schwester?"

***

Eigentlich mag ich den Morgen nicht. Früher hat er das Ende einer Party eingeläutet. Nun ja, zumindest in den meisten Fällen.

Aber vielleicht wird dieser Tag die Wahrheit ans Licht bringen.

Ich schüttle mich und blinzle in die aufgehende Sonne. Allmählich fordert die Müdigkeit ihren Tribut, meine Augen beginnen zu brennen.

Den Mustang habe ich vier Blocks weiter abgestellt und mich durch Seitenstraßen in das Wäldchen hinter unserer Villa geschlichen. Noch herrscht Zwielicht, sodass mich niemand bemerkt, während ich unter dem Zaun am künstlich angelegten See hindurchkrieche und den wachsamen Augen der Kameras entgehe. Früher haben Theodora und ich diesen Weg benutzt, wenn wir uns ohne Bodyguards amüsieren wollten, als Teenager, um den reichen Jungs der Upper East Side den Kopf zu verdrehen, und als Erwachsene, um zumindest ein gemeinsames Essen zu genießen, ohne dass Vater seine Berichte von der Sicherheitsabteilung erhielt. Wie paradox, dass ich genau diesen Trick anwenden muss, um wieder auf das Gelände zu gelangen, das ich früher so dringend verlassen wollte.

Die Dunkelheit verwandelt sich in das diffuse Licht der Morgendämmerung. Im Nebel knie ich im hohen Gras und nehme unsere Villa in Augenschein. Alles wirkt wie immer und so vertraut, dass ich Mühe habe mich zurückzuhalten, einfach durch die Terrassentür in mein Zimmer zu gehen und mich in die Federn sinken zu lassen. Wie oft bin ich im Schutz der Nacht von Partys zurückgekehrt, um mich von hier hineinzuschleichen. Alles wirkt so vertraut und gleichzeitig so fremd, dass ich nicht mehr weiß, ob ich überhaupt hierhergehöre.

Blödsinn! Meine Hände ballen sich zu Fäusten, eine kühle Brise lässt mich frösteln. Ich bin immer noch Samantha Mayflower, wohne hier, und, verdammt, ich bin keine Mörderin. Und um das zu beweisen, brauche ich Verbündete!

Mein Blick zieht es zum Baumhaus.

Unser Geheimversteck. Als Mutter verschwand, habe ich dort oben oft nächtelang gewartet und gehofft, dass sie doch noch zurückkehren würde. Aus Tagen wurden Wochen, und aus Wochen wurden Jahre. Bald schon hat Vater Marge kennengelernt, und ich wartete nicht mehr allein. Theo war bei mir, hielt meine Hand und hoffte mit mir.

Jahre war ich nicht mehr dort oben gewesen. Kaum zu glauben, dass das alte Baumhaus nun erneut für ein konspiratives Treffen herhalten muss. Vielleicht finden wir sogar noch die alten Kekse, die uns als Proviant für unsere nächtlichen Ausflüge gedient haben, schmunzele ich in mich hinein und will nähertreten, als mich ein Geräusch in Schockstarre versetzt.

Meine Augen suchen die Böschung und den See ab. Frösche quaken im Schilf. Vögel zwitschern, ein Windhauch spielt mit den Blättern der Bäume, das Wasser liegt still. Alles wie immer. Oder bilde ich mir das nur ein?

Streng dich an, Sam! Ich fixiere weiterhin das Baumhaus abseits der Villa. Es liegt gut geschützt zwischen einer Handvoll Apfelbäume. Unwillkürlich läuft mir das Wasser im Mund zusammen. Wenn ich daran denke, wie wir gemeinsam die Früchte vom Boden aufgelesen haben und mit Marge einen Kuchen ...

Der Gedanke reißt augenblicklich ab, als Theodora auf die Veranda tritt. Ihre pechschwarzen, glänzenden Haare und den leichten Gang würde ich überall erkennen. Sie sieht sich mehrfach um, schultert einen Rucksack und geht barfuß durch das taufrische Gras.

Smartes Mädchen, hat alle glauben lassen, dass es noch schläft, um keine Aufmerksamkeit zu erregen.

Ich warte noch, bis Theo die Leiter ins Baumhaus genommen hat, dann laufe ich geduckt zu unserem Refugium. Oben angekommen, fällt mir meine Schwester um den Hals.

„Sam!" Sie drückt mich so fest an sich, dass mir die Luft wegbleibt. Doch das ist mir gleichgültig. Wenn es nach mir ginge, könnte das stundenlang so weitergehen. „Was ist passiert?"

„Ich weiß es nicht." Meine Worte überschlagen sich. „Plötzlich war da dieser Biker, er hat mich entführt, und dann war da dieses Haus in den Bergen und ein Wasserfall, und wir hatten Sex, und ich musste ..."

„Eins nach dem anderem", hält mich meine Schwester zurück. „Komm erst mal zu Atem."

Ich spüre die beruhigende Wärme ihrer Hand, die auf meinem Bauch liegt. Wir atmen einmal tief durch. Es hilft mir, zumindest nicht den Verstand zu verlieren.

Nach einer ewig erscheinenden und trotzdem viel zu kurzen Umarmung wischen wir uns die Tränen von den Wangen. „Hat man Dads Mörder gefunden?", will ich wissen.

Sie schüttelt den Kopf, und ihre bernsteinfarbenen Augen glänzen mit den ersten Sonnenstrahlen um die

Wette. „Du bist weiterhin die Hauptverdächtige." Es klingt, als würde sie sich dafür entschuldigen.

„Gibt es nicht einmal einen einzigen Anhaltspunkt?"

„Cooper kämpft wie ein Löwe, ist praktisch vierundzwanzig-sieben auf den Beinen, aber die Cops geben keine neuen Erkenntnisse preis." Sie zuckt verächtlich mit den Schultern. „Alle Indizien sprechen gegen dich. Wenn du mich fragst, haben sie die Schuldige bereits gefunden."

„Das ist alles ein verdammter Albtraum", erwidere ich unter Schluchzen und sehe mich um. Für einen kurzen Moment flackern Erinnerungen aus glücklicheren Tagen auf. „Nur hier hat sich nichts verändert."

„Ja, als wäre die Zeit stehen geblieben", flüstert sie und nimmt ein ausgeblichenes Magazin in die Hand, das Jahrzehnte alt sein muss. „Schau an, die *Backstreet Boys* sind wieder in den Charts." Ihre Stimme ist brüchig, wir lassen uns gar nicht mehr los, selbst als wir auf den alten Decken Platz nehmen.

„Ja, und die Siebziger kommen auch bald wieder", sage ich belustigt, als mir ein Artikel ins Auge sticht. „Außerdem sind die Dreharbeiten zu *Titanic* bald abgeschlossen. Gehen wir gemeinsam rein?"

Theo drückt meine Hand fester. „Damals im Kino haben wir so unglaublich viel geheult."

„Wie die Schlosshunde", stimme ich ihr zu.

Es war einer dieser Abende, an denen wir uns aus der Villa geschlichen haben, um allein den Film zu schauen. Wundervolle Momente, die uns niemand nehmen kann.

„Theo, ich habe eine Scheißangst."

„Wir finden dieses Arschloch, verlass dich drauf." Sofort nimmt sie mich wieder in den Arm. „Du musst mir alles erzählen, was du an diesem Tag gemacht hast. Ist dir etwas aufgefallen? Kam dir irgendetwas komisch vor? Was ist passiert, nachdem du ihm den Tee gebracht hast?" Die schnellen Fragen enden erst, als sie mir den Rucksack auf die Knie legt. „Während du erzählst, iss etwas. Hier ist Deo, frische Kleidung, Parfüm und Kaffee."

„Theo, du bist ein Schatz." Erst jetzt bemerke ich, wie lange ich nichts mehr gegessen habe. „Wieder hast du an alles gedacht."

Ich ziehe mich um, versuche, mich einigermaßen frisch zu machen, und esse hungrig ein Croissant. Unterdessen hilft mir meine Schwester, meine Haare zu bändigen und mich notdürftig zu schminken. Die Sätze sprudeln nur so aus mir hervor. Es ist unsagbar befreiend, mir das alles von der Seele zu reden.

Doch selbst nach einer halben Stunde und unzähligen Worten fällt uns beiden nichts ein, was auch nur im Ansatz verdächtig erscheinen könnte.

„Wieso hast du so einen biederen Businessanzug herausgesucht?", will ich wissen und streiche über die weiße Bluse und den schwarzen Blazer.

„Sieht seriös aus", antwortet sie seltsam abgehackt. „Weißt du, es könnte nicht schaden, sich zu stellen." Eindringlich sieht sie mich an. Irgendetwas in ihren Augen gefällt mir nicht. „Ich bin mir sicher, es wird sich alles aufklären. Cooper ist ein großartiger Jurist. Du hättest die Unterstützung der gesamten *Mayflower Incorporation*. Wir würden Unsummen für Anwälte

ausgeben, wenn du nur mit den Behörden zusammenarbeiten würdest."

„Gibt es die überhaupt noch?" Mein Ton klingt herab-
lassender als beabsichtigt. „Die *Mayflower Inc.* – ohne
Dad?"

„Um ganz ehrlich zu sein", Theo weicht meinem Blick
aus, sieht zur Tür und streicht sich eine Strähne hinters
Ohr, „der Aktienkurs ist nach seinem Tod zwar kurz
eingebrochen, dann aber in die Höhe geschossen."

„Wie bitte?" Ihre Worte sind wie Dolchstöße in mein
Herz. „Das kann nicht sein."

„Sam, ich weiß, du hast dich nie für die Belange der
Firma interessiert, aber glaub mir, es ist nicht gut um
den Konzern bestellt. Sogar eine Zerschlagung stand
vor wenigen Monaten noch um Raum." Ihre freie Hand
wirbelt durch die Luft, als würde sie den Aktienkurs
nachmalen. „Dad hat einfach zu viel Geld für karitative
Zwecke ausgegeben und Millionen in die Erforschung
von Krankheiten gesteckt, mit der man keinen Profit
machen kann. Du weißt, wie sehr er sich gegen eine
Neuausrichtung gesperrt hat. Jetzt ist der Weg frei für
Innovationen, und das erkennen die Anleger." Meine
Miene versteinert. Sie klingt wie die Analysten aus dem
Fernsehen, obwohl ihre Trauer echt scheint.

„Das heißt, Gelder für wohltätige Organisationen
sind erst einmal auf Eis gelegt worden?"

„Sie werden überprüft", bestätigt Theodora. Ich kann
sehen, wie schwer es ihr fällt, diese Worte auszusprechen. „Aber ich werde mich persönlich dafür einsetzen,
dass die Einschnitte nicht allzu hart ausfallen."

„Mmh." Ich will ihr glauben, jede Faser meines Körpers möchte das, nur warum schreit mich eine innere

Stimme an, dass irgendetwas nicht stimmt. „Wenn ich erst einmal freigesprochen werde, muss ich mich stärker in die Firma einbringen. Hast du meine Kreditkarten?"

Theo sieht auf. Es dauert eine Unendlichkeit, bis sie den Kopf schüttelt. „Sie wurden gesperrt."

„Wie bitte?" Ich verliere für einen Moment die Fassung. „Was ist hier los, Theo?"

„Vater ist noch nicht beerdigt, weil sein Leichnam bisher nicht von der Staatsanwaltschaft freigegeben wurde. Allerdings wurde sein Testament gestern verlesen." Plötzlich wird ihr Tonfall eine Nuance kälter. „Er hat ganz klar angewiesen, dass kein Verbrecher Teil der Erbfolge wird. Das sieht ein Gericht sicher ähnlich."

Das Zwitschern der Vögel ist eine Weile das einzige Geräusch. „Du verarschst mich!"

„Die Sachlage ist eindeutig", sagt sie unter Tränen. „Solltest du verurteilt werden, darfst du das Erbe nicht antreten. Und damit ..."

„... damit würde alles an Marge und dich fallen." Ich lasse ihre Hand los. Mein Gesicht wird zur Maske. „Ich besitze nicht einen Cent mehr, habe ich recht?"

Sie nickt. Kaum merklich, aber sie nickt. Ein furchtbarer Gedanke keimt in mir auf. Ich will ihn nicht zu Ende denken, hasse mich schon allein dafür, dass er mir in den Sinn gekommen ist, aber plötzlich ist er da und pocht boshaft unter der Oberfläche meines Bewusstseins.

Meine Stimme zittert. „Theo, was ist hier los?" Ich lausche nach draußen. Da! Ein Geräusch! „Theo? Hilf mir bitte."

„Das habe ich", flüstert sie, will erneut meine Hand nehmen, doch ich entziehe sie ihr. „Wir stehen alle hinter dir. Eine Flucht lässt dich schuldig aussehen, Schwester."

Der Hysterie nah, nestle ich an meiner Bluse. „Hast du die Kleidung ausgewählt, damit ich chic vor dem Haftrichter aussehe?"

„Bitte, versteh doch ..."

„Ich habe dir vertraut!" Die Kälte scheint sich in mich hineinzufressen und mein Herz mit eisiger Hand zu umschließen. Reflexartig werfe ich mir die dünne Lederjacke über die Schultern.

Wieder dieses Geräusch. Ich sehe aus dem Fenster des Baumhauses. Sonnenstrahlen blenden mich, der Garten liegt in Stille, und nur einige Vögel flüchten aus den Baumkronen. Mein Puls beschleunigt sich, und mein Magen verkrampft sich.

„Und ich vertraue dir, dass du das Richtige tust. Der Firma geht es gerade wieder besser. Es ist einfach Zeit für einen Neuanfang." Theodora hebt besänftigend die Hände, als würde sie mit einem wilden Tier verhandeln. „Mir ist klar, dass es furchtbar schmerzhaft für dich sein muss, aber denk auch an unsere Mitarbeiter. Wir sichern ihre Jobs nur, wenn wir einschneidende Veränderungen vornehmen."

Ich löse mich aus der Starre und blicke ihr direkt in die Augen. „Veränderungen? Was meinst du damit?"

„Nun, zum Beispiel das Logo der Firma. Die fünf Sterne um das Schiff sind ein wenig altbacken und ..."

„Darum geht es?" Sofort fasse ich an meine Kette und streichle über den Diamanten. Es ist die einzige Verbindung zu meinen Dad, und wenn Theodora recht behält, wird sie das auch bleiben. „Um Modernisierung, Profit und Macht?“

„Es ist ein Teil der Gedanken.“ Sie tritt auf mich zu, nimmt meine Hände, so fest, dass es wehtut. „Versteh doch, Samantha, es geht nicht um Eitelkeiten, sondern …“

„Was ist das?“ Mein Tonfall ist so scharf, dass man sich daran schneiden könnte. Meine Finger fliegen an ihren Hals, ziehen an der Kette und beginnen zu zittern, als ein weiterer Diamant der Mayflowers zum Vorschein kommt. „Du trägst einen Stern?“

Wie ein ertapptes Mädchen senkt sie ihre bernsteinfarbenen Augen. Die Haare fallen ihr ins Gesicht, als würde sie sich vor der Welt verstecken wollen. „Mutter hat ihn mir gegeben, als Erinnerung an Adam. Bedenke, er war auch mein Vater.“

„Stiefvater“, korrigiere ich harsch und muss den Impuls unterdrücken, ihr die Kette herunterzureißen.

Das Rascheln wird lauter, und mit ihm steigt das ungute Gefühl, dass ich niemandem mehr vertrauen kann. Als ich wieder aus dem Fenster schaue, lösen sich Silhouetten aus dem Schatten der Bäume.

Marges Züge sind gezeichnet von Sorge. Sie und unser Anwalt Michael Cooper bilden die Spitze, gefolgt von einem Dutzend grobschlächtiger Kerle in Anzügen.

Ich kenne keinen der Männer, und nach Vaters Sicherheitsdienst sehen sie auch nicht aus. „Ein paar neue Gesichter, um mich einzufangen?“

„Samantha, du weißt, dass es das Beste für dich ist.“

Diesen Satz habe ich so oft gehört.

Ich habe es satt!

„Das entscheidest nicht du, Schwesterherz." Hastig klettere ich die Leiter hinunter, Holzsplitter fahren mir in die Handinnenflächen. Ich spüre keinen Schmerz, dafür bin ich viel zu zornig.

„Wir haben nicht die Polizei eingeschaltet", ruft mir Cooper entgegen, offenbar in der aberwitzigen Hoffnung, mich zu beruhigen. „Samantha, wir haben eine Strategie, um dich zu verteidigen, doch dafür musst du dich freiwillig stellen."

„Und dann?" Ich presse meinen Rücken gegen den Baum, die Sicherheitsleute sind nicht mehr weit entfernt. „Werdet ihr einen Deal aushandeln, damit ich nur bis kurz vor meinem Tod im Knast sitzen muss, für ein Verbrechen, das ich nicht begangen habe?"

„Es gibt viele Wege", antwortet Cooper und hebt beide Arme wie ein Wanderprediger. „Unzurechnungsfähigkeit, ein paar Jahre in der Psychiatrie, Strafmilderung, doch dafür müssen wir uns besprechen."

„Ich. War. Es. Nicht!" Mein Schrei hallt über die Wiese. Als sich einer der Kerle nähert, erkenne ich einen Haufen schlecht gestochener Tattoos und bin mir sicher, dass er zum ersten Mal in seinem Leben einen Anzug trägt. Ich lege alle Wut in den Tritt. Sein schmerzverzerrtes Gesicht ist feuerrot, als er zusammenklappt und sich seine Weichteile hält, als würden sie ihm jeden Moment aus der Hose fallen. „Das könnte euch so passen – ihr kriegt die Firma, und ich verrotte im Gefängnis."

„Kleines, sei doch vernünftig." Marges sanfte Stimme kühlt meinen Zorn für einen Augenblick. Sie nähert sich mir, ist nur noch wenige Yards entfernt. „Sei bitte nicht sauer auf Theodora. Es war das Klügste, was sie tun konnte. Ich habe nächtelang um deinen Vater geweint, jetzt möchte ich nicht auch noch meine Tochter verlieren. Bitte, besprich mit Michael die Strategie, stell dich den Behörden und ertrag es mit Würde, bis alles geklärt ist." Elfengleich kommt sie noch näher, als würde sie den Boden gar nicht berühren. Wie immer sieht sie wundervoll aus, beinahe wie eine Filmdiva. Marge ergreift formvollendet meine Hand und drückt sie so behutsam, dass ich mich sofort geborgen fühle. „Uns ist allen klar, wie schrecklich das für dich sein muss. Wir alle stehen dir bei. Du schaffst das, Kleines. Adam, dein Vater, wäre sehr stolz auf dich."

Langsam steuern zwei Sicherheitsmänner auf mich zu und berühren sachte meinen Arm, während Marge weiter meine Hand hält.

Meinen Blick zieht es ins Leere. Ein Lachen schüttelt mich, so mit Theatralik und Schmerz gefüllt, dass ich mir vorkomme wie eine billige Karikatur meiner selbst. „Mein Vater wäre stolz auf mich, dass ich mich stelle, obwohl ihr alle denkt, ich hätte ihn umgebracht?"

Auch Cooper kommt langsam näher. „Du machst das großartig, Sam", sagt er leise und lächelt. Seine Augen glänzen, wie sie es schon früher immer getan haben, wenn wir uns zufällig in Vaters Büro begegnet sind. Ich spüre seine Zuneigung und sehe, wie er sich zwingen muss, mich nicht in den Arm zu nehmen.

„Ich kann nicht mehr", flüstere ich in mich hinein.

„Wir sind alle bei dir." Theodora ist mir inzwischen aus dem Baumhaus gefolgt und streichelt mir über den Rücken. „Du musst jetzt stark sein."

Meine Lider wiegen Tonnen, jeder Schritt nötigt mir mehr Kraft ab. Wie lange habe ich schon nicht mehr geschlafen? Wie lange ist es her, dass ich mich ausruhen konnte? Willenlos lasse ich mich von den zwei Kerlen und Marge in Richtung Villa führen.

„So ist es richtig“, erwidert meine Stiefmutter, geht vor und wiegt dabei meine Hand in sanften Berührungen. „Dein Vater hätte es so gewollt.“

Ich trotte mit ihnen, doch in mir regt sich Widerstand. Hätte er es wirklich gewollt? Dad ... der Kämpfer, der jede Ungerechtigkeit angeprangert hat?

Mein Blick wird klarer. „Nein“, stoße ich hervor. „Nein, hätte er nicht.“ Ich reiße mich los. Die Männer wollen mich packen, doch Marge hebt den Arm.

„Kindchen, was ist nur in dich gefahren? Wir wollen dir helfen.“

„Ich werde mir selbst helfen“, fauche ich wie eine in die Ecke gedrängte Tigerin und spurte zum See.

Ich renne durch das feuchte Gras – zumindest so lange, bis ein Schuss die morgendliche Stille zerreißt. Ich bleibe abrupt stehen, drehe mich um und sehe den Schützen, einen glatzköpfigen Mann mit Ziegenbart. Nur ein Warnschuss, sicherlich, doch in seinen Augen erkenne ich, dass er vor nichts zurückschreckt.

Kalte Angst packt mich. Sie lähmt meine Bewegungen, meine Gedanken und selbst meine Atmung.

„Steck die Knarre weg!“, brüllt Cooper, sprintet auf den Mann zu und drückt ihm den Arm mit der Pistole hinunter. „Samantha, entschuldige bitte, die Gentlemen sind neu, sie wissen noch nicht, wie wir die Dinge regeln ...“

„Die Pistolen weg!“

Habe ich jetzt völlig den Verstand verloren? Mir war, als würde AJs Stimme von den Bäumen herüberwehen. Brooks, del Gardo und noch eine Handvoll anderer Biker in Kutten der *Reaper* treten aus dem Wäldchen ins Morgenrot. Ich muss mir das einbilden.

„Immer zur falschen Zeit am falschen Ort", schimpft der Glatzkopf und visiert AJ an. „Wallace, du hast wirklich ein beschissenes Timing."

„Und volles Haar", knurrt AJ. „Lass die Waffe fallen, George."

Ich muss mir irgendwo den Kopf angeschlagen haben, anders kann ich mir nicht erklären, was das zu bedeuten hat.

Plötzlich dreht sich AJ zu mir um. „Willst du gehen, Maiblümchen?"

Alles fühlt sich falsch an. Ich brauche Zeit, um meine Gedanken zu sortieren, und nicke. Die einzige Reaktion, zu der ich noch imstande bin.

„Sie bleibt hier." Der Glatzkopf tritt näher und richtet mit Nachdruck seine Pistole auf mich.

„Sorry, George, aber die Party wird ohne euch stattfinden."

„Ihr seid tot! Ich werde euch *Reaper*-Pack vernicht..."
Weiter kommt er nicht.

Die Explosionen von del Gardos Nebelgranaten kommen mir seltsam vertraut vor. Auch der beißende Geruch ist mir bekannt. Doch anders als im Lagerhaus umarme ich ihn wie einen Geliebten und bin froh, dass ich in die Nebelwände eintauchen kann.

„Nicht schießen", schreit Cooper und wird im nächsten Moment von Qualm umhüllt.

Einige *Reaper* stürmen an mir vorbei. Als ich mir einen Weg zum See bahne, vernehme ich Kampfrufe.

„Sam", meine Schwester ist mir gefolgt und hält mich am Arm fest. „Bitte, tu das nicht."

Ich bleibe ihr eine Antwort schuldig, erkenne aus dem Augenwinkel, wie einer der Anzugträger zum Schlag ausholt. In dem Qualm hält er Theodora für mich und will sie niederstrecken. Ihr entfährt ein gellender Schrei.

Im nächsten Moment sehe ich einen dunklen Blitz neben mir auftauchen. Del Gardo ist so schnell, dass ich nur den Windzug spüre. Er wirft sich gegen den Mann, steckt etliche Schläge ein und teilt noch mehr aus.

„Danke schön", flüstert Theodora und lässt sich von Marco aufhelfen.

„*De nada*." Er nickt ihr zu und fixiert mich. „Komm mit."

Ich schlage mich in die Büsche, schaffe es hustend durch das Loch im Zaun und stehe kurz darauf vor dem Mustang. Neben etlichen Bikes scheint er so geparkt zu sein, als würde der Wagen nur für mich dort stehen. „Woher ...?"

„Peilsender im Auto", antwortet del Gardo und klemmt sich hinters Steuer. „Ich soll dich wegbringen."

Gerade als ich einsteigen will, taucht meine Schwester hinter mir auf. Wir funkeln uns an.

„Lass los, Theo!"

„Du weißt, dass ich das nicht kann, Sam. Warum tust du uns das an? Wir können dir helfen!"

„Lieber lasse ich mich von Gangstern entführen, als dass ich freiwillig für einen Schauprozess herhalte, während mich die versammelte Presse filetiert. Das hätte Vater niemals gewollt.“

„Ich werde dich nicht gehen lassen“, faucht sie und hält mich zurück.

Del Gardo klopft gegen die Innenseite des Dachs. „Entscheidet euch, Ladys. Uns läuft die Zeit davon.“

Die Kampfgeräusche und das schrille Kreischen von Polizeisirenen nähern sich unaufhaltsam. Nur noch wenige Straßen müssen die Cops zurücklegen und wir sitzen in der Falle.

Mein Blick wird hart. „Wenn du mich nicht gehen lässt, kommst du mit, Lügnerin.“ Mit aller Kraft drücke ich Theodora auf die Rückbank und folge ihr in den Fond. Im selben Moment packt jemand meine Haare von hinten. Mein Hinterkopf donnert gegen den Wagenhimmel. Ich habe das Gefühl, als würde es meinen ganzen Körper schütteln.

Ich spüre heißen Atem im Nacken.

„Wohin denn so eilig, Hübsche?“

Als der Wagen schon anrollt, steigt Theodora aus und verpasst dem Mann einen Fausthieb, den ich ihr gar nicht zugetraut hätte. „Wenn jemand meine Schwester anfasst, dann bin ich das!“, zischt sie.

Unter Schmerzen gelingt es mir, mich loszureißen, sie in den Mustang zu stoßen und die Tür zu schließen.

„Na, endlich“, keucht del Gardo. Der Mustang rast los. „Hey, Samantha, bist du okay?“

Ich fühle mich wie eine Marionette, der man hintereinander die Fäden durchtrennt. Ich drohe, das Bewusstsein zu verlieren.

„Sam?“ Meine Schwester streichelt mir panisch übers Gesicht. „Sam, hörst du mich?“

Ich kann nichts tun. Ihre Silben klingen, als befinde sie sich an einem weit entfernten Ort. Nicht mehr in dieser Stadt, nicht mehr auf dieser Welt, nicht mehr in diesem Universum. Meine Atmung wird flacher, an meinen Lidern hängen Gewichte. Ich will schlafen, nur noch schlafen.

Es ist Theodoras Stimme, die mich in die süße Erlösung der Schwärze begleitet, die über mir zusammenschlägt.

Kapitel 10 – Im Rausch der Gefühle

Ich will die Augen nicht öffnen.

Mit Händen und Füßen wehre ich mich dagegen, dass mein süßer Traum nun ein Ende haben soll. Zu verlockend ist die Aussicht, nichts zu wissen, nicht zu kämpfen und nicht zu leiden.

„Sam." Die Stimme zieht mich mit jeder Silbe zurück in die grausame Realität. „Samantha, bist du okay?"

Ein letztes Mal bäumen sich die Träume auf, wollen mich schützend weiter zu sich herabziehen, doch dann spüre ich eine sanfte Hand an meiner Schulter.

„Ich hatte schon gedacht, es hätte dich richtig erwischt."

Der Blick meiner Stiefschwester ist ehrlich besorgt. Sie kniet vor dem Bett in der Jagdhütte, hinter ihr warten AJ und Brooks mit sorgenvoller Miene.

„Was machst du hier?", will ich wissen, während mich die Bilder ihres Verrats quälen.

„Du hast mich ins Auto gezogen."

Ich drehe mich zu den beiden Bikern. „Habt ihr sie durchsucht? Keine Peilsender? Ihr das Handy abgenommen?" Ich weiche zurück, als hätte sie Lepra.

AJ und Brooks lehnen mit verschränkten Armen an der Wand meines alten Verlieses. „Haben wir", knurrt der Riese und lässt sie nicht aus den Augen.

Ich nicke, sehe mich um. Den Unterschlupf der *Reaper* kenne ich mittlerweile zur Genüge und auch das Bett, in dem ich etliche Nächte meinen Ausbruchsversuch geplant habe. Doch etwas ist anders. Sie haben die Gitterstäbe vor dem Fenster mit Stahlstreben verstärkt, kein Wunder, wenn plötzlich zwei Mayflower-Töchter festgehalten werden müssen, doch der andere Umstand verwirrt mich.

„Was ist das für ein Lärm?" Ich halte inne und lausche durch die Wände. Etliche Männer und Frauen lachen, singen, ja grölen fast und machen die finstere Nacht zum Tag.

„Das sind Brüder und ihre Frauen aus anderen Chaptern", knurrt Brooks.

„Chapter?", will ich wissen, lehne den Rücken gegen die Holzwand und fasse mir an den Kopf. Er dröhnt, als würden Eisenbahnen aufeinander zu rasen – und zusammenstoßen.

„Ein *Reaper Motorcycle Club* aus einer anderen Stadt", erklärt AJ ruhig und rührt sich keinen Zoll. Anscheinend ist ihm nicht geheuer, dass ich Theo mitgenommen habe.

Brooks drückt sein Kreuz durch. „Auch sie haben viele Verluste erleiden müssen, doch sie sind uns zu Hilfe gekommen." Verdammt, ein ziemlich dickes Veilchen ist noch die kleinste Blessur an ihm. Er hat im Kampf eine Menge einstecken müssen. „Und jetzt bedanken wir uns mit einer Party bei ihnen."

„Allerdings wäre es eigentlich deine Aufgabe, dich bei ihnen zu bedanken", ergänzt AJ mit missmutigem Blick. „Immerhin haben sie ihren Arsch riskiert, um dich da rauszuholen."

Langsam kehren die Erinnerungen zurück. Die vielen offenen Fragen gefallen mir ganz und gar nicht.

„Dieser Mann mit Glatze und Ziegenbart, unser Anwalt Cooper hat ihn angeheuert, und du kennst ihn, hast ihn sogar George genannt und er dich Wallace." Meine Stimme überschlägt sich fast vor Wut. „Wieso, verdammt?"

„Weil wir uns bereits sehr, sehr lange kennen", antwortet AJ.

„Was bedeutet das?"

„Wir waren einst wie Brüder, doch das ist längst Geschichte."

Ich lasse seine Worte wirken. Welche Geheimnisse verbirgt der Mann noch? „Alexander, ich werde wegen Mordes gesucht und lande vielleicht auf dem elektrischen Stuhl."

„Unmöglich", wirft Theodora ein, und für einen Moment kommt die Streberin in ihr zum Vorschein. „Im Bundesstaat New York ist die Todesstrafe nicht gesetzlich verankert."

„Sei ruhig, Verräterin", zische und ich wende mich wieder AJ zu. „Also, warum heuert unser Firmenanwalt einen alten Freund von dir an, und warum steht ihr plötzlich auf der Matte, wenn es brenzlig wird?" Ich seufze theatralisch, als mir klar wird, dass ich zu kostbar bin, um ihm durch die Lappen zu gehen. „Ihr wolltet mich ein zweites Mal entführen und dann durch einen Mittelsmann den Behörden übergeben, wenn das Kopfgeld in die Höhe schießt, habe ich recht? So könnt ihr doppelt Kasse machen."

„Falsch." Seine Antwort ist so hart wie direkt, dass ich keine Zweifel habe, dass sie wahr ist. „Wir wollten dich nicht den Behörden übergeben, aber jemanden entführen wollten wir schon."

„Ich verstehe kein Wort." Theodora steht auf, will zur Tür, doch Brooks stellt sich ihr in den Weg.

„Hey, so behandelt man doch keine Lady." Del Gardo schiebt sich vom Flur aus an dem Hünen vorbei, bringt Theo einen dampfenden Tee und stellt ein Tablett mit Wasser, Sandwiches und Medizin auf dem kleinen Tisch neben mir ab. Dann grinst er wie ein Betrunkener und stößt mit meiner Schwester an. „*Salud*, hübsche Lady", säuselt er so schmierig, dass ich mir das unwürdige Schauspiel nicht länger ansehen kann.

„Ausnahmeweise hat meine heuchlerische Stiefschwester recht." Schwungvoll greife ich mir die Flasche Wasser, beiße mehrmals in das Sandwich und spüle ein paar Tabletten hinunter. Langsam spüre ich, wie der pochende Schmerz nachlässt. „Also, was soll das Ganze? Wieso werde ich das Gefühl nicht los, dass ich ein Spielball in euren kranken Plänen bin?"

„Weil es so ist", gibt AJ unverhohlen zu. Wäre es nicht so grausam, ich würde seine Ehrlichkeit fast schon erfrischend finden. „Die Männer, die du gesehen hast und die ihre Kutten wie ein Haufen Hasardeure durch schlecht sitzende Anzüge getauscht haben, sind die *Saints*."

„Der konkurrierende Motorradklub?"

„Konkurrierend?" Der sonst so wortkarge Brooks kann kaum an sich halten. Seine Lippen zittern vor Wut. „Sie haben so viele von uns getötet. Hinterrücks und ohne Ehre."

AJ legt seine Pranke auf die Schulter des Hünen. „George ist ihr Anführer und Präsident des *Saints*

Motorcycle Club. Euer Anwalt Michael Cooper hat die Schlägertruppe angeheuert, um uns unser Revier streitig zu machen. Er und die *Mayflower Incorporation* stecken hinter der neuen hochmodernen Port City. Doch dafür braucht er unsere Grundstücke."

Ich nicke verstehend, wende den Kopf zu Theodora. „Wusstest du davon?"

Ihre Augen glänzen aggressiv. „Nein, wusste ich nicht." Der nachdenkliche Tonfall lässt mich ihre Worte glauben. Meine Stiefschwester zieht die Stirn in Falten. „Und ihr seid Sam gefolgt, um die *Saints* auszuschalten und euren Krieg zulasten ehrlicher Menschen zu gewinnen?"

„Nein." Erneut schüttelt AJ den Kopf, tritt ans Fenster und blickt hinaus in die Finsternis. „Mein Gedanke war, dass Sam nach dem Deal als Erstes euren Anwalt kontaktiert. Es nützt nichts, wenn wir die Mitglieder der *Saints* einzeln erledigen. Dieser Klub ist wie eine Hydra, der man einen Kopf abschlägt, für den zwei neue wachsen. Diese White-Power-Bastarde nehmen jeden auf, der ihrer hirnverbrannten Ideologie folgt. Nicht einmal Motorradfahren müssen sie mehr, geschweige denn ein eigenes Bike besitzen."

„Und?", will ich wissen und erhebe mich. Die Kopfschmerzen werden wieder stärker.

„Ich dachte, dass dich dein erster Weg zu Cooper führt. Wir hätten den Mann ein wenig unter Druck setzen können." Er greift durch das offene Fenster nach den Gitterstäben, als wolle er sie herausreißen. „Ohne noch mehr Blut zu vergießen. Doch nun ist der Rubikon überschritten, und New Yorks Straßen werden sich rot färben."

Ich möchte gar nicht wissen, was das zu bedeuten hat.
„Du hast also gelogen?“

„Ja.“

„Ich wusste, dass er euer Familienanwalt ist, und wollte dich als Köder benutzen, um an ihn heranzukommen.“ AJ dreht sich um, sieht mir in die Augen. „Es war eine glückliche Fügung, dass sie dich in die Zelle neben den gefährlichsten und dreckigsten Biker gesetzt haben, den sie auf der Wache finden konnten.“

Meine Wangen glühen vor Zorn. Ich springe auf ihn zu und verpasse ihm eine schallende Ohrfeige. Niemand wagt es zu atmen, bis sich AJ ein Lächeln nicht mehr verkneifen kann.

„Das habe ich verdient“, sagt er leise und mit fester Stimme.

Ich habe so hart zugeschlagen, dass meine Hand schmerzt. Auf seiner Wange sind die Abdrücke meiner Finger zu sehen, und dieser Kerl verzieht nicht einmal das Gesicht. Ich weiß nicht, ob ich noch wütender werden soll oder ob es mich auf eine anzügliche und rohe Art anmacht. Er hätte sich zumindest aus Höflichkeit die brennende Stelle reiben können.

„Es ging nie um mich“, stelle ich nüchtern fest.

„Nein.“

„Du wolltest nur euren Krieg gewinnen.“

„Und weiteres Blutvergießen verhindern.“

Ich drehe mich zur Seite. Der Schmerz scheint übermächtig. Auf eine gewisse Art kann ich seine Lügen sogar nachvollziehen, jedoch verletzt es mich trotzdem. „Ach, fick dich doch.“

„Das passiert, wenn man sich mit Verbrechern einlässt“, sagt Theo. Demonstrativ baut sie sich vor Marco auf, nippt am Tee, verzieht angewidert das Gesicht und schüttet den Inhalt der Tasse direkt vor seine Füße. Dabei wirft sie ihm einen bitterbösen Blick zu, bevor sie sich wieder mir zuwendet. „Jetzt hast du gesehen, wozu sie fähig sind. Diese Menschen sind nicht deine Freunde, aber ich bin deine Schwester!" Sie streicht sich ein paar pechschwarze Strähnen hinter die Ohren und schweigt ein paar Sekunden, als müsste sie das Gewicht ihrer Worte sorgfältig bemessen. „Sam, wir müssen gehen. Noch gibt es Hoffnung, dass Cooper die Sache regeln kann. Wir plädieren auf Unzurechnungsfähigkeit, du warst nicht Herrin deiner Sinne."

Sie fasst meine Hand, reflexartig stoße ich sie weg. „Auch du hast mich belogen."

„Es war zu deinem Besten", will sie mich überzeugen. „Michael ist der Einzige, der uns jetzt noch helfen kann. Wir müssen uns stellen."

AJs schallendes Gelächter ist so künstlich wie laut und bringt Theodora aus dem Konzept. „Dieser Cooper ist ein Lügner und nicht das, was er vorgibt zu sein, glaubt mir, meine kleinen Maiblümchen." Mit schweren Schritten löst er sich vom Fenster und fährt sich über seine Schusswunde. Wahrscheinlich ist sie beim Kampf wieder aufgerissen. Diesmal ist es mir gleichgültig. „Nur das erkennt ihr beiden Schnepfen leider nicht, weil sich in eurer rosaroten Welt alle Probleme mit Geld aus dem Weg schaffen lassen." Ein Grinsen verzieht sein Gesicht und wirkt im Halbschatten noch bedrohlicher. „Und genau das wird jetzt zu eurem Problem. Ich kenne die Menschen, und dieser Cooper gehört zu der schlimmsten Sorte. Da sind mir sogar die *Saints* lieber. Sie machen keinen Hehl daraus, dass sie lügen und morden würden, um ihre Ziele zu erreichen. Dieser Anwalt allerdings tut es hinterrücks und gibt auch noch vor, euer Freund zu sein."

Theodora wiegt gekränkt den Kopf. „Das muss ich mir nicht anhören."

„O doch. Das musst du, Prinzessin. Ihr beiden werdet nämlich hierbleiben, so lange, bis wir wissen, was wir mit euch anstellen werden."

Seine Worte wundern mich nicht. Im Gegenteil. Wäre ich an seiner statt, ich hätte genauso gehandelt. Dass ich von Kriminellen hinters Licht geführt und ausgenutzt wurde, kann ich noch verstehen, aber die Lüge von den Menschen, denen ich am meisten vertraut habe, schmerzt fürchterlich. Stumm gehe ich zur Tür.

Sofort ist Brooks zur Stelle. „Wo willst du hin?"

„Ich gehe mich betrinken."

„Das solltest du nicht tun", erwidert er.

„Sicher? Ich bin so enttäuscht und verletzt worden wie noch nie zuvor in meinen Leben. Bei Gott, ich habe mir einen Drink verdient!" Ein zuckersüßes Lächeln umspielt meine Lippen, und ich stemme die Hände in die Hüften. „Ich mag dich, Großer, aber du müsstest mittlerweile wissen, dass wir Mayflower-Mädchen starken Jungs gerne in die Eier treten, wenn sie uns im Weg sind." Ich neige den Kopf. „Hast du das verstanden?"

Er schluckt trocken. Was für ein kurioses Bild bei den Muskeln. „Boss?"

AJ schmunzelt und nickt. Endlich gibt Brooks den Weg frei.

„Keine Angst, Alexander, ich hau nicht ab. Auf eine zweite Schnitzeljagd im Wald kann ich gut verzichten.

Vor allem, wenn sie so kurz und uninspiriert ist." Mein Blick brennt sich in AJ hinein, die Sätze sind eine Lüge, doch sie sollen ihm wehtun. Am liebsten wäre ich diesem attraktiven Blender an die Kehle gesprungen. „Ich brauche also keinen Aufpasser." Schnell verschwinde ich im Gang und senke die Stimme. „Zumindest, bis mir ein besserer Plan einfällt."

***

Nach dem fünften oder doch schon sechsten Drink geht es mir besser. Viel besser.

Ich sitze an einer provisorischen Bar, die ein paar mir unbekannte *Reaper* schnell zusammengezimmert haben, und unterhalte mich mit einem überraschend eloquenten Biker aus Pennsylvania über Basketball.

„Das ist nicht dein Ernst! Wenn du ein Dream-Team aus allen Spielern der Phila Seventy-Sixers zusammenstellen könntest, würdest du Barkley nehmen?"

Der *Reaper* sieht mich entgeistert an. „Natürlich, wen denn sonst? Sir Charles Barkley ist der beste Power Forward, den die Sixers je hatten."

„Und was ist mit Erving?"

„Das war eine andere Zeit."

Ich lache schrill. Hier stört es niemanden. In den Läden, in denen ich sonst verkehre, hätten sie mich längst pikiert angesehen und ihre chirurgisch perfekt korrigierten Nasen gerümpft. „Du würdest auch Chamberlain auf die Bank setzen, oder?"

„O nein, Samantha. Was das angeht, sind wir uns einig. Wilt Chamberlain war als Center ein Gott."

Wir stoßen an. „Endlich sind wir mal einer Meinung, mein furchteinflößender Freund." Gegen die aufgeheizte Stimmung muss ich anschreien. „Wie heißt du noch mal?"

„Rick, immer noch Rick. Sag mal, wie viele Shots hattest du schon?"

„Keine Ahnung." Als ich die Gläser erneut mit purem Whisky fülle, geht die Hälfte daneben. Niemand hebt angewidert die Augenbrauen, keine mahnenden Worte. Verdammt, das Bikerleben hat auch seine Vorteile. „Aber bestimmt mehr als du kleine Pussy."

Rick, der *Reaper* aus Philadelphia, klopft mir kräftig auf die Schulter. „Ich mag dich, kleine weiße Mayflower-Prinzessin."

Es ist nicht als Beleidigung gemeint, ganz im Gegenteil. Seine Bemerkung ringt mir ein Lächeln ab. Volltrunken drücke ich dem Mann einen Kuss auf die Wange. „Ich ... ich dich auch, du krimineller Idiot", lalle ich. Nachdem wir getrunken haben, hebe ich nachdenklich die Flasche und verliere mich in der Betrachtung des Etiketts. „Weißt du, *Johnny* ist der einzige Freund, der mir noch geblieben ist, dem ich vertrauen kann. Ich wurde von allen belogen, hörst du? Von allen?", stoße ich hervor. „Sogar von meiner eigenen Schwester ... also, Stiefschwester."

„Wenigstens hast du eine", erwidert Rick und schenkt uns beiden nach. „Ich komme aus dem Waisenhaus. Ich weiß, wir gehören bestimmt nicht zu den Stützen der Gesellschaft, verkaufen Waffen, besitzen Klubs, Kneipen und nehmen fragwürdige Aufträge an, aber ohne die *Reaper* wäre ich mit einer Nadel im Arm in der Gosse krepiert." Er leert sein Getränk in einem Zug, sein

Blick wird glasig, jedoch ist es nicht der Whisky, der seine Gedanken in die Ferne zieht. „Sie sind meine Familie, und ich würde alles für sie tun und ihnen alles verzeihen."

„Selbst wenn sie dich im Stich lassen?"

„Gerade dann", antwortet er wie aus der Pistole geschossen. „Alle anderen Menschen kannst du fallen lassen, aber nicht deine Family."

Während er spricht, fixiere ich Theodora so lange, bis sie meinen Blick erwidert. Allein sitzt sie in der hintersten Ecke der Küche, trinkt ein Bier und versucht, die Flirtversuche von Marco del Gardo freundlich, aber bestimmt abzuwehren. Irgendwann hat sie genug, erhebt sich und kommt schnurstracks auf mich zu.

„Wenn man vom Teufel spricht", fauche ich über die lärmende Musik hinweg.

„Schon betrunken, Miststück?" Oh, Theo scheint in Angriffslaune zu sein. Da sind wir schon zu zweit.

„Noch nicht so sehr, wie ich will, Verräterin." Ich leere das Glas und weiß, dass meine Augen genauso funkeln wie ihre. „Solltest du nicht versuchen zu flüchten, die Cops zu informieren und mich in den Knast zu bringen?"

Sie schnappt sich die Flasche und ein benutztes Glas. Ohne hinzusehen, gießt sie sich ein. Sie muss die gleichen Gedankengänge haben. Nur dass sie trinkt, um Mut zu finden, ich allerdings, um zu vergessen.

„Hättest du nicht genauso gehandelt wie ich, wäre ich sehr enttäuscht von dir gewesen."

„Du bist also immer noch der Ansicht, dass es die richtige Entscheidung war?", erwidere ich bissig und schenke mir ein. „Bis jetzt weiß ich nicht genau, ob du nicht diejenige bist, die mir den Mord an meinem eigenen Vater in die Schuhe schieben will."

„Das denkst du wirklich?" Ihre Stimme bebt, ihr Leib zittert.

Einige Biker drehen sich um, bis Rick besänftigend die Hand hebt. „Hey, worüber haben wir gerade gesprochen? Ladys, es gibt nichts Wichtigeres als die Familie. Ihr habt bestimmt noch eine Menge zu klären. Aber vergesst bitte nicht, was ihr an euch habt." Damit zieht er sich zurück.

Die Worte sind Hohn in meinen Ohren, besonders wenn sie von einem Gesetzlosen stammen, und doch steckt darin ein Funke Wahrheit.

„Ich habe ihn weder getötet, noch habe ich etwas damit zu tun. Verdammt, Sam, er war wie ein Vater zu mir. Ein richtiger, wahrer Vater." Theodora schüttelt verzweifelt den Kopf. Auch sie hatte schon einige Drinks zu viel. „Als mein Dad bei einem Autounfall starb, wollte ich auch nicht mehr leben. Nicht nur einmal habe ich mich ans Steuer gesetzt, doch mir fehlte einfach der Mut, um Gas zu geben. Erst als meine Mutter wieder geheiratet hat, erfuhr ich durch Adams Güte und Liebe wieder Hoffnung." Sie atmet tief, kann ihre Tränen kaum mehr zurückhalten. „Ich weiß, wie sehr du mich als kleines Mädchen gehasst hast. Doch dann, mit der Zeit, bekam ich eine Schwester, die mich bedingungslos geliebt hat, und da erkannte ich den Sinn in Gottes perversem Spiel."

Ein Kloß bildet sich in meinen Hals. Szenen unserer Kindheit laufen vor meinem geistigen Auge ab wie ein sentimentaler Film. Ich mustere sie, mein Blick bleibt an ihrem Stern der Mayflowers hängen. Ich streichle ihn so vorsichtig, als könnte er mit jeder Berührung in tausend Stücke zerspringen. „Umso mehr schmerzt es mich, dass du mich verraten hast."

„Ich habe dich nicht verraten, du dumme Kuh, ich will dir helfen. Cooper, meine Mom, der Aufsichtsrat, alle wollen das."

„Obwohl der Aktienkurs in die Höhe schnellt, seitdem Dad das Geld nicht mehr mit vollen Händen für karitative Zwecke ausgibt?" Die Bitterkeit verliert sich allmählich, und mein Tonfall wird weicher.

„Gerade jetzt", flüstert Theodora, dass nur ich es hören kann. „Ich gebe zu, dass es dringenden Handlungsbedarf gibt, aber ich würde jeden Job, all das Geld und sogar mein eigenes Leben eintauschen, wenn es bedeuten würde, Adam zurückzuholen." Sie fasst mich an den Schultern, als würde sie mich aus dem Albtraum herausreißen wollen. Ihre Stimme ist flehend. „Sam, ich würde dir nie etwas antun. Bitte sag mir, dass du das weißt."

„Theo ... es ist ... einfach zu viel. Ich weiß nicht mehr, was ich denken soll."

„Dann lass es mich dir beweisen." Sie dreht sich suchend in alle Richtungen. „AJ! Ja, du da! Komm mal her!" Meine sonst so zurückhaltende Schwester ist nicht mehr zu stoppen. Sie zwängt sich durch die feierwütige Menge aus riesigen Kerlen und aufgetakelten Frauen und zieht Alexander an die provisorische Theke. Dabei verdränge ich den Gedanken, dass in der Jagdhütte mehr Waffengewalt versammelt ist als auf einer durchschnittlichen Wache des NYPD. Vielleicht macht es mich sogar ein wenig an.

Trunken vor Energie und Alkohol klopft sie ihm auf die Schulter. „Du bist doch der Boss dieses Chapter, oder?"

Ich erkenne sie kaum wieder. Jede Bewegung strotzt nur so vor beschwingter Leichtigkeit.

AJ scheint es sichtlich zu amüsieren und zieht eine Augenbraue hoch. „Ja."

„Und du willst doch mit unserem Anwalt Cooper reden, weil er euch angeblich irgendwelche Grundstücke am Hafen abkaufen möchte, oder?"

„Ja." Seine Züge werden starr.

„Damit nicht jeder denkt, dass ich eine Mörderin bin, gebe ich euch brandheiße Informationen, wo er sich morgen Abend aufhalten wird. Dort könnt ihr alles mit ihm besprechen, und es wird sich bestimmt eine Lösung finden."

„Ich bin ganz Ohr", entgegnet AJ. Seine Stimme ist nun vollends von kalter Rache durchdrungen.

Zu meinem Entsetzen muss ich feststellen, dass es einige Zeit dauert, bis ihre Worte zu mir durchdringen. Hastig packe ich ihre Schulter. „Theo, du weißt, wie diese Leute *reden*, oder? Aus Blei sind ihre Argumente, Schießpulver ist ihre Stimme."

„Wir sind hier nicht im Wilden Westen", sagt sie ruhig und füllt diesmal beide Gläser. Dann schiebt sie mir eines über die Theke. „Morgen übergibt Cooper den neuen Securitymännern Geld, dafür treffen sie sich am Hafen. Komm mit mir, Sam, und du wirst sehen, es wird sich alles zum Guten wenden."

„Am Hafen?" AJs Hand krampft sich um sein Glas. „Das sind unsere Gebäude. Dieses Aas macht sich jetzt schon in unserem Revier breit." Ein wölfisches Grinsen umspielt seinen Mund. „Wir werden da sein."

„Ganz bestimmt nicht", entfährt es mir augenblicklich, ich greife nach Theodoras Arm. „Ist dir nie in den Sinn gekommen, dass Cooper an allem schuld sein könnte?"

„Wenn es so ist, dann habe ich mich getäuscht." Endlich kommt die kühle Analytikerin in ihr wieder zum Vorschein. „Sollte er tatsächlich verantwortlich für den Tod deines Vaters sein, werde ich alles tun, um ihn hinter Gitter zu bringen. Wenn sich morgen allerdings herausstellen sollte, dass er nichts damit zu tun hat, wirst du dich stellen." Ihr Blick wird beschwörend, ihr Tonfall lässt keinen Widerspruch zu. „Kein Wenn und Aber. Wir setzen uns in diesen schicken Mustang, fahren zur nächsten Polizeiwache und warten auf Cooper und Mom, einverstanden?"

Ich überlege keine Sekunde und schlage ein. „Einverstanden." Anschließend stoßen wir an und besiegeln unseren Pakt mit so viel Whisky, dass wir husten müssen.

Sie nickt, nimmt die Flasche und ist im nächsten Moment im Flur verschwunden.

„Deiner Schwester scheint übel zu sein."

„Lass sie, AJ", raune ich und muss mich an der Theke festhalten. „Sie ist so viel Schnaps nicht gewohnt."

Alexander sieht mich belustigt an. „Da scheint sie nicht die Einzige zu sein." Seine Worte sind nur geflüstert, so zärtlich und voller Leidenschaft, dass mir ein Schauer über den Rücken läuft. Sein Atem streift mein Ohr. Abrupt wendet er sich ab, lässt mich stehen und verschwindet in der Menge aus Miniröcken und Leder.

Mit aller Macht reiße ich mich zusammen. Wieso schafft es dieser grobe Kerl mit wenigen Worten und hauchzarten Berührungen, meine Lust so weit anzustacheln, dass ich mir wünsche, meine Finger an ihm zu verbrennen? Überwältigt von meinen Gefühlen, versuche ich, meine Sinne mit einem weiteren Glas Whisky zu betäuben, stelle aber fest, dass ich keinen Schluck mehr herunterbekomme.

„Morgen wird ein anstrengender Tag", flüstere ich zu mir selbst und bin froh, für wenige Stunden nicht in Trauer zerflossen zu sein und an meinen Dad oder an den grausamen Mord gedacht zu haben. Vielleicht gelingt es dem Alkohol sogar, mich so lange von meinen Empfindungen fernzuhalten, bis ich eingeschlafen bin.

Beschäftigt mit mir selbst, zwänge ich mich durch die Kutten und viel zu freizügigen Tops, trete in den Flur und stütze mich einen Moment an der Wand ab, um Luft zu holen. Alles um mich herum dreht sich.

„Halt den Mund, halt einfach den Mund!"

Ist das Theodora? Oder benebelt der Alkohol jetzt vollends meine Sinne?

Ich luge um die Ecke und schrecke zurück, als ich sie erkenne. Voller Leidenschaft drückt sie Marco an die Wand, bedeckt seinen Hals mit Küssen und arbeitet sich lustvoll zu seinem Mund vor. Grob fasst sie seinen Nacken, durchbricht mit der Zunge die Lippen und massiert wild seinen Schritt.

„Das ist eine einmalige Sache", sagt sie im Befehlston. „Ich fange doch nichts mit einem Verbrecher an." Es hört sich so an, als müsste sie sich selbst davon überzeugen.

Marco scheint es genauso zu sehen, fährt mit den Fingerspitzen ihre Seiten ab und genießt ihre stürmischen Küsse. „Dein Körper sagt etwas anderes, *bonita*.“

„Ich bin betrunken, ich bin umgeben von Verbrechern und Prostituierten, und meine Schwester ist des Mordes angeklagt.“ Sie streicht über seine durchtrainierte Brust und drängt sich näher an sein Becken. „Ich brauche einfach nur Ablenkung, und du bist der am wenigsten abstoßende Mann hier. Also – halt einfach den Mund.“

„Das nehme ich als Kompliment“, sagt Marco zwischen ihren Küssen.

Sie fallen wie wilde Tiere übereinander her.

Eng umschlungen stolpern sie zur Tür der ehemaligen Waffenkammer, die jetzt als Schlafplatz für Theo und mich dienen soll. Sie zieht noch einmal an seinen Haaren, lässt sich mit hitziger Dominanz gegen das Türblatt fallen und schlingt ihre Beine um die Taille des Mannes. Dabei entfährt ihr ein keuchender Laut. Kein Wunder, bei dem Druck, den del Gardo auf ihre intimste Stelle ausübt. Seine Bewegungen sind erst unkontrolliert, nehmen jedoch mit jeder Sekunde an Wendigkeit zu. Bald schon haben sie einen gemeinsamen Takt gefunden, und ich kann nur erahnen, wie sehr sie der Stoff stört.

So habe ich Theodora noch nie gesehen.

Sie schließt die Augen und kostet es aus, die Verantwortung für einige Herzschläge abzugeben. Marco lässt sie ein Stück hinab. Er dreht sie halb um, presst sie gegen das Holz und fährt über ihre Brüste. Langsam küsst er ihren Nacken, knabbert an ihrem Ohrläppchen und beißt ihr spielerisch in den Nacken. Als seine Hände weiter ihren Körper hinunterwandern, spreizt Theodora die Beine. Mühelos erreicht er ihren intimsten Punkt und reibt durch die eng anliegende Jeans ihren Kitzler. Das lustvolle Stöhnen wird lauter, unkontrollierter, als würde Theo bald schon ihre Erregung nicht mehr steuern können. Marco tut alles, um sie weiter anzuheizen.

In einer geschmeidigen Bewegung dreht er sie wieder um, fasst ihr ins pechschwarze Haar und knetet ihren Busen. Dabei flüstert er ihr etwas ins Ohr, das ich nicht verstehen kann.

Wieder fasst er zwischen ihre Beine, diesmal jedoch spielen nur seine Finger an ihren Schenkeln. Mit zärtlichen, kaum erkennbaren Gesten liebkost er durch den Stoff ihre Klit. Theos leicht geöffneter Mund zeugt davon, dass er genau die richtigen Stellen trifft.

Sie lehnt den Hinterkopf gegen das Holz und schenkt ihm einen tiefen Kuss. Im nächsten Moment reißt sie die Tür auf, die gegen die Wand knallt. Das Geräusch reißt mich aus dem Anblick, und ich spüre die feuchte Erregung zwischen meinen Beinen, während Theo in ihrem Liebesnest verschwindet.

Kräftig beiße ich mir auf die Unterlippe, um die Lust zu vertreiben. Das ist falsch! Ich darf mich weder dem Verlangen hingeben noch Genuss empfinden. Nicht hier, nicht jetzt – und vor allem nicht mit dem Mann, der mir als Erstes in den Sinn kommt.

Ich drehe mich auf dem Absatz um, greife mir von der Theke eine Wasserflasche und zwänge mich wieder durch die feierwütige Menge in Richtung Eingangstür. Niemandem fällt es auf, als ich die Party verlasse, die jetzt ihren Höhepunkt erreicht zu haben scheint, und frische Waldluft in meine Lunge sauge. Die Nacht ist angenehm kühl, die Geräusche aus dem Inneren der Jagdhütte verebben mit jedem Schritt. Der Mond lässt meine Haut silbern schimmern.

Zu schade, dass er größtenteils von Baumwipfeln verdeckt wird. Meinen Blick zieht es in Richtung Dach. Verführerisch und einsam breitet es sich über mir aus.

Ich lächle in mich hinein. Bestimmt ist es eine dumme, von Whisky beseelte Idee. Andererseits, was habe ich zu verlieren? Und von dort habe ich bestimmt eine tolle Aussicht.

Verdammt, warum nicht?

Kapitel 11 – Silberschein

„Ich dachte schon, du willst einen erneuten Fluchtversuch wagen."

Irgendwie wusste ich, dass er mich hier oben finden würde. Ich sitze ruhig auf dem Dach der Jagdhütte und starre stumm zum Mond, als AJ hinter mir auftaucht.

„Kein Interesse", sage ich und nehme einen Schluck Wasser. „Mein Laufpensum habe ich heute schon erfüllt, da brauche ich nicht noch von Wölfen gejagt zu werden." Er nimmt neben mir Platz, erst jetzt sehe ich ihn an. „Du weißt ja, man soll es mit dem Sport nicht übertreiben."

„Wahre Worte." Er hält inne. „Es tut mir leid, dass ich dich belogen habe."

„Passiert mir öfter in letzter Zeit." Gelassen trinke ich aus der Flasche und zucke mit den Schultern. „Man gewöhnt sich daran."

„Samantha, du sollst verstehen, dass es mir nur um meine Männer ging. Ich greife nach den letzten Strohhalmen, um die *Reaper* zu schützen."

Langsam nicke ich. „Ein paar schicke Motorräder habt ihr."

„Wie bitte?"

„Sie glänzen so schon im Mondlicht."

„Sam, ich weiß nicht ...?"

„Wie wäre es, wenn ihr euch einfach auf die heißen Öfen setzt und verschwindet? Lasst New York hinter euch, diesen ganzen Krieg mit den *Saints* und Cooper, vielleicht fangt ihr irgendwo eines neues Leben an.“

AJ überlegt. Ich spüre seinen Blick auf mir brennen. „Du verstehst das nicht.“

Ich imitiere einen Höhlenmenschen und lasse meine Stimme tiefer klingen. „Doch, ich verstehe eure von Ehre und Brüderlichkeit geprägte Welt. Mit deiner rein maskulinen, patriarchalen Sichtweise kann ich nur allzu gut nachvollziehen, dass du den Kampf gegen das Mammut bis zum bitteren Ende austragen musst. Auch wenn es dich und alles um dich herum mit in den Abgrund reißt.“ Endlich sehe ich ihn wieder an, meine Stimme nimmt einen flehenden Ton an. „Aber könntest du nicht einfach gehen? Was ist mit del Gardo? Wie alt ist der Junge? Vierundzwanzig, fünfundzwanzig, so alt wie Theodora? Willst du ihn auch opfern, nur um die Ehre der *Reaper* wiederherzustellen?“

„Ich sagte doch, du verstehst es nicht“, flüstert er und nestelt an seiner Kutte. Dabei rückt er ein Stück näher.

„Wie wäre es, wenn du versuchst, es zu erklären?“

Etliche Momente vernehme ich nur das Zirpen der Grillen und den einsamen Ruf des Uhus. Ich warte geduldig, bis AJ die richtigen Worte findet.

„George und ich waren wie Brüder. Wir kommen ursprünglich aus Großbritannien, wusstest du das?“

Ich muss lächeln, täusche einen überraschten Gesichtsausdruck vor. „Das hätte ich niemals erraten!“, entfährt es mir sarkastisch. „Aber jetzt, wo du es sagst, dein Akzent bricht immer durch, wenn du wütend oder scharf bist.“

„Gut zu wissen", erwidert AJ, lehnt sich zurück und
benutzt seinen Arm als Kopfstütze. „Meine Eltern haben sich kennengelernt, als Ma ein Auslandssemester
in den Staaten absolviert oder vielmehr es versucht hat.
Auf einer Party sind sie sich begegnet. Sie tranken,
lachten und noch in der Nacht flüchteten sie auf Dads
Bike in die Freiheit. Das britische Mädchen aus gutem
Hause und der böse Frischling des *Reaper MC*. eine
wunderschöne Liebesstory, nicht wahr?"

Ich nicke, muss den Drang unterdrücken, mich an
seine Schulter zu kuscheln, und lausche gebannt seiner
sonoren Stimme.

„Zu schade, dass die Geschichte damit nicht vorbei ist
und es kein Happy End gab. Leider war meine Mutter
keine gewöhnliche Studentin, sondern die Countess of
Wilsbourgh. Du kannst dir sicherlich vorstellen, was
ihre Eltern davon gehalten haben, dass sie sich mit einem Biker aus den alten Kolonien vergnügt hat."

„Sie haben es ihr verboten."

„Und gaben ihr unmissverständlich zu verstehen,
dass sie ihren Platz in der Gesellschaft einzunehmen
hat. Jedoch haben sie nicht mit Dads Hartnäckigkeit gerechnet. Für sie verließ er sein geliebtes Bike, den Klub,
das Land und seinen besten Freund, den er von klein
auf kannte."

„Du meinst diesen George?"

AJ nickt. „Die Kutte trägst du selbst im Sarg, heißt es.
Niemand verlässt den Klub und lässt seine Brüder im
Stich. Mein Dad allerdings hat sich über alles hinweg-
gesetzt. Sie haben in einer kleinen Kirche geheiratet
und sind in das Adelshaus unserer Familie gezogen.
Dort kam ich zur Welt."

„Das wiederum klingt nach einer Liebesgeschichte mit Happy End", werfe ich ein. Unmerklich rutsche ich zu ihm. Müdigkeit und Alkohol scheinen übermächtig. Als würde von ihm eine magische Anziehung ausgehen, erliege ich der Versuchung und lehne mich an ihn. „Doch auch das ist nicht das Ende der Geschichte, oder?"

„Leider nein." Die Worte sind so leise, dass sie beinahe vom Sommerwind fortgetragen werden. „Natürlich waren ihre Eltern alles andere als zufrieden mit ihrem neuen Schwiegersohn. Ein Streit jagte den nächsten, und als die Jahre ins Land gingen, wurde die Sehnsucht nach seinem Bike und der Freiheit so groß, dass er es nicht mehr aushielt."

„Ihr beide seid wieder zurück in die Staaten", stelle ich fest und streichle über seine muskulöse Brust. Der Geruch von Motoröl, Leder und herbem Parfüm vermischt sich zu einem sinnlichen Duft, der meine Sinne betäubt.

AJ nickt zustimmend. Die sanften Bewegungen wiegen mich weiter in den Schlaf. „Er ließ sie zurück. Niemals werde ich ihm das verzeihen, obwohl er nur wollte, dass ich glücklich bin. Nur leider hatten sich die Dinge auch hier verändert. Von Bitterkeit und Machtbesessenheit getrieben, begann George, immer brutaler vorzugehen. Schließlich schreckte er auch vor Mord nicht zurück, um seine Interessen durchzusetzen. Mein Dad warf ihn aus dem Klub, ein Fehler, der ihm das Leben gekostet hat." Sein Brustkorb beginnt zu beben. Sanft legt er eine Hand auf meine Schulter und bedeckt sie mit Zärtlichkeiten. „Er gründete seinen eigenen Motorradklub, geboren war der *Saints MC.* Ohne Regeln und nur regiert von Hass. Als sich ihm Dad in den Weg gestellt hat, zögerte George keine Sekunde." AJs Stimme wird brüchig. „Er wollte nur reden, die Situation mit George klären, doch es war ein Hinterhalt. Ein Dutzend *Saints* prügelte auf ihn ein und ließ ihn zum Sterben in einer regennassen Gosse zurück." Ein letztes Mal holt er Luft. „Ich war zehn Jahre alt, als ich das mit ansehen musste. Seitdem denke ich jeden Tag daran, ihn zu rächen. Und jetzt erzähl mir nicht, dass du nicht genauso denkst, Maiblümchen. Was würdest du tun, wenn du wüsstest, wer der Mörder deines Vaters ist, und ihm beim Sterben zusehen müsstest? Würdest du den Mörder jagen und zur Strecke bringen wollen oder das Gebot der Nächstenliebe walten lassen und lernen, damit zu leben?"

Seine Worte verlieren sich in der Nacht und machen mich nachdenklich. Neben all den Unterschieden gibt es doch eine Sache, die uns vereint. Wir sind Geschwister im Geiste, angetrieben von Hass und Wut. Vielleicht haben wir mehr gemein, als ich dachte.

„Gerne würde ich ein guter Mensch sein, demjenigen verzeihen und für seine Seele beten", flüstere ich. Unsere Blicke treffen sich. Kein Zorn ist in unseren Augen, sondern Aufrichtigkeit, endlich ehrlich miteinander zu sein. „Doch die Wahrheit ist, ich möchte ihn tot sehen. Und sollte es Cooper sein, werde ich ihn eigenhändig erwürgen."

AJ lehnt sich zu mir, küsst meinen Scheitel und intensiviert seine Berührungen. „Was das angeht, kann ich dir vielleicht behilflich sein."

Ich lausche gebannt seinen Worten, fahre mit den Fingernägeln die Konturen seiner Muskeln ab und beobachte, wie sich etwas unter seiner Jeans wölbt.

„Betrunkene und Kinder sagen immer die Wahrheit", murmelt er gedankenverloren. „Es sieht Cooper ähnlich, dass er seine Privatarmee um sich versammelt, dass wir nicht mehr an ihn herankommen – und das direkt vor unseren Augen, in unserem alten Hauptquartier." Weitere Küsse folgen, er drückt sich näher an mich. „Morgen ist er verwundbar. Wir werden ihn kidnappen, noch bevor sich der Großteil der *Saints* versammelt hat. Du wirst sehen, Sam, er wird schneller singen als ein Vogel im ersten Morgengrauen." Er streicht über meinen Nacken, führt mich mit sanfter Dominanz zu seinen Lippen. „Dann hast du dein Geständnis und den Mörder deines Dads auf dem Silbertablett." Er lächelt hitzig, fährt über meine Wange. „Und dich benutzen wir als Köder – das heißt, wenn du das möchtest."

„Nichts anderes will ich", antworte ich leise und lechze danach, ihn endlich zu küssen, seine Lippen zu berühren und das Feuer in mir weiter anzufachen. Jedoch hält mich AJ fest im Griff, als wäre er nicht sicher, ob er dieses Risiko eingehen will.

„Aber ich warne dich", raunt er, und ich spüre, wie sehr auch er den Kuss will. „Wenn du dich der Rache hingibst, gibt es kein Zurück mehr. Es ist ein gefährlicher Weg, den man nur allzu oft allein geht."

„Und du?", will ich mit heiserer Stimme wissen. „Wie lange bist du diesen Weg allein gegangen?"

Zwischen unsere Lippen passt kein Blatt Papier. Sein heißer Atem lässt mich rasen, er hält weiterhin meine

Haare fest im Griff. Meine Fingerspitzen streicheln derweil über seinen Schritt.

„Viel zu lange", sagt er kaum hörbar. „Ich weiß nicht, ob man ihn auch zu zweit gehen kann."

„Vielleicht probieren wir es einfach aus." Die Worte sind mir einfach herausgerutscht. Als mich Alexander küsst, sind sie fortgeweht wie das letzte Blatt eines Baums an einem stürmischen Herbsttag.

Wie Teenager knutschen wir auf dem Dach des Vereinshauses, unterdessen tobt unter uns die Party. Deutlich spüren wir den Bass durch das Mauerwerk.

Ich halte es kaum noch aus und wundere mich, dass ich überhaupt zu so etwas imstande bin. Die Freiheit schmeckt so süß wie seine Küsse. Keine Reporter, kein Druck, niemand, der darauf pocht, dass ich endlich das Medizinstudium beende, während die ganze Welt mit Argusaugen jede Regung überwacht. Er lebt ein völlig anderes Leben, immer am Limit.

Der Reiz dieser Schattenwelt beflügelt mich. Ich verstärke mein Streicheln und bemerke, wie hart sein Schwanz inzwischen ist. Es muss ihm unendlich viel Selbstbeherrschung kosten, seine Finger bei sich zu lassen, obwohl ich ihn immer weiter reize.

Ich schwinge mich auf seine Hüften und spüre, wie feucht ich bin. Keuchend lehne ich mich nach vorne und dringe mit der Zunge in seinen Mund ein. Dabei presse ich die Schenkel zusammen, um noch mehr Druck auf sein bestes Stück auszuüben. Er kommt mir mit seinem Becken entgegen. Im Mondlicht treten die Narben in seinem Gesicht weißlich hervor. Ich küsse sie zärtlich, bis ich wieder bei seinen Lippen angelangt bin, und beginne das Spiel von Neuem. Schließlich knöpfe ich mir das Hemd auf und ziehe ihn zu mir.

Voller Leidenschaft liebkost er mein Dekolleté, umfasst mit seinen Händen meine Taille und presst mich fester an sich. Nun beginne auch ich, meine intimste Stelle gegen seine Männlichkeit zu reiben. Unsere gepressten Laute verschmelzen mit den Geräuschen der Nacht. Immer fordernder werden unsere Küsse, bis sie nach und nach verebben.

„Ich will nicht, dass du etwas tust, was du später bereuen wirst", flüstert er in mein Haar und streicht mir eine Strähne aus dem Gesicht.

Behutsam, als wäre seine Haut aus Papier, fahre ich ihm über die Bartstoppeln und küsse ihn ein letztes Mal. „Betrunken trifft man selten gute Entscheidungen."

„Manchmal ist es wichtig, überhaupt eine zu treffen."

Ich schmiege mich an seine Brust und genieße die wahre Freiheit, keine vorgespiegelte aus den Medien oder aus der Welt der Influencer. Dieser Mann macht wirklich, was er will, obwohl er gebunden ist an einen Kodex unter Brüdern.

„Hast du es jemals bereut?", frage ich.

Seine Hand fährt unter mein Hemd und streichelt zärtlich über meinen Rücken. Nur unter Aufbietung aller Willenskraft kann ich verhindern, dass ich meine Schenkel weiter spreize.

„Was bereut?"

Ich richte mich auf, knöpfe das Hemd zu. „Diesen Weg gewählt zu haben."

„Nein." Er braucht keine Sekunde für seine Antwort. „In einem anderen Leben würde ich nur zu gern die

Millionen meiner Familie verprassen, in Großbritannien auf Treibjagden gehen oder auf gesellschaftlichen Anlässen Smokings tragen und mich mit Champagner betrinken. Aber das wäre nicht ich, sondern nur eine Lüge, ein Traum, der sich verbietet." Er atmet so tief, dass sich sein Brustkorb hebt. „Nein, ich gehöre auf den Sattel eines Bikes, auf eine einsame Straße, die im Sonnenuntergang versinkt."

„Wie poetisch", flüstere ich und kann ein Lächeln nicht unterdrücken. „Millionen?"

„Ich kann es schwer abschätzen, aber ein paar Pfunde wird meine Familie schon besitzen."

Ich stütze mich mit beiden Händen auf seiner Brust ab und lehne mich herausfordernd nach vorne. „Und ein Schloss und eine Grafschaft, in der dich jeder mit Mylord anspricht, nehme ich an."

Er zuckt mit den Schultern. „Ein Herrenhaus, vielleicht."

Ich erhebe mich, obwohl sich jede Faser meines Körpers nach seiner Nähe sehnt. Ein Frösteln überkommt mich, als ich mich zwingen muss, ihn in der Einsamkeit der Nacht zurückzulassen. „Du steckst voller Überraschungen, Alexander James Wallace. Vielleicht erzählt du sie mir eines schönen Tages."

„Ja", raunt er. „Vielleicht in einem anderen Leben."

***

Die Party ist noch in vollem Gange, als ich durch die Tür trete und mich schwüle Hitze empfängt. Ich nicke Rick, meinem Gesprächspartner von eben, zu und mache mich auf den Weg in mein Zimmer.

Die Tür ist nicht verschlossen. Vorsichtig luge ich hinein.

Meine Gedanken schwanken jetzt noch zwischen melancholischer Offenherzigkeit und kaum beherrschbarer Lust. Das Letzte, was ich jetzt gebrauchen kann, sind zwei nackte Leiber, die in wilder Ekstase gefangen sind.

Zu meinem Glück scheint Theo ihren Willen längst bekommen zu haben. Wahrscheinlich hat sie den armen Marco danach des Zimmers verwiesen. Sie liegt nackt in dem großen Bett, halb eingehüllt in die Decke, und murmelt im Halbschlaf vor sich hin, wie sie es immer tut.

Vorsichtig setze ich mich auf die Bettkante und streiche ihr eine Strähne aus dem Gesicht. „Wo bist du gerade, kleine Schwester?“

Schon früher konnte sie schlafen wie ein Stein. Egal ob auf Geburtstagsfeiern, Flugreisen oder während eines Erdbebens, Theodora war innerhalb weniger Lidschläge eingenickt.

Rick hat recht. Ich habe nur diese eine Familie, und auch wenn sie mich verraten hat, wollte sie nur mein Bestes. Im Mondschein glänzt der Diamant um ihren Hals in tausend Facetten. Mit den Fingerkuppen berühre ich ihn für eine Sekunde, ziehe die Hand dann jedoch weg und lege sie auf meinen Stern der Mayflowers. Auch wenn wir unterschiedlicher nicht sein könnten und nicht das gleiche Blut in unseren Adern fließt, sind wir dennoch Schwestern.

Die Bettdecke raschelt einladend. Ich beuge mich nach vorne und küsse ihre Stirn. „Schlaf gut, kleine Schwester. Ich verzeihe dir.“

Kapitel 12 – Sick City

New York bei Nacht.

Eigentlich wird Paris die Stadt der Lichter genannt, aber ich bin der festen Überzeugung, dass der Big Apple der französischen Metropole mindestens ebenbürtig ist. Die grelle Leuchtreklame blendet mich. Nur wenige Tage im Wald und schon weiß der Körper die Ruhe und Einsamkeit zu schätzen, denke ich mir und beobachtete die Leute in den Häuserschluchten.

Sie alle haben keine Ahnung von dem Krieg im Schatten, der um sie herum mit verbitterter Härte geführt wird. Ich sehe Cops an Donutständen, Geschäftsmänner, die gerade erst von der Arbeit nach Hause eilen, und reiche Tussis, die mit ihren Selfies den *Instagram*-Account füttern. Zu letzterer Gattung habe ich lange Zeit gehört. Doch jetzt, wo der Geschmack der Freiheit noch auf meiner Zunge liegt und ich beide Welten kennengelernt habe, finde ich es nur noch albern, wie sie verzweifelt versuchen, den besten Filter für ihre Aufnahmen zu finden, um eine Handvoll mehr Klicks und Follower zu bekommen.

Nachdenklich lehne ich den Kopf gegen die Scheibe des Mustang und bin verwundert, wie fremd mein altes zu Hause wirkt. Als wir die 5th Avenue passieren, kribbelt mein Magen. Wie oft haben Theodora und ich in den Läden von *Chanel*, *Prada* und *Rolex* unsere Kreditkarten glühen lassen, nur um jetzt herauszufinden, dass uns der Schrank mit Handtaschen und Damenuhren nicht mal im Ansatz wichtig ist.

„Alles klar, Sam?“ Routiniert steuert AJ den Mustang durch die von Taxen verseuchte Innenstadt. Wir sind zeitig losgefahren, habe keine Eile, durch Manhattan den Norden der Landzunge zu erreichen.

„Es geht schon“, lüge ich und spüre selbst, wie meine Nervosität mit jeder Meile wächst. „Schön, wieder hier zu sein.“ Eine Floskel, sicherlich, und oberflächlich würde ich mir selbst recht geben. Jedoch tief im Inneren?

„Weißt du noch, als wir bei *Manolo Blahnik* zwei Paar der sündhaft teuren Riemchensandalen kaufen wollten und die New Yorker Filiale keine auf Vorrat hatte?“

Denkt Theodora das Gleiche?

Ich bin dankbar, ihre Stimme zu hören und sie bei mir zu wissen. Betont desinteressiert gegenüber dem armen Marco, zieht es ihre Augen ebenfalls wie magisch in Richtung der Edelboutiquen.

Grinsend drehe ich mich zum Fond des Mustang. „Sie haben sie extra aus Los Angeles einfliegen lassen“, antworte ich glucksend. „Unterdessen haben sie uns mit so viel Champagner bei Laune gehalten, dass wir Stunden in dem Laden verbracht haben.“

Theodora nickt verloren in ihren Erinnerungen und würdigt del Gardo keines Blickes. „Am Ende waren wir so betrunken, dass wir die falschen Schuhe gekauft haben.“

Wir lächeln uns an.

„Es erscheint mir wie ein Traum, den nicht ich, sondern jemand anders vor langer Zeit einmal geträumt haben muss“, sage ich langsam.

„Nur eine Erinnerung“, ergänzt meine Schwester.

Ich fühle mich ihr in diesem Augenblick so nah und komme mir dumm vor, überhaupt in Erwägung gezogen zu haben, dass sie etwas mit dem Tod meines Vaters zu tun haben könnte. Ich richte den Blick wieder nach vorne und sehe die Stadt an mir vorbeifliegen.

„Wir sind gleich da“, ertönt AJs tiefe Stimme, als er den Wagen weiter in Richtung Bronx steuert. „Ist alles vorbereitet?“

„*Si, patrón.*“ Marco lässt das Handy in die Hosentasche gleiten, zieht seine Waffe und lädt sie durch. Im Rückspiegel erkenne ich, wie Theo zusammenzuckt und sich eines interessierten Funkelns nicht erwehren kann. „Damit die Bikes nicht auffallen, führt Brooks unsere Brüder in kleinen Gruppen und auf unterschiedlichen Wegen zu unseren Lagerhallen am East End. Wir umstellen die Gebäude, kontrollieren alle wichtigen Punkte.“ Er wendet sich zu Theo, schenkt ihr ein Lächeln, doch sie weicht seinem Blick aus. „Nur ein Wort von dir, Boss, und die Schlinge zieht sich zu.“

„Sehr gut.“ AJ nickt zufrieden und setzt den Blinker. „Nur so kriegen wir diesen schleimigen Anwalt Cooper lebend und pressen ihm ein Geständnis aus der dreckigen Visage.“

Ich bin fast verwundert, dass er auch richtig Auto fahren kann. Es wäre fatal, jetzt aufzufallen. Immerhin beherbergt der Mustang ein ganzes Arsenal an Waffen – und nicht zu vergessen die Hauptverdächtige eines Mordfalls.

Für die Cops wäre es der Jackpot und für mich mein Ticket in die lebenslange Vollpension einer staatlichen Unterkunft.

„Wir werden sehen“, murmle ich, und meinen Blick zieht es wieder nach draußen. Ich öffne das Fenster einen Spalt und genieße, wie der Fahrtwind über meine schweißnasse Stirn streichelt und den letzten Rest des Katers vertreibt.

Noch immer fällt es mir schwer zu glauben, dass er wirklich etwas damit zu tun haben soll. Michael, der Mann, der meinem Vater bedingungslos ergeben war, der mit ihm maßgeblich die Firma aufgebaut hat und in den ich als junges Ding immer ein wenig verschossen war. Wer weiß, vielleicht auch er in mich. Ein hübsches Paar hätten wir abgegeben, und Dad hätte es sicherlich gutgeheißen.

Zumindest hätte er so seine geliebten Enkel bekommen und ...

Ich verdränge die Träumereien mit aller Macht.

Das ist nicht der richtige Zeitpunkt, um in Erinnerungen zu schwelgen oder Pläne zu schmieden. Auch die Trauer kann ich jetzt nicht zulassen.

Meine Zähne mahlen so kräftig aneinander, dass es knirscht. Ich umarme die Wut wie eine alte Freundin und bin froh, dass sie mich voll und ganz erfasst. Genau so will ich dem vermeintlichen Mörder meines Vaters gegenübertreten.

Zornig, entschlossen und mit vorgeblicher Hilflosigkeit, denn nur wenn er sich in Sicherheit wiegt, wird er die Wahrheit sagen.

Als AJ den Wagen zwischen den Lagerhallen des East End zum Stehen bringt, pocht mein Herz wie verrückt. „Du gehst ein hohes Risiko ein.“

„Ist mir bewusst“, erwidere ich, ohne ihn anzusehen. „Es ist die einzige Möglichkeit, ihn zum Reden zu bringen." Ich deute mit der Nasenspitze auf eine große Werbetafel an einem der abbruchreifen Gebäude. *Willkommen in Port City – Wohnen, arbeiten, leben im Herzen von New York!*, lese ich stumm und lasse mich für einen Moment von den bunten Illustrationen blenden.

Die Menschen auf dem Schild joggen durch eine freundliche urbane Gegend, die wie die Utopie aus einem neomodernen Roman wirkt. Die Hochglanzfassaden schimmern mit den Sonnenstrahlen um die Wette. Der Schein erhellt die Gesichter der jungen, sportlichen Menschen, die vor Glück beinahe zu platzen scheinen.

„Sieh dir die Firma an, die dieses Großprojekt betreut." Meine Schwester legt vom Rücksitz aus die Hand auf meine Schulter. Das Firmenlogo unserer Familie mit den fünf Sternen und dem Mayflower-Schiff würde ich überall wiedererkennen. Wie eine flammende Botschaft prangt es übergroß am unteren Rand der Tafel.

„Wusstest du davon?", will ich an Theodora gewandt wissen.

„Nein, das ist Coopers Werk."

Meine Wut wird zum infernalen Hass. Mehrmals atme ich ein, bevor meine Finger zum Türöffner wandern. Gerade als ich aussteigen will, spüre ich AJs Hand auf meinem Oberschenkel.

„Lass mich raten, ich soll vorsichtig sein? Keine falschen Entscheidungen treffen? Mich nicht von meinem Hass leiten lassen?"

Ich habe recht, mit jeder einzelnen Aussage. Seine Augen verraten ihn, doch er nickt nur ruhig und gibt mir ein Messer. „Ich wollte sagen: Hier, für alle Fälle." Der

Versuch eines aufmunternden Lächelns scheitert kläglich.

Die Klinge wiegt so schwer, als würde sich meine Hand weigern, sie weiter zu halten. Ich fahre mit den Kuppen über die Konturen eines wuchtigen Klappmessers. Es wirkt hochwertig mit den vielen Verzierungen und dem Wappen der *Reaper* am Griff. Ich klappe die Klinge auf und schneide mich an der kalten Schärfe.

„Ist von meinem Dad", erklärt AJ. Er versucht, seine Stimme beiläufig klingen zu lassen, als wäre es nichts Besonderes, doch die feinen Nuancen, das hauchdünne Zittern und den leicht erhöhten Tonfall, nehme ich problemlos wahr.

„Das sollte ich nicht bei mir tragen."

„Steck es einfach ein." Er dreht sich zum Lenkrad. „Immerhin hat es noch nie Blut geschmeckt. Mir hat es nicht gerade Glück gebracht, vielleicht ist es bei dir anders."

„Alexander, das sollte ich nicht ..."

Er schüttelt den Kopf. „Wir beobachten jede Bewegung, hören jedes deiner Worte, und wenn es brenzlig wird, sind wir sofort da." Er zupft am Mikrofon, das del Gardo geschickt unter meiner Bluse angebracht hat, und verdeckt es mit der Lederjacke. „Na ja, bis auf deine Stiefschwester, natürlich. Sie ist ein Sicherheitsrisiko und wird hier gefesselt auf uns warten." Die Worte verlassen so beiläufig seine Lippen, als würde er über die Sportergebnisse vom Wochenende plaudern.

Erst Sekunden später reagiert Theodora. „Bitte was? Ihr wollt mich wohl verarschen!"

„Leider nein, *bonita*." Schon hat Marco Kabelbinder zur Hand und fesselt ihre Gelenke. „Ich könnte jetzt sagen, dass es mir keinen Spaß macht, aber das wäre eine Lüge", sagt er augenzwinkernd und zieht das Plastik stramm.

„Das wirst du bereuen!"

„Oh, das hoffe ich doch."

Während sich die beiden in einer verwirrenden Mischung aus Abneigung und sexuell aufgeladener Spannung streiten, wende ich mich AJ zu. Es dauert die Nuance eines intensiven Blickkontakts zu lange, bis ich mich endlich losreißen kann und den Fuß auf den warmen Asphalt setze.

Selbst die Nacht konnte die Hitze nicht aus der Stadt vertreiben. Trotzdem will ich meine Lederjacke nicht zurücklassen und lasse das Messer in der Innentasche verschwinden. Zu meiner eigenen Überraschung werde ich ganz ruhig, als die Lagerhalle vor mir auftaucht. Sie wirkt wie ein Monument aus vergangenen Zeiten, als hier noch tatsächlich gefischt wurde und die Männer im Morgengrauen ihre Boote bestiegen haben.

Träge rauscht der East River in Richtung Upper New York Bay und beruhigt mich.

Ein letztes Mal fülle ich meinen Brustkorb mit Sauerstoff, dann nähere ich mich weiter der Lagerhalle. Sofort steigt mir der Gestank von Fischresten in die Nase.

Keine Wachen weit und breit. Entweder sind sich die *Saints* und Cooper ihrer Sache so sicher, dass sie nur geringe Vorsichtsmaßnahmen ergriffen haben, oder sie wollen tatsächlich so wenig Staub wie möglich aufwirbeln. An die dritte Option wage ich nicht einmal zu denken.

Könnte es doch eine Falle sein? Was ist, wenn Theodora ...?

Mit dem Mut der Verzweiflung öffne ich eine Seitentür und trete in die dunkle Halle. Das Déjà-vu frisst sich in meine Gedanken und begleitet jeden meiner Schritte. Erst ganz hinten erkenne ich eine einzelne Lampe, die sich mit einem Lichtschein durch die Dunkelheit kämpft und einen länglichen Tisch erhellt.

Es sind nur vier Personen anwesend. Zwei mir unbekannte *Saints*-Biker in Kutten, ihr Anführer George – und Cooper. Ihr Schweigen ist ohrenbetäubend laut und wird erst durch den Klang meiner Absätze unterbrochen, der durch das Gebäude hallt.

Verwundert gehen die Köpfe hoch. Rasch bedecken die Männer die Lagepläne von Port City.

Die Biker ziehen mit grimmiger Miene mehrere Taschen mit Geld zu sich, Cooper lässt dagegen lediglich die Fäuste in seine Anzugtaschen gleiten.

Die Männer wollen ihre Waffen ziehen, doch mit einer lässigen Handbewegung hält unser Anwalt sie zurück. „Na, wenn das keine Überraschung ist", sagt er so laut, dass seine Stimme von den kargen Wänden zurückgeworfen wird. „Hat dich deine Schwester doch zur Vernunft gebracht?"

„Möglich", rufe ich ihm entgegen, während ich auf den Tisch zuhalte und mich auf der Tischplatte abstütze, als würde ich dazugehören. Meine Worte sind getragen von Schmerz und Zorn. „Das kommt darauf an, wie dieses Gespräch enden wird."

Seine Miene verdunkelt sich. „Samantha, was dir passiert ist, wünscht man keinem Menschen. Glaub mir, ich kann dir helfen! Ich habe bereits mit der Richterin und dem Staatsanwalt verhandelt." Er richtet seinen Anzug und lockert seine Krawatte. Die Zeit hat ein paar mehr Falten in das jugendlich wirkende Gesicht des Mannes geschlagen. Man sieht ihm an, dass seine Tage arbeitsreich und von wenig Schlaf geprägt sind. Cooper holt tief Luft, als wäre er es leid, immer wieder die gleiche Leier zu wiederholen. „Wenn du dich vor Gericht geständig zeigst, hat die Richterin mir versprochen ...“

„Spar dir deinen Atem.“ Die Anwesenden strafe ich mit Ignoranz, nur in Coopers Augen brennt sich mein Blick. „Du siehst müde aus. Sind Mord und die gewaltsame Übernahme eines Familienimperiums so anstrengend?“

„Du hast ja keine Ahnung.“ Ein Lächeln umspielt seinen Mund. Ich habe das Gefühl, als würde die Maske endlich fallen. „Ich habe ihn nicht getötet, Samantha. Deinen Vater habe ich verehrt.“

„Lügner!“

„O nein.“ Es klingt ehrlich, Empörung zeichnet sich auf seinem Gesicht ab und lässt seine Wangen erröten.

Wieso bin ich gewillt, ihm zu glauben? Werde ich verrückt? Kann ich Wahrheit nicht mehr von Fiktion unterscheiden?

„Ich gebe zu, er hat viele falsche Entscheidungen getroffen, und sein Hang, den Menschen helfen zu wollen, hat fast krankhafte Züge angenommen.“ Cooper redet sich in Rage, dabei ist seine Stimme immer noch sanft. „Aber getötet habe ich ihn nicht. Das kannst du mir glauben.“

Als er mich von oben bis unten mustert, tritt der Anführer der *Saints* mit ausladenden Schritten auf mich zu.

„Sollen wir sie nicht einfach beseitigen?“, grummelt George und greift an seinen Hosenbund.

Erneut hält Cooper ihn nur mit einer Handbewegung zurück. „Das wäre barbarisch." Er tritt näher an mich heran. „Du bist nicht gekommen, um dich zu stellen, habe ich recht? Ich sehe es in diesen wunderschönen, glänzend grünen Augen, denen es selbst auf einer Müllhalde gelingen würde, alles zu erhellen." Er mustert mich geduldig. Trauer schleicht sich in den Tonfall seiner Worte. „Du bist aus einem anderen Grund hier."

Keine Frage, eine Feststellung. Mir ist bewusst, in welcher Gefahr ich schwebe und dass mein Tod längst besiegelt ist. Wenn allerdings nur die kleinste Chance besteht, unseren Namen reinzuwaschen und den wahren Mörder meines Vaters zu überführen, muss ich sie nutzen.

„Bitte sei ehrlich, Michael. Hast du ihn getötet?"

„Nein, du hast mein Wort." Cooper schüttelt den Kopf. Er hat nichts mehr zu verlieren, und ich glaube ihm. „Wirst du dich stellen oder mir weiter Probleme bereiten?" Ehrlichkeit verlangt er nun auch von mir.

Ich zweifle keine Sekunde, dass er mich wirklich den Cops übergeben hätte. Doch das kann ich nicht zulassen. Niemals.

„Du kennst die Antwort."

Cooper nickt verstehend. Die Würfel sind gefallen. Ein stummer trauriger Pakt, mit Blut unterzeichnet. Keine Spielchen mehr, keine lächerliche Scharade, nur noch die Wahrheit. Zumindest so viel Stil hat er.

„In einer Sache hast du recht: Es ist wahnsinnig anstrengend, die Firma an sich zu reißen."

„Es war also doch geplant?"

Er zuckt mit den Schultern. „Nennen wir es Fügung. Und natürlich kann ich mich dem Schicksal nicht verweigern. Wer wäre am besten geeignet, sich vom Aufsichtsrat als Vorsitzender der *Mayflower Incorporation* bestätigen zu lassen?" Er legt einen staatstragenden Ausdruck auf. „Das musst selbst du zugeben."

„Es war alles Teil des Plans?"

„Nun, wenn du so möchtest. Nur ich habe genug Einblick, um die ehrwürdige Firma vor ihrem Untergang zu bewahren. Jede Einmischung würde dieses Vorhaben gefährden. Das sollte selbst die Partyprinzessin einsehen. Du wirst sicherlich verstehen, dass ich diesbezüglich Vorkehrungen treffen muss." Er spuckt die Worte aus, als wären sie eine ansteckende Krankheit.

Beiläufig greift er in die Innentasche seines Jacketts. Drei Spritzen mit einer nicht zu definierenden Flüssigkeit schimmern im kargen Schein der einzigen Lampe. Er wusste, dass ich komme. Habe ich mich in Theodora so getäuscht, oder übersehe ich etwas, was klar vor meinen Augen liegen sollte? Unbarmherzige Angst umschließt mein Herz und lässt mich keinen Zoll mehr bewegen. Meine Kehle ist so trocken wie die Sahara.

Soll es hier enden, ohne dass ich die Wahrheit jemals erfahren werde?

„Sieh es einmal so, durch deinen Tod rettest du das Erbe deines Vaters. Euer Name wird untrennbar mit den größten Wohltätigkeiten in dieser Stadt verbunden sein, ohne den Umstand, dass er die Firma damit zugrunde gerichtet hat." Die Spritzen drapiert er sorgsam auf den Lageplänen. Dann macht er einen Schritt auf mich zu, streichelt meine Wange. „Ich wollte dich immer haben, weißt du? Selbst als du ein kleines Mädchen warst, habe ich mich schon in deine unschuldigen grünen Augen verliebt. Jahre vergingen, in denen ich schweigend zugesehen habe, wie du zu einer attraktiven Frau herangereift bist." Seine Fingerspitzen streichen mir eine Strähne aus dem Gesicht.

Ich fühle mich wie erstarrt, als würden meine Muskeln ihren Dienst versagen.

Coopers Bewegungen sind formvollendet und strotzen vor Sicherheit, in dem Wissen, dass er genau kontrollieren kann, was als Nächstes geschieht. Er kommt mir so nah, dass ich die gierige Hitze seines Körpers spüre. Fast habe ich das Gefühl, als wollte er mich küssen.

„Wie viele Signale habe ich dir gesendet, wie oft gehofft, dass du erkennst, wie sehr ich mich nach dir verzehre?" Er seufzt lang gezogen. „Und was machst du? Ohne Höschen auf Partys gehen, wie ein billiges Flittchen, damit die Paparazzi deine wunderschöne Pussy fotografieren können."

„Das ist lange her."

„Für mich ist das sehr präsent." Er lächelt vielsagend. „Immerhin hängen Dutzende Aufnahmen von deinen Eskapaden in meinem privaten Büro." Cooper berührt zärtlich mein Kinn, als wären wir Liebende. „Aber natürlich nur zu meinem nächtlichen Vergnügen."

„Du Freak." Ich versuche, meine Stimme stark klingen zu lassen. Es misslingt mir vollkommen. „Das ist mehr als verstörend und grenzt an eine ausgewachsene Besessenheit."

„Möglich", erwidert er schulterzuckend. „Wusstest du, dass in der Berufsgruppe der Anwälte die meisten Psychopathen zu finden sind? Zu schade, dass wir das nicht weiter vertiefen können."

Rede nur weiter, du mieses Stück Scheiße, denke ich und hebe die Brust unwillkürlich. Am liebsten hätte ich ihm das Mikrofon in seine heuchlerische Visage gedrückt. Jedes Wort bringt ihn noch ein paar Jahre mehr im Gefängnis ein, und selbst wenn ich den Abend nicht überleben werde, bleibt mir bei meinen letzten Atemzügen zumindest ein Hauch von Gerechtigkeit.

Ein letztes Mal streichelt er mir über die Wange. „Tötet sie, aber lasst es wie eine Überdosis aussehen." Mit übertrieben melancholischem Ausdruck macht er einen Schritt hinter den Tisch und schnippt mit den Fingern. Seine Stimme wird weinerlich, als er einen Nachrichtensprecher imitiert. „Das einst gefeierte It-Girl und die mittlerweile gescheiterte Ärztin Samantha Mayflower konnte es nicht ertragen, dass sie die Ermordung ihres Vaters auf dem Gewissen hat, und wählte den Freitod." Er wischt seine Fingerabdrücke von den Spritzen und überreicht sie den beiden Bikern. „Die toxikologische Untersuchung ergab, dass sie unter Drogeneinfluss stand. Aus verlässlicher Quelle wurde bekannt, dass psychische Probleme ihr schon lange zu schaffen gemacht haben. Wahrscheinlich eine Spätfolge, dass ihre Mutter in der Kindheit das Weite gesucht hat und spurlos verschwunden ist."

Er möchte die Worte wirken lassen und schweigt bedeutungsschwanger. Nachdem er eine Nachricht mit seinem Handy versandt hat, blickt er auf und lächelt. Wieder vergehen etliche Sekunden, in denen meine Übelkeit wächst.

Als die Türen aufschwingen, verschlägt es mir den Atem, und ich werde von Schwindel ergriffen.

„Das ist nicht möglich."

„Sieh, wer sich zu uns gesellt", jubiliert Cooper und lehnt sich schwungvoll gegen den Tisch. „Da haben wir wohl ein paar Streuner von draußen aufgelesen."

Der Riese Brooks ist als Erstes zu sehen. Was sie mit seinem Gesicht gemacht haben, ist kaum auszusprechen. Trotzdem steht er kerzengerade und trotzt der Demütigung mit wildem Blick. Er und seine *Reaper* werden von einer Handvoll Männer in die Lagerhalle eskortiert. Auch Rick erkenne ich, schließlich schwingt eine andere Tür auf, und meine Chancen fallen ins Bodenlose, diesen Ort lebend zu verlassen.

Marcos und AJs Gesichter weisen ebenfalls Schrammen auf. Die Bande muss auf uns gewartet haben.

„Sorry, Boss." Auch Brooks hat die Falle zu spät erkannt. „Ich habe es versaut."

„Das kriegen wir schon hin", stöhnt AJ, fährt sich an seine wieder aufgerissene Schusswunde und wird grob an meine Seite gedrückt.

Tapfer lächelt er mir zu, obwohl das Damoklesschwert des Todes über unseren Köpfen schwebt. Trotz dieser verzweifelten Situation fällt mir auf, dass Theodora nicht in die Lagerhalle begleitet wurde, und mein Herz wird schwer.

Steckt sie etwa doch mit Cooper unter einer Decke?

Meine Überlegungen werden im Keim erstickt, als sich George strahlend über die Glatze streicht und sich vor AJ aufbaut. Für ihn muss es ein Freudentag sein.

„Schön, dich wiederzusehen, alter Freund."

„Fick dich!", antwortet Alexander ruhig.

George lächelt und rammt seine Faust in AJs Magen. Als ich einschreiten will, werde ich grob zurückgehalten. AJ röchelt, rappelt sich unter Stöhnen wieder auf.

Schmerzverzerrt presst er die Hand auf die Bauchwunde. „Du schlägst immer noch wie eine Bitch!“

„Na, na, spricht man so in Gegenwart einer Lady?“ Cooper scheint genug von der Machtdemonstration zu haben und stößt sich vom Tisch ab. „In diesem Zusammenhang dringend tatverdächtig ist ihr Dealer, der stadtbekannte Kriminelle Alexander James Wallace, und seine Straßengang“, fährt er im Zeitungsstil fort. „Die illegale Organisation schreckt bereits seit Jahren nicht davor zurück, brave New Yorker Bürger zu terrorisieren und die Straßen mit billigen Drogen zu überfluten.“ Seine Hand bewegt sich wie die eines Dirigenten. „Die Totenfeier für die Dreißigjährige findet im engsten Familienkreis statt.“ Cooper lächelt aufgesetzt, nimmt meine Hand und schüttelt sie grotesk freundlich. „Ich hatte noch gar keine Gelegenheit, dir zu deinem Geburtstag zu gratulieren. Herzlichen Glückwunsch, liebe Samantha.“

„Steck's dir sonst wohin!“

Er ignoriert meine Worte und erhebt die Stimme zum großen Finale, sodass es von den Wänden widerhallt. „In tiefer Trauer übernimmt nun der langjährige Firmenanwalt Michael Cooper kommissarisch den Vorsitz und betont in einer ersten Stellungnahme, das Andenken der Familie Mayflower zu ehren, indem er eine Gedenktafel im Park der neu geschaffenen Port City am Hafen aufstellt, und so weiter und so weiter.“ Erschöpft reibt er sich über die Stirn, als hätte ihn das Diktat sichtlich mitgenommen. „So oder so ähnlich stelle ich mir die Pressemitteilung vor, die deine geliebte Mutter und Schwester schon bald beim diesjährigen Maskenball eurer Familie vor allen Würdenträgern verlesen werden."

Mir läuft es kalt den Rücken hinunter. Ist der Sommer schon so weit fortgeschritten? Der traditionelle Ball unserer Familie steht kurz bevor. Bereits als kleines Mädchen habe ich es geliebt, wie mich Vater über die riesige Wendeltreppe unserer Villa nach unten geleitete. Schon Tage vorher glänzte unser Haus in voller Pracht. Abendkleider, Eisskulpturen, der Garten war geschmückt mit Bändern, und jedermann hat sich in Schale geworfen. Früher wie heute ist das Fest als Dankeschön für die ehrenamtlichen Mitarbeiter von Vaters Wohltätigkeitsorganisationen immer das Highlight der Saison. Seit dreißig Jahren ...

Cooper dreht sich zu den Bikern, die die *Reaper* grimmig bewachen. „Apropos, wo ist die liebe Theodora?"

Er erhält keine Antwort, also wendet er sich wieder an mich. „Du fragst dich sicherlich, wie wir wissen konnten, dass ihr hier auftauchen würdet. Nun, das liegt daran, da ich dies beiläufig in einem Gespräch erwähnt habe. Ich brauchte einen Plan B, falls die dämliche Kuh euer Treffen in diesem schrecklich infantilen Baumhaus versauen sollte. Und siehe da, genau das ist eingetreten." Er richtet sich an George. „Draußen war sie nicht?"

Der Mann telefoniert mit leiser Stimme und schüttelt den Kopf.

„Gut", Cooper leckt sich über die Lippen, „dann wird sie bestimmt in einem eurer Verstecke außerhalb der Stadt festgehalten werden."

Meine Gedanken spielen verrückt. Hatte sie doch nichts mit all dem zu tun und ist nur Coopers Marionette in seinem abartigen Spiel? Eine unfreiwillige Gehilfin bei seinem Griff zur Macht?

„Die werden wir bald finden." George lässt das Mobiltelefon siegesgewiss in die Innentasche seiner Kutte gleiten. Das Logo der *Saints*, ein Totenkopf mit dem Heiligenschein, ist purer Hohn. „Wenn du diese Theodora nicht mehr brauchst, werde ich ein wenig Spaß mit ihr haben."

Ich sehe rot. „Lass sie in Ruhe!" Ich schnelle auf den Mann zu und zerkratze ihm das Gesicht, bevor mich seine Handlanger zurückziehen und neben AJ positionieren.

Erst als sein spitzer Schrei in der Halle verstummt, erkenne ich, was ich getan habe.

George strafft die Schultern, sieht wutentbrannt auf und hält sich die blutende Wange. „Du kleine miese Hure", zischt er und holt aus.

Im letzten Moment wirft sich ihm AJ in den Weg. Ein dumpfer Laut und er bricht zusammen. Nach einigen Sekunden rappelt er sich wieder auf. Seine rechte Wange hat sich gefährlich verfärbt.

„Ah, willst den Helden spielen." George zwirbelt an seinem Ziegenbart, lässt die Fingerknöchel knacken und holt erneut aus. „Du weißt ja, was im wahren Leben mit Helden passiert, oder?"

„Genug!" Cooper hat die Hand erhoben. „Diese Gewalt ist mir zuwider, und was Theodora angeht, will ich sie lebend und unversehrt. Immerhin brauchen wir sie, um auf dem Maskenball tief betroffen den neuen Vorsitzenden bekannt zu geben."

Ich brenne vor Wut, kann sein hübsches Gesicht nicht mehr aus den Augen lassen. Am liebsten würde ich es ebenfalls zerkratzen. „Schön, dass du mir deinen Plan erzählt hast."

Er deutet eine Verbeugung an. „Ja, es war mir ein Bedürfnis. So viel Zeit musste sein." Er nimmt die dritte und letzte Spritze an sich und entfernt die Schutzhülle. Während er näher tritt, schießt eine kleine Fontäne aus der Nadel. „Das war ich dir schuldig, nachdem du mich all die Jahre ignoriert hast."

Zorn. So viel Zorn. Vor wenigen Tagen war mein Leben ein Märchen, doch es hat sich in einen Albtraum verwandelt. Nun, wenn ich keine Prinzessin mehr sein darf, kann ich auch zu einer Verbrecherin werden.

„Keine Angst, das wird mir nie wieder passieren." Meine Stimme ist so weich wie Seide und süß wie Honig. Gerade als mich die zwei Handlanger packen wollen und sich die tropfende Nadel bedrohlich in Richtung meiner Halsarterie bewegt, schaltet mein Körper in einen mir neuen Modus. Ich werde von einer Welle der Wut getragen, und mein Blickfeld verengt sich im Rausch.

Präzise schießt meine Hand nach vorne, drückt die Nadel in Coopers Haut und presst die Drogen in seinen Blutkreislauf. Sofort lasse ich die Spritze fallen, fasse in seine Haare und ziehe ihn an mich. Das Messer an seiner Kehle blitzt nur einen Moment später.

Erneut nutze ich aus, dass mich die Männer in ihrer Arroganz einschüchtern wollen und sich offensichtlich in meiner Angst suhlen. Ein Fehler. Ich bin nicht mehr das kleine Mädchen oder die Partyprinzessin! Genau wie *Rat* ist Cooper einen Kopf größer als ich. Er dient mir als Schutzschild. Zusätzlich entfalten die Drogen allmählich ihre Wirkung. Ein hilfloses Zappeln folgt.

„Nicht schießen", keucht Cooper mit wilden Handbewegungen.

Anders als bei *Rat* spüre ich bei ihm rasende Angst. Ich genieße sie in vollen Zügen, als ich mit jedem Schritt mehr in der Dunkelheit der Lagerhalle verschwinde. „Die Waffen weg!"

„Tut, was sie sagt", zischt er zwischen stoßartigen Atemzügen.

Ich kann es kaum glauben, mein Herz macht einen Sprung. Tatsächlich legen die *Saints* ihre Waffen auf den Boden, AJ und del Gardo schleichen in meine Richtung.

Cooper blutet stark, ich kann mir ein Grinsen nicht verkneifen. Beginnt mir dieses kranke Spiel auch noch Spaß zu machen? Wer mit Ungeheuren kämpft, wird irgendwann selbst zu einem. Und wenn du lange genug in den Abgrund starrst, blickt er auch in dich hinein, schrieb Nietzsche einmal.

Noch nie waren mir seine Worte so bewusst wie in diesem Augenblick.

„Ich hoffe, du weißt, was du tust, du kleine Schlampe", bringt Cooper mühsam hervor. Er will meine Hand wegschlagen, ich drücke ihm die Klinge fester an die Kehle. „Eigentlich hatte ich vor, dich in einem wohligen Nebel aus Drogen und Schmerzmitteln entschlafen zu lassen. Das hat sich nun geändert. Du wirst leiden, Sam. So sehr, dass du dir wünschen würdest, du hättest dir die Nadel selbst in die Venen gejagt."

„Wahrscheinlich", entgegne ich trocken und lasse den Blick von einem Feind zum nächsten wandern.

Was für ein toxischer Cocktail war in der Ampulle? War er tödlich oder nicht? Rennt ihm die Zeit davon?

Ein in die Ecke gedrängtes Tier ist am gefährlichsten, geht es mir durch den Kopf.

Als würde Cooper meine Gedanken lesen können, windet er sich unter mir. Er ist Pragmatiker durch und durch. Wenn er nur im Ansatz das Gefühl hat, dass er sterben könnte, wird er alles dafür tun, um das zu verhindern. Ich muss ihm eine Hintertür offen lassen.

„Wir werden dich der Polizei übergeben, wenn wir geflüchtet sind", sage ich zwischen zusammengepressten Zähnen hindurch, obwohl ich am liebsten etwas ganz anderes mit ihm anstellen würde. „Vor einer Jury kannst du dich für den Tod meines Vaters verantworten."

„Wie ich bereits erwähnt habe: Ich habe ihn nicht umgebracht." Cooper greift hinter sich und bekommt den Diamanten um meinen Hals zu fassen. „Aber das spielt keine Rolle mehr."

Panik erfasst mich, und ich spüre, wir mir die Kette in den Hals schneidet. Nur für den Bruchteil einer Sekunde lockere ich meinen Griff, damit sie nicht reißt. Genau darauf hat er gewartet.

In Todesangst donnert er mir seinen Hinterkopf gegen die Stirn. Vollends im Drogenrausch, dreht er sich und verpasst mir einen brutalen Tritt. Ich fliege zurück und knalle gegen die Tür, die eigentlich mein Fluchtweg hätte sein sollen. Sein Gesicht hat nur noch wenig Menschliches, ist verzerrt von Hass. Aus dem attraktiven und smarten Anwalt ist ein Tier geworden. Beim Allmächtigen, was für ein Teufelszeug hat sich in der Ampulle befunden?

Meine Augen weiten sich. Reflexartig hechte ich zur Tür und erkenne aus dem Augenwinkel, wie die *Saints* ihre Waffen wieder aufnehmen, allen voran George.

„Bringen wir es zu Ende, Alexander", ruft er. „Genau wie dein Vater, wirst du sterbend in einer Gosse enden."

Gerade so hat es AJ zur Tür geschafft, als die ersten Projektile durch die Luft zischen und Löcher in die Wand schlagen.

„Wir müssen hier raus", brüllt er, drückt erst del Gardo durch die Tür und anschließend mich. „Bring sie an einen sicheren Ort", befiehlt er noch, dann bleibt er im Türrahmen stehen und hebt die Hände.

„Mein Leben für das meiner Leute!"

Sein Ruf übertönt das Chaos und lässt die Männer verstummen. Ich blicke an ihm vorbei. Den *Reapern* ist es nicht gelungen, die Waffen zu ergreifen. In der Stille wird immer deutlicher, dass der Krieg für sie verloren scheint. Langsam heben sie ebenfalls die Hände, während Cooper hinter den Tisch flüchtet und wie wild auf seinem Smartphone herumtippt.

„Was ist los, George?", brüllt AJ. „Nur wir beide, was hältst du davon?"

„Ein Zweikampf?"

Marco hält mich davon ab, AJ von der Tür wegzuziehen.

„Wie ironisch!", fährt George fort. „Das hat dein Vater auch vorgeschlagen, bevor ich ihm eine Kugel zwischen die Augen gejagt habe."

Ich war lange genug Teil der Medienwelt, um den Tonfall richtig zu deuten. Verdammt, ich erkenne eine Lüge, wenn ich sie höre. Endlich reiße ich mich los, sprinte zu Alexander und verstehe, was George tatsächlich vorhat.

„Du bekommst die gleiche Antwort wie dein alter Herr." George lädt ein neues Magazin nach. Die Waffe ist bereits auf Alexanders Kopf gerichtet.

Ich packe ihn, ziehe ihn aus der Schusslinie. Gleichzeitig und in höchster Gefahr, wirft Brooks seinen massigen Körper gegen den Anführer der *Saints*.

Zwei Kugeln schlagen über AJs Kopf ein, bevor ich ihn auf die Straße ziehen kann.

„Bist du verrückt? Er wird sie alle töten", schreit er und will sich losreißen.

„Ja, das wird er. Aber nicht jetzt." Trotz seiner höllischen Kraft halte ich ihn mit beiden Händen fest und lasse ihn keinen Zoll gewähren. „Glaub mir, ich kenne Cooper, und er wird seine Mission nicht gefährden, indem er das Baugrundstück mit Leichen pflastert." Ich dirigiere sein Kinn in meine Richtung. „Sie werden keine Sekunde zögern und dich umbringen, solltest du dich stellen. Du hast es gerade selbst gesehen."

„Er hat recht, Boss", stimmt mir del Gardo zu und blockiert die Tür mit Fässern. „Tot können wir unsere Brüder nicht retten." Sein mexikanischer Akzent verstärkt sich. Die Lage muss ernst sein.

Wütend fährt sich AJ übers Gesicht, stößt einen markerschütternden Schrei aus und packt grob meinen Arm. „Komm, zum Mustang!"

Selbst mir zerreißt es das Herz, als wir die *Reaper* und vor allem den sanften Riesen Brooks zurücklassen müssen. Inständig hoffe ich, dass wir sie tatsächlich retten können. Wie es für AJ sein muss, mag ich mir gar nicht vorstellen.

Wir flüchten in die nächste Seitenstraße. Die Hitze des Tages drückt in meine Lunge, und ich spüre ein Pochen im Unterleib, wo mich Cooper erwischt hat. Allein der Gedanke an ihn lässt meine Wut kochen und mich schneller laufen.

Ich bin mehr als erleichtert, als wir um die Ecke biegen und den Mustang erreichen.

„Die Jagdhütte ist nicht mehr sicher", schimpft Marco und vergewissert sich, dass es Theodora gut geht. „Sie könnten es bereits gefunden haben."

„Dann brauchen wir einen anderen Ort, um uns neu zu formieren." Gerade will ich die Tür zur Beifahrerseite öffnen, als ich eine kalte Hand am Kragen meiner Lederjacke spüre.

„Da bist du ja, Flittchen", dröhnt eine Stimme hinter mir, und mein Herzschlag setzt aus.

Durch einen raschen Seitenblick erkenne ich einen der Handlanger aus der Lagerhalle. Cooper muss sie geschickt haben, um uns aufzuhalten. Und noch etwas lässt mich keinen klaren Gedanken mehr fassen: In seinen Händen blitzt eine der Spritzen!

Ich wage es nicht mich zu bewegen, jeder Muskel erlahmt, und meine Gedanken überschlagen sich wie eine Welle, die über meinen Verstand brandet. Nach all dem Kämpfen, all dem Schmerz sollen meine Mühen umsonst gewesen sein?

Ein spitzer Schrei ertönt, dessen Ursprung ich erst ausmachen kann, als der Kerl schon vor mir auf dem Boden liegt. Mit aller Kraft hat Theo die Tür aufgestoßen, stürzt sich gefesselt auf den Mann und tritt ihm gegen den Kopf.

Sofort sind AJ und del Gardo zur Stelle und schicken ihn mit wenigen gezielten Schlägen ins Reich der Träume.

„Madre mia!", ruft Marco anerkennend in Theos Richtung. „Sei die Mutter meiner Kinder!"

„Ich habe alles mit angehört", keucht sie atemlos und deutet mit der Nasenspitze erst auf meine Bluse, dann auf den Laptop im Wagen. „Wir suchen einen Unterschlupf und bringen dieses Arschloch Cooper zu Fall." Ihre bernsteinfarbenen Augen glühen vor Zorn.

Schnell nimmt AJ dem Mann am Boden den Revolver ab und klemmt sich hinters Steuer. „Wir sind hier nicht sicher!"

Ich nicke. Ich habe meine Schwester nie mehr geliebt als in diesem Moment. „Danke, Theo." Ich stürze auf sie zu und schließe sie in meine Arme.

„Es ist auch meine Familie, Sam", flüstert sie und legt den Kopf auf meine Schulter. „Und jetzt könnte mir irgendjemand mal die verdammten Handschellen abnehmen!"

Kapitel 13 – Vertrauter Feind

Der Tag bricht bereits über die Stadt herein, als wir den Mustang auf der tiefsten Ebene eines Parkhauses an der Fifth Avenue abstellen und uns wie Geister über die Luxusstraße schleppen.

Jeder Muskel meines Körpers scheint zu schmerzen. AJ geht vor mir. Seine Hand fährt immer öfter an seine verwundete Seite, wenn er glaubt, dass ich nicht hinsehen würde. Theo und Marco folgen mit etwas Abstand.

„Meinst du wirklich, dass das eine gute Idee ist?", will ich leise an Alexander gewandt wissen und blicke kurz nach hinten über die Schulter. Die beiden sind tatsächlich in ein Gespräch vertieft, und Theo muss sich immer wieder ein Lächeln verkneifen. Offensichtlich will sie nicht zugeben, wie sehr sie Marcos Gesellschaft genießt.

„Nein", antwortet AJ schroff und beschleunigt seine Schritte. „Aber es ist die einzige, die wir haben. Wir müssen runter von der Straße." Er sieht sich um.

Auch mir fällt auf, dass wir viele pikierte Blicke ernten. Zwei angeschlagene Biker in Kutten und zwei junge Frauen, deren Gesichter von den Fernsehstationen in Dauerschleife abgespielt werden – keine gute Mischung.

Aus der morgendlichen Dämmerung ragt das Empire State Building wie ein Pfeiler empor, der den Himmel über unseren Köpfen stützt. Wie immer rauscht der Verkehr zähflüssig. Touristen und Einheimische hetzen an uns vorbei. Der niemals endende Passantenstrom nimmt zu. Bald schon werden die Straßen komplett überfüllt sein, und es ist nur noch eine Frage der Zeit, bis uns irgendjemand erkennt. Der typische New Yorker Geräuschpegel aus Hupkonzerten und Stimmgewirr fühlt sich allzu vertraut und doch fremd an. Ich gehöre nicht hierher. Ich bin keine mehr von ihnen, sondern eine Verbrecherin, auf die eine hohe Belohnung ausgesetzt ist. Das imaginäre Fadenkreuz auf meiner Stirn kann ich beinahe spüren. Um mich vor den Augen der Welt zu verstecken, neige ich den Kopf und lasse mir die Haare wie einen Vorhang ins Gesicht fallen.

AJ scheint den gleichen Gedanken zu haben und bindet sich ein Tuch um die Stirn. Als würde uns das helfen.

„Entweder Cooper oder die Cops werden uns bald erwischen", raunt er und beobachtet die Menschen um uns wie ein Wolf – jederzeit bereit zum Angriff, falls er nur einen Funken Interesse in den Augen erkennen sollte.

„Ich weiß nicht, was schlimmer ist", gebe ich zu und muss mich zwingen, nicht jede entgegenkommende Person auffällig anzublicken. „Bei den Cops erwartet uns ein Spießrutenlauf, von den Medien angestachelt und von der Justiz vorverurteilt. Und von Cooper ..."

„... glaub mir, das wäre grausamer."

Wir sehen uns an, AJ rennt fast, sodass ich Mühe habe, ihm zu folgen.

Erst am Flatiron Building bleibt er stehen. Verwirrt sehe ich mich um. Wir hätten keinen belebteren Ort finden können. An der Kreuzung Fifth Avenue und Broadway sticht das Bügeleisengebäude selbst aus den New Yorker Superlativen hervor. Etliche Filme fanden hier die passende Kulisse, auf keiner Stadtrundfahrt darf das im Renaissancestil gehaltene Hochhaus fehlen.

Unfreiwillig richten sich Dutzende Handykameras auf uns. Unwillkürlich ziehe ich den Kopf ein und halte mir eine Hand vors Gesicht.

„Müssen wir uns vor aller Welt präsentieren?", zische ich AJ zu. Wieso, in Gottes Namen, blickt er gedankenverloren nach oben? „Wir könnten uns gleich auf den Flur des NYPD setzen und in die Kameras grinsen."

„Es ist die einzige Möglichkeit."

„Er wohnt da?"

AJ zuckt mit den Schultern. „Die Geschäfte laufen gut."

„Ich wusste nicht einmal, dass es darin Privatwohnungen gibt, und dabei haben wir praktisch auf der Fifth Avenue unsere Jugend verbracht."

„Dank der Kreditkarten eures Vaters." Ein Lächeln blitzt auf. Es tut unendlich gut, ihn so zu sehen, und obwohl die Situation alles andere als zum Schmunzeln ist, ziehen sich auch meine Mundwinkel nach oben. „Für gut betuchte Kunden ist alles möglich. Das solltest du am besten wissen, Maiblümchen."

AJ wartet keine weitere Sekunde, lässt die Pforte am Haupteingang links liegen und steuert zielsicher auf einen Nebeneingang zu. Rasch sieht er sich um, dann nickt er Marco zu. „Del Gardo, wenn ich bitten dürfte?"

„*Si, patrón*", antwortet der junge Mann und macht sich an die Arbeit.

Innerhalb von wenigen Sekunden ist das Schloss geknackt, und AJ tritt in den verwaisten Wartungsgang.

„Nicht schlecht", flüstert Theodora und errötet, als sie bemerkt, dass sie den Gedanken laut ausgesprochen hat.

„Ich habe sehr geschickte Finger." In Marcos Gesicht stiehlt sich ein dreckiges Grinsen. „Wenn du möchtest, zeige ich dir ein paar Kniffe."

„O Gott." Theo rollt mit den Augen und geht an mir vorbei, doch ich erkenne, dass sie nicht ernsthaft genervt ist, eher neugierig.

Ich zwinkere Marco aufmunternd zu, bevor er das Gebäude betritt. Ich drehe mich noch einmal zu der erwachenden New Yorker Innenstadt um. Wer weiß, vielleicht ist es das letzte Mal, dass ich meinen geliebten Big Apple bei Tagesanbruch erleben kann. Die von Abgasen und Hotdoggeruch geschwängerte Luft werde ich auf jeden Fall vermissen. Ein letztes „Lebewohl" liegt mir auf den Lippen, als mich Finsternis umschließt und ich die eiserne Tür ins Schloss fallen lasse.

***

Nachdem wir uns durch unzählige Wartungsräume und Lastenaufzüge gekämpft haben, stehen wir vor der Tür der Penthouse Suite im obersten Stockwerk des Flatiron.

Angestellte der ansässigen Firmen haben wir mit einem bösen Blick oder AJs tiefer Stimme vertrieben. Ein Wunder, dass uns niemand aufgehalten hat.

„Du weißt, dass er uns nicht gerade wohlgesonnen ist, oder?"

„Wahre Worte, aber dennoch möchte ich den Versuch wagen."

Manchmal vergesse ich, dass blaues Blut in seinen Adern fließt. Wieder bringt mich AJ zum Lächeln. „Du bist ziemlich niveauflexibel, oder?"

„Ich gebe mir größte Mühe", bestätigt er und lässt seine Faust mehrmals gegen das sündhaft teure Holz krachen.

Einige Augenblicke vergehen schweigend, bis die Tür aufgerissen wird und uns *Rat,* nur mit einem weißen Bademantel bekleidet, gegenübersteht. An seinem Ausdruck ist zu erkennen, dass er mit allem gerechnet hat, nur nicht mit uns. „Das ist ein Witz!"

AJ zeigt keine Regung, zieht den Revolver und hält ihn *Rat* vor die Stirn. Schweigend drückt er ihn in die Suite, wir folgen und schließen die Tür hinter uns.

„Das ist ein verdammter Witz", wiederholt *Rat* mit wachsender Panik. Jegliche Energie ist aus seinem Gesicht gewichen, das unterschiedliche Augenpaar wurde seines Glanzes beraubt. Der geschundene Leib des Mannes sackt in sich zusammen, nur mühsam kann er sich auf den Beinen halten.

Ich erkenne etliche Blessuren, und trotzdem behält er eine gewisse Würde. Offensichtlich war er gerade duschen, sein Duft ist allgegenwärtig und bildet einen scharfen Kontrast zu uns abgekämpften Figuren.

„*Rat*, alter Freund, wir waren gerade downtown und dachten, dass wir dich lange nicht mehr gesehen haben. Also wollten wir dir einen Besuch abstatten."

„Du wirst das Gebäude nicht mehr lebend verlassen, Wallace." Der Ton gewinnt an Selbstsicherheit. *Rat* fängt sich, schlendert durch das luxuriös eingerichtete Penthouse, öffnet eine Globusbar und präpariert einen Old Fashioned. „Ihr alle werdet hier euren Tod finden. Was man so hört, wie nicht wenige vor euch."

„Was soll das heißen?" Marco kann kaum an sich halten, erst ein dunkler Seitenblick von AJ lässt ihn verstummen.

„Wie viele New Yorker *Reaper* seid ihr noch? Zwei? Vier?" Er dreht sich nicht einmal um und blickt aus den geschwungenen Fenstern auf die erwachende City. „Die *Saints* haben euch besiegt. Seht es ein! Da nützt selbst euer Pakt mit den Mayflower-Schwestern nichts."

Ich trete einen Schritt nach vorne. „Du weißt, wer ich bin?"

„Jeder weiß es, die ganze Stadt spricht von nichts anderem. Nun, zumindest in den Kreisen, in denen sich Geld machen lässt." Er deutet auf einige Hochglanzmagazine auf einem Tisch und lässt die Eiswürfel in seinem Glas klirren. „Und ich war so dumm, dass ich dich nicht gleich erkannt habe." Endlich dreht er sich zu mir um, macht einen Schritt in meine Richtung. „Als Waffenhändlerin würdest du allerdings auch eine gute Figur abgeben. Zu schade, dass so ein hübsches Gesicht bald in einem Eichensarg verschwindet."

Ich nehme mir das oberste Magazin. „Was für ein unvorteilhaftes Foto", erwidere ich und erkenne mich im Partykleid und mit blondem Haar selbst fast nicht.

Die Aufnahme scheint aus einem anderen Leben, aus einer anderen Zeit zu stammen. So wenige Tage sind vergangen, so viel ist passiert. Ich sehe in das Gesicht einer Fremden, einer Partyprinzessin, die Schmerz und Verlust fast schon vergessen hatte. Jetzt allerdings sind sie mir allzu vertraut.

Die Zeitschrift landet im hohen Bogen auf der Tischplatte. „Wir sind hier, um das zu verhindern."

„Verhindern?" *Rat* lacht auf und zeigt seine frisch restaurierten Zähne. „Die Cops und die *Saints* überbieten sich bei eurem Kopfgeld." Seine Augen leuchten wieder. „Tot seid ihr Millionen wert, aber lebend", er schmunzelt, „lebend ist es ein kleines Vermögen, das sie bereit sind zu zahlen." Er hebt die Arme. „Verbrecher und Gesetzeshüter, alle wollen nur noch euch! Es ist nichts anderes als eine schaurige, lukrative Kopfgeldjagd!"

„Samantha?" Die schrille Stimme kommt mir allzu bekannt vor. Ich traue meinen Augen nicht, als ich zur Empore der Galerie blicke und dort die Frau entdecke, die mir meinen Aufenthalt in der Gewahrsamszelle erträglicher gemacht hat.

„Patricia?"

„Kindchen, was machst du denn hier?" Sie war offensichtlich duschen, ihre ebenmäßige schwarze Haut glänzt noch vor Feuchtigkeit, und mir scheint, als wäre ihre Zahnlücke noch ein Stückchen größer geworden.

Ohne eine Antwort abzuwarten, läuft sie die Treppe hinunter und wirft sich um meinen Hals. Sie trägt den gleichen Frotteebademantel wie *Rat* und ignoriert völlig, dass AJ eine Waffe auf dessen Kopf gerichtet hat.

„Ich wusste doch, ich kenne dich irgendwoher", jubiliert sie freudestrahlend. „Hättest du etwas gesagt, du weißt schon, ich hätte dir sicherlich helfen können. Andererseits war es vielleicht besser so, immerhin wirst du wegen Mordes gesucht. Aber viele Cops sind korrupt, das kannst du einer Schwester glauben, besonders wenn sie ein Auge auf dich geworfen haben, nur weil du mit einem Freier mal eben um die Ecke verschwunden bist, um – du weißt schon!"

Die Worte fließen nur so aus ihr heraus, dass ich Mühe habe, sie zu verstehen.

„Ich habe von Anfang an nicht geglaubt, dass du deinen Dad ermordet hast. Da will dir irgendjemand etwas in die Schuhe schieben, Kindchen, das kannst du mir glauben. Bei den Männern musst du aufpassen, du weißt schon, denn wenn du nicht aufpasst, haben sie dich schneller verarscht, als du ‚High Class' sagen kannst."

„Cassy, kennst du sie etwa?" *Rat* hat anscheinend genug und unterbricht ihren nicht enden wollenden Monolog. „Geh wieder nach oben und sei ruhig!"

„Ihr Name ist Patricia", entgegne ich schroff. „Und nur weil du sie bezahlst, heißt es nicht, dass sie dein Eigentum ist." Innerlich brennt gerade ein Feuerwerk in meiner Seele ab. Es bereitet mir Genugtuung, das auszusprechen.

Er trotzt meinem Blick, dann nickt *Rat* anerkennend. „Natürlich. Verzeihung."

„Du hast ja richtig Feuer, Kindchen!" Patricia drückt mich erneut an sich. „Die Straße bekommt dir. Auch wenn die Umstände alles andere als glücklich sind. Also, du weißt schon, das Maiblümchen blüht auf."

Zu meiner Überraschung ist mir dieser Gedanke auch schon einmal in den Sinn gekommen. AJs Leben ist frei, wild und gefährlich. Eine Mischung, die einem New Yorker Stadtmädchen schon einmal den Kopf verdrehen kann.

„Gut, nachdem das geklärt ist, zurück zum Geschäft." AJ lässt den Revolver sinken und fixiert *Rat*. „Du weißt, warum wir hier sind?"

„Ich nehme an, weil eure anderen Verstecke nicht mehr sicher sind, ihr nur das besitzt, was ihr am Leib tragt, und ihr verzweifelt seid."

Niemand sagt ein Wort, obwohl alle wissen, dass er recht hat.

Rat nickt zufrieden, schlendert erneut zur Bar und gießt sich nach. „Also, was sollte mich davon abhalten, die Cops oder die *Saints* zu rufen und mir diesen frühen Morgen mit einer Stange Geld zu versüßen?"

Drohend hebt AJ die Waffe. „Wie wäre es mit den sechs kleinen Freunden aus dem Revolver, die alle schneller rennen als du?"

„Ach bitte", winkt *Rat* ab, nimmt Platz und schlägt seine nackten Beine übereinander. „Das wäre nur eine temporäre Lösung. Wie lange wollt ihr ausharren? Tage? Wochen?" Sein Blick brennt sich in Theo hinein, während er genüsslich an seinem Drink nippt. „Geiselnahmen sind schrecklich anstrengend, öde und bourgeois, außerdem lassen die Hygienezustände schon nach kurzer Zeit zu wünschen übrig. Glaubt mir, ich habe viele selbst initiiert."

Es gibt keinen Grund, ihm nicht zu glauben. Sofort ist mir klar, dass dieser weltgewandte Kosmopolit und Berufsverbrecher einiges auf dem Kerbholz hat und man sich nicht von der wohlerzogenen Fassade blenden lassen sollte.

Geduldig atmet er aus, lässt seine Worte wirken. „Nein, lieber Wallace. Offerierst du mir noch einen anderen Vorschlag als Waffengewalt?"

AJ schweigt eisern, der Revolver in seiner Hand zittert vor Zorn. Ich kann nur vermuten, wie sehr die Hilflosigkeit in diesem Alphamännchen wütet. Die Kieferknochen mahlen. Er atmet schnell und gepresst, seine Haut bekommt einen feuerroten Stich. Wie in einem Kessel wächst der Druck, und ich bin mir sicher, nur noch wenige Sekunden und er wird sich auf *Rat* stürzen wie ein ausgehungerter Hund auf ein Stück Fleisch.

„Wir sind reich!", rufe ich viel zu laut und in unsere ausweglose Situation hinein. Alle Augenpaare richten sich auf mich. „Wie wäre es, mit einem Deal? Hunderttausend Dollar für jede Nacht, in der du uns Zuflucht gewährst und uns nicht verrätst." Ich wende mich an Patricia. „Das Gleiche gilt für dich. Aber nur, wenn wir lebend hier rauskommen."

„Nur wenn ihr überlebt?" *Rat* fährt sich übers Kinn und lächelt verträumt. „Das ist eine Wette mit beschissenen Quoten, meine Liebe."

„Ja, und verdammt hohen Einsätzen."

Er blickt in alle Richtungen und breitet die Arme aus, als wollte er sagen, dass wir uns gefälligst umsehen sollen. „Sieht es so aus, als würde ich in Armut leben? Sorry, Samantha, aber für ein paar Scheine werde ich nicht mein Leben riskieren."

„Ich würde es tun", wirft Patricia ein und klopft mir aufmunternd auf die Schulter. „Sogar für weniger."

„Das ist lieb von dir, aber für einen Deal müssen beide zustimmen", flüstere ich am Rand der Verzweiflung und sehe zu AJ. Noch immer scheint der mächtige Boss der *Reaper* seine Emotionen nicht unter Kontrolle zu haben. Wenn nicht bald ein Wunder geschieht, endet das hier in einem Blutbad. Zumindest für die Klatschpresse wäre es ein Feiertag und das unrühmliche Ende meiner kriminellen Karriere.

„Und wenn wir ihn einfach umlegen?", knurrt AJ schmallippig. „Drei Tage würde niemand etwas merken."

„Es würde euch kein Stück weiterbringen." *Rat* zuckt mit den Schultern, streicht sich die blonden Haare aus dem Gesicht und gähnt gelangweilt. „Irgendwann bemerkt der Hausservice einen seltsamen Geruch, und ihr sitzt schneller im Hochsicherheitstrakt, als ihr ‚reiche, verwöhnte Partyprinzessin' sagen könnt." Er kreuzt zufrieden die Arme vor der Brust. „Nun ja, zumindest wenn ihr Glück habt und die *Saints* euch nicht vorher erwischen. Seht es ein, ihr könnt mir nichts bieten, was für mich von Interesse wäre. Also würde ich vorschlagen, ihr sucht das Weite, solange es noch geht, und verkriecht euch in Brasilien im dreckigsten und tiefsten Erdloch, das ihr finden könnt. Vielleicht habt ihr da eine Chance, länger als eine Woche zu überleben."

„Einen Job!"

Habe ich gerade richtig gehört? Langsam wende ich meinen Kopf Richtung Theo.

„Wir bieten dir einen Job an." Meine Schwester stolziert an ihm vorbei und bedient sich an der Bar. In der Stille erscheint das Klirren der Eiswürfel so laut wie Hagelschläge.

„Bist du jetzt genau so verrückt wie deine Schwester?" Amüsiert mustert *Rat* sie von oben bis unten. „Wie ist dein Name gleich? Theodora, oder?"

Sie baut sich vor ihm auf und legt die Lippen verführerisch an ihr Glas. „Du bist Waffenschieber, oder?"

„Was für eine martialische Ausdrucksweise." *Rat* überlegt theatralisch. „Aber ja, ich bin ein Manager des Krieges. Panzer in den Libanon, Flugabwehrraketen in den Kongo, sowjetische Restbestände in den Iran. Wenn du genug Geld hast, ist alles möglich."

„Ein Leben im Schatten", haucht sie mit heißem Blick. „Es muss anstrengend sein, ständig in der Schusslinie zu stehen, Leute zu bestechen, unter falschen Namen einzuchecken."

Meine Schwester hat einen Nerv getroffen. Die sorgsam gehegte Miene des Mannes verrutscht für eine Sekunde. „Man gewöhnt sich daran."

„Was wäre, wenn sich das alles ändern würde?"

Die selbstgefällige Maske bekommt erste Risse. „Ich höre."

„Du kriegst keinen einzigen Penny, lässt uns so lange bei dir nächtigen, bis wir einen Plan haben, und wirst uns First-Class versorgen."

Er seufzt lang gezogen. „Und ich dachte, deine Schwester wäre verrückt. Sonst noch Wünsche?"

„Du besorgt alles, was die Jungs brauchen, und das Wichtigste: kein Sterbenswörtchen!"

„Und das alles für einen Job?", will er spöttisch wissen.

„Nicht irgendein Job. Du wärst der neue Chief Organisation Officer der *Mayflower Incorporation*. Als COO wärst du lediglich dem Vorstand Rechenschaft schuldig." Nun ist es Theo, die die Stille nutzt, um ihren Worten Gewicht zu verleihen. „Natürlich mit fürstlichem Gehalt. Das Leben im Schatten wäre schlagartig vorbei, du wärst ein angesehener Bürger dieser Stadt, könntest dich frei bewegen, würdest mit Models durch das Blitzlichtgewitter über rote Teppiche flanieren, jedes Wochenende in der Mayflower-Loge Opern lauschen, Brücken, Hospize und Tierheime eröffnen. Die Stiftung unserer Familie betreut eine Menge karitativer Projekte, wie du weißt. Alles stände dir offen, ganz offiziell und legal."

Seine Augen verengen sich zu Schlitzen. Sie hat ihn dort gepackt, wo es ihn am meisten schmerzt. Bei seinem Ego.

Sie kommt noch näher, streicht über das flauschige Revers des Bademantels. „Die New Yorker würden dich lieben. Bei deinem fotogenen Aussehen wäre das kein Wunder. Es gäbe keine dunklen Lagerhäuser mehr, sondern helle Büros und Reservierungen in den besten Restaurants der Stadt. Und Länder in der Dritten Welt würdest du nur noch besuchen, um mit Angelina Jolie und der UN auf Missstände aufmerksam zu machen."

Rat beißt sich auf die Unterlippe. Wir alle sehen, dass er cool und selbstsicher wirken möchte, doch der sonst so kontrollierte Mann schwankt. Zu attraktiv ist das Angebot, zu sinnlich Theodoras Präsenz.

Er strafft das Kreuz, versucht, die Gedanken abzuschütteln. Ich kenne den Blick. Theos Ausführungen gefallen ihm und nicht nur ihre Argumente, auch sie selbst scheint mehr und mehr in seinen Fokus zu geraten.

Natürlich sehr zum Unmut von Marco, der bis jetzt geschwiegen hat. Beinahe süß, wie er jetzt ihre Nähe sucht. Doch auch Theos Blick ist mir wohlbekannt. Sie spielt ihr Interesse nicht, es ist tatsächlich vorhanden. Kein Wunder, ein durchtrainierter, charmanter, weltgewandter Lord of War mit zweifarbigen Augen, der sich zu benehmen weiß, steht nicht alle Tage halbnackt vor einem.

„Sieh es einmal so", wispert sie in sein Ohr. „Wenn wir draufgehen sollten, hast du nur ein wenig Geld verloren, und darauf bist du ohnehin nicht scharf."

„Nein." Er fährt mit den Fingerspitzen die Konturen ihrer Wangenknochen nach. Für einen Moment scheinen wir nicht mehr anwesend zu sein. „Ich präferiere etwas ganz anderes."

Theo lächelt und schenkt ihm einen beeindruckend verführerischen Augenaufschlag. „Das dachte ich mir."

„Und wir würden zusammenarbeiten, nehme ich an?", will *Rat* wissen.

„Sehr eng sogar." Theo spielt mit ihren pechschwarzen Haaren. Mir war nicht einmal im Ansatz bewusst, wie groß das Verhandlungsgeschick meiner Schwester ist. „Also, haben wir einen Deal?"

Rat dreht sich zu Patricia.

Die Frau zögert keine Sekunde. „Für so viel Geld muss ich lange Zeit die Beine spreizen. Also, du weißt schon, ich bin dabei." Sie legt ihre pink lackierten Fingernägel an die Lippen. „Allerdings hätte ich eine Bedingung."

„Und die wäre?"

„Einen Abend will ich in der Met in so einer fancy
Loge sitzen. Alles inklusive, versteht sich. Volltrunken
von Champagner, ein glitzerndes Abendkleid am Leib
und eins dieser kleinen Ferngläser in der Hand. Du
weißt schon, genauso wie ihr reichen weißen Leute in
die Oper geht.“

„Glaubst du wirklich, jede reiche weiße New Yorker
Familie verbringt ihre Sonntage in der Metropolitan
Opera?“, gebe ich pikiert zurück.

„Sam, wir haben sogar eine Dauerloge in der Met.“
Theo zuckt mit den Schultern.

„Ist mir bekannt, wir haben da unsere halbe Kindheit
verbracht, aber es geht ums Prinzip.“

„Wisst ihr, ich bin ein großer Freund der Oper.“ Patricia grinst und trällert ein paar Takte. „*Carmen, Faust,
La Bohème* und *Die Zauberflöte* – gib mir ein wenig Musik und ich kann den ganzen Scheiß, der um mich
herum passiert, vergessen.“

Theo nickt als Erste. „Gut, das Geld und eine lebenslange Karte für die Met.“ Sie baut sich vor den beiden
auf. „Haben wir einen Deal?“

Rats Grinsen ist so breit, dass seine Mundwinkel gefährlich spannen. „Was braucht ihr?“ Obwohl er AJ
nicht anspricht, ist es eindeutig, dass er ihn meint.

„Unterschlupf, Waffen, Ausrüstung“, knurrt der Biker
und entspannt sich sichtlich. „Und ein paar Flaschen
Whisky.“

Rat nickt, ohne Theodora aus den Augen zu lassen. Sie
hält seinem Blick stand. „Das ist mein Spezialgebiet“,
säuselt er.

„Beeindruckend. Haben wir einen Deal?“, will Theo
mit Nachdruck wissen. Augenblicklich wird mir klar,

warum Dad ihr den Posten im Vorstand anvertrauen
wollte. Sie reicht dem Waffenhändler die Hand.

Rat nickt und schlägt ein. Er kommt nicht von ihr los,
als wäre sie eine Fata Morgana, die verschwindet,
wenn man nur einen Moment wegschaut. „Ja, haben
wir."

Kapitel 14 – Die Ruhe vor dem Sturm

Drei Tage später sind wir immer noch nicht verhaftet oder tot.

Zumindest ein Anfang, denke ich mir und fahre mit den Fingerspitzen die Regentropfen nach, die von außen ans Fenster schlagen. Bleischwer und wolkenverhangen präsentiert sich der Freitag vor dem Maskenball, als wollte er meinen Gemütszustand widerspiegeln.

Der Himmel weint, untypisch für den New Yorker Spätsommer, und doch tummeln sich etliche Touristen vor dem Flatiron Building und füllen fleißig ihre Social-Media-Accounts mit neuen Postings.

Das Gelächter am Esstisch versuche ich so gut es geht auszublenden. *Rat* und Marco buhlen um die Gunst meiner Schwester und überbieten sich mit ihren Geschichten. Sie scheint es sichtlich zu genießen, obwohl sie weiter die Unnahbare spielt.

Ich dagegen bemerke erst jetzt, wie schwer es mir fällt, allein mit meinen Gedanken zu sein. In den letzten Tagen haben wir Pläne geschmiedet, nächtelang diskutiert und das Für und Wider abgewogen. Das alles nur für den traditionellen Maskenball unserer Familie.

Es ist die einzige Möglichkeit, um Cooper ein Schnippchen zu schlagen. Alle Trümpfe hat er in der

Hand, sogar Brooks und die *Reaper* sind nach *Rats* Informationen noch am Leben. Entweder als Faustpfand, oder er will tatsächlich vor der Verkündung seines Aufstiegs kein Risiko eingehen, ins Visier der Ermittlungsbehörden zu geraten.

Vielleicht wird er sogar damit rechnen, dass wir die Öffentlichkeit suchen. Doch welche Wahl ist uns geblieben?

Natürlich könnten wir einfach seine auf Band aufgenommenen Worte an die Presse weiterleiten, doch diesbezüglich wird er Vorkehrungen getroffen haben, und außerdem hat er den Mord an meinem Vater noch nicht gestanden. Michael hat schon immer mehrere Schritte vorausgedacht, wird Blogs, Sender und Zeitungen in der Hand haben. Zweifel werden aufkommen, doch sie werden nicht reichen, um ihn der Justiz zu überlassen.

Ich muss ihn dazu bewegen, sein Mundwerk zu lockern. Um das zu erreichen, bleibt mir nur die Möglichkeit, mich selbst zu verkaufen, und das vor aller Augen.

Es gibt nur diese eine Chance – wenn die komplette New Yorker High Society versammelt ist. Allein der Gedanke daran lässt meinen Magen umdrehen. Ich serviere mich selbst auf einem Silbertablett, sogar den Apfel stecke ich mir in den Mund. Cooper muss nur noch zugreifen.

Ein bescheuerter Plan, aber der einzige, den wir haben.

Wäre Dad doch nur hier. In den schwersten Stunden war er mir immer ein guter Ratgeber.

Langsam drehe ich mich um. Bevor meine Schwester in mein Leben getreten ist, war er sogar der einzige.

Mutters Gesicht ist seit langer Zeit nur noch eine schemenhafte Erinnerung. Doch jetzt, wo der stürmische Wind gegen das Fenster des ehrwürdigen Flatiron-Gebäudes fegt und ich hinuntersehe in die grauen Häuserschluchten der Stadt, wünsche ich mir, dass sie bei mir wäre.

Warum musste sie mich verlassen? Von einem auf den anderen Tag, ohne Nachricht, ohne Abschied, ohne dass ich jemals wieder etwas von ihr gehört habe?

Tränen schießen mir in die Augen. Ich lege die Stirn an die kühlende Fensterscheibe. Obwohl das Gelächter der drei in meinen Ohren dröhnt, fühle ich mich schrecklich allein.

„Woran denkst du, Maiblümchen?"

Ich will nicht schwach sein, nicht jetzt, nicht hier, nicht vor AJ. Hastig wische ich mir eine Träne aus dem Augenwinkel. „An den morgigen Abend", antworte ich schnell und räuspere mich. „Es ist das erste Mal, dass ich nicht von Vater über die Treppe geleitet werde."

„Er ist bei dir", flüstert Alexander sanft und lehnt sich zu mir gegen den Fensterrahmen. „Irgendwo da oben schaut er auf dich hinunter und wird immer bei dir sein, wenn du die Treppe hinunterschreitest. Und solltest du einen Arm brauchen, der dich stützt", er hebt eine Hand, als würde er mich zum Tanz auffordern, „ich stehe Ihnen vollumfänglich zur Verfügung, Mylady."

„Vielen Dank, Mylord." Seine Worte ringen mir ein Lächeln ab. Es ist ein gutes Gefühl, Alexander bei mir zu haben, in seiner Nähe zu sein, den herben Duft seiner Haut einzuatmen. „Sollten wir den morgigen

Abend überleben, stehst du ganz oben auf meiner Tanzkarte."

Es schüttelt mich, und meine Nackenhaare stellen sich auf. Was passiert hier?

Ich darf mich nicht in einen Gesetzlosen verlieben, in einen Kriminellen. Es ist nur die Aufregung des Moments, rede ich mir ein. Nur ein verführerischer Fehltritt meiner Gedanken.

Ich schmiege mich an ihn, obwohl alles in mir schreit, es nicht zu tun. Fast hätte ich seine Hand ergriffen, als die Tür aufschwingt und Patricia in den Raum stürmt.

„Das war großartig! Du weißt schon, einfach sensationell!" Ihre Augen sind weit aufgerissen, etliche Einkaufstüten baumeln an ihren Händen. „Ihr wisst gar nicht, wie traumhaft es sich anfühlt, mit so viel Bargeld zu shoppen."

Ich lächle traurig. Doch, weiß ich. Nur allzu gut sogar.

Nur kurz betrachte ich die Embleme auf den Tüten. *Gucci*, *Hugo Boss*, *Dior*, *Chanel*, alles, was Rang und Namen hat, ist vertreten. Man könnte meinen, Patricia hätte die halbe Fifth Avenue leergekauft. Zu gern wäre ich dabei gewesen, als sie in ihren hochhackigen Schuhen und dem viel zu kurzen grellpinken Kleid durch die Glastür in den Laden von *Louis Vuitton* gelaufen ist, die Security hinter sich gelassen und ein Geldbündel auf den Tisch geknallt hat.

Das war früher meine Welt. Nun fühlt sie sich fremd an.

„Es ist alles vorbereitet", erklärt *Rat*, nachdem er sich kurz zurückgezogen hat, und lässt die Finger über sein Smartphone gleiten. „Jetzt kommt es auf euch an."

Ich nicke gleichgültig und lasse meinen Blick wieder aus dem Fenster schweifen. Während Patricia die Tüten auf den Tisch wuchtet und sich die drei anderen dem kurzen Moment des Glücks hingeben, spüre ich AJs Wärme hinter mir.

AJ berührt meine Schultern und kommt ganz nah. „Kann ich irgendetwas für dich tun, Maiblümchen?"

Dunkel dringen seine Worte zu mir durch. Die Gedanken schießen mir wie Billardkugeln durch den Kopf, ich kann nicht mehr sagen, was falsch oder richtig ist, nur sein Tonfall hallt beruhigend in meinem Geist wider.

„Nein", flüstere ich. „Das muss ich mit mir selbst ausmachen."

Auch er sieht zu den vier, wie sie sich freudig erregt auf die Tüten stürzen. Langsam legt er die Arme um mich und berührt mit den Lippen meinen Hals. „Vielleicht kann ich dir helfen?"

„Ich glaube, es wäre nicht klug, wenn wir uns unseren Gefühlen hingeben." Ein wohliger Schauer überkommt mich, ich schließe die Augen. Wachsende Erregung regt sich in meinem Unterleib und erobert alle Regionen meines Körpers. „Morgen könnten wir zum letzten Mal aufwachen, und ich könnte als Mörderin meines Vaters in die Geschichte unserer sterbenden Familiendynastie eingehen."

„Dazu muss es nicht kommen." Seine Küsse sind wie Feuer.

Bei jedem weiteren habe ich das Gefühl, ich würde in seinen starken Armen verbrennen. „Die Chancen stehen gegen uns."

„Das bin ich gewohnt“, knurrt AJ in mein Ohr und beißt spielerisch in meinen Nacken. „Meine Familie scheint ein Faible für außergewöhnliche Beziehungen zu haben.“

„Da bist du nicht der Einzige.“ Ich streichle seinen Hinterkopf. Behutsam, fast ängstlich greife ich in sein Haar und dirigiere ihn zu den Stellen, die meine Lust bittersüß anstacheln. „Und wenn morgen alles schon vorbei ist?“

„Dann sollten wir die Nacht genießen. Vielleicht ist es unsere letzte.“

Noch einmal fahre ich die Regentropfen am Fenster ab und drehe mich langsam zu ihm um. „Das will ich nicht.“ Ich presse mich an ihn und spüre die pulsierende Härte zwischen seinen Lenden.

„Die Nacht mit mir genießen?“

„Nein, das würde ich zu gern.“ Als würde das Universum für einen Moment nur uns die Existenz gewähren, habe ich das Gefühl, ganz allein mit Alexander zu sein. Ich erkenne Angst, Verletzlichkeit und Verlust, aber auch Edelmut und Stärke. Ich schenke ihm einen tiefen Kuss und lehne den Kopf an seine Brust, während draußen der Regen prasselt und sich die Welt weiterdreht. „Ich will nicht, dass es unsere letzte Nacht ist.“

Er lächelt und streichelt über meine Haare. „Das werde ich nicht zulassen“, sagt er so leise, dass sich seine Worte im ausgelassenen Stimmgewirr verlieren.

Ich glaube ihm. Ich würde ihm alles glauben in diesem Moment.

Wir wiegen uns eine Unendlichkeit und doch viel zu kurz.

„Morgen wird ein anstrengender Tag“, breche ich das Schweigen, als die letzten Sonnenstrahlen hinter den grauen Wolken verschwinden. Noch einmal küsse ich ihn. Wo Worte fehlen, müssen Taten das Unaussprechliche erklären.

Ich gehe rückwärts und lasse seine Hand erst los, als ich fast an meinem Zimmer angelangt bin. Noch ein letzter Blick, dann schließe ich die Tür.

„Ich will nicht, dass es endet“, flüstere ich zu mir selbst und lehne den Kopf gegen die Tür. „Für dich, Dad.“

Kapitel 15 – Glanz, Gloria und Gefühle

„Ladies and gentlemen, it's showtime!" *Rat* scheint sichtlich Freude an seiner neuen Rolle als gesetzestreuer Bürger gewonnen zu haben. Er kann es kaum erwarten, hinaus aus dem Schatten zu treten. Der sonst so stilsichere Waffenhändler trägt einen glitzernden roten Anzug mit übergroßer Feder an einem schneeweißen Zylinder. An seinen Füßen erkenne ich gelbe Cowboystiefel, dazu hält er in den Händen einen Spazierstock mit blitzendem Dollarsymbol. Eine dunkle Sonnenbrille und ein breites, siegessicheres Grinsen runden das Outfit ab. Mit weit ausgestreckten Armen sieht er zu Theodora. „Na, wie gefalle ich dir?"

Sie muss sich am Waschbecken des riesigen Penthouse-Badezimmers abstützen, das eher einer ganzen Wellnesslandschaft gleicht, und kann sich ein Lachen kaum verkneifen. „Großartig", kichert meine Schwester. „Als hätte Lagerfeld, Gott hab ihn selig, dein Outfit komplett zugedröhnt auf einem schlechten LSD-Trip entworfen."

„Genau so sollte es aussehen", erwidert er zufrieden und betrachtet sich im Spiegel. „Und ihr schaut auch nicht schlecht aus. Es scheint, als hätte Cassy, Verzeihung, Patricia einige verborgene Talente, die bisher niemand zu würdigen wusste."

Zum ersten Mal erlebe ich die Frau sprachlos. Sie fährt durch unsere frisch gefärbten Haare und zupft sich anschließend die Einweghandschuhe von den Fingern. Man könnte meinen, dass sie dem Kommentar keine Beachtung geschenkt hat, doch das Zucken in ihrem Gesicht verrät sie.

Rat lässt uns wieder allein.

Nachdem die Farbe lange genug eingewirkt hat, wäscht sie sie heraus und föhnt uns anschließend die Haare. „Es ist mein Meisterwerk", sagt sie, als wir drei gemeinsam in den breiten Wandspiegel sehen.

Bestimmt ist es alles andere als förderlich für meine Haare, aber sie hat sich in der Tat selbst übertroffen. Mein leicht gekürztes Haar erstrahlt in einem satten Kupferton, und Patricia ist es sogar gelungen, eine stilvolle Frisur aus dem Mopp auf meinem Kopf zu zaubern.

„Es ist wunderschön." Ich bin selbst begeistert, wie gut die neue Farbe zu mir passt. Als Blondine kannte mich jeder, als Brünette die *Saints* und Cooper, blieb nur ein weiterer Typenwechsel.

Ich sehe zur Seite und erkenne zum ersten Mal, dass Theo und ich auch äußerlich wie Schwestern aussehen. Nur ihre bernsteinfarbenen Augen lassen erkennen, dass wir nicht blutsverwandt sind, ansonsten habe ich das Gefühl, in einen Spiegel zu sehen. Vielleicht bilde ich mir das auch nur ein, oder die Aufregung spielt meinen Nerven einen Streich, aber zumindest für den Moment scheint sie es genauso zu sehen und bricht in schallendes Gelächter aus.

„Wir sind Ginger Girls!", ruft sie und nimmt Patricias Hand, sodass nur ihre grellen Fingernägel hervorlugen.

„Und dich werde ich als Stylistin engagieren, wenn das hier vorbei ist." Sie beugt sich nach vorne. „Das Makeup ist perfekt. Patricia, du bist eine Künstlerin."

„Ich bin aber nicht billig", sagt die Frau lachend und tauscht T-Shirt und Jeans gegen ein glitzerndes Abendkleid. „Du weißt schon, dafür wirst du einige Scheine hinblättern müssen, Kindchen."

„Du bist es wert", flüstert Theo, die sich nicht von ihrem Spiegelbild losreißen kann und sich immer wieder durchs Haar fährt.

„Ladys!"

Gleichzeitig drehen wir Frauen uns um. Vor uns stehen Marco und AJ im feinen Smoking, mit frisch getrimmten Bärten und in Form gebrachten Haaren. Gemeinsam treten sie zu uns, als hätten sie jetzt schon ihren großen Auftritt. Mir verschlägt es für einen Moment den Atem.

Theo hatte unrecht. Patricia ist keine Künstlerin, sie ist eine Magierin.

„Wie, um alles in der Welt …?", stammle ich.

Alexander James Wallace sieht so aus, wie es seine Herkunft verlangt. Er lächelt und bietet mir den Arm an. „Sind Sie bereit, Miss Mayflower?"

Mein Blick wandert nach draußen. Die Nacht hat sich still und leise über New York gelegt und sie in schützende Schwärze getaucht. Ein angriffslustiges Funkeln erstrahlt in meinen Augen, und ich lege meine Hand auf seine. „Bin ich, Mister Wallace. Bin ich."

***

Dicht an dicht stehen wir in der Mitte des Pulks am Bediensteteneingang vor dem Nebentor und warten auf Einlass.

„Und wenn Sie angesprochen werden, hängen Sie immer ein ‚Sir‘ oder ‚Ma'am‘ dran. Genauso, wie wir es geübt haben. Ist das bei Ihnen angekommen?“ Die kleine, stämmige Frau erinnert mich an einen Pitbull. Ihr schwarzes Kleid platzt fast aus allen Nähten. Sie gehört offensichtlich zu den Menschen, die nicht wissen, dass es absolut in Ordnung ist, Kleidung in der richtigen Größe zu kaufen.

Verdammte Zero-Size-Models, denke ich und streiche verstohlen über meine vollen Hüften.

Das Stimmgewirr der Kellnerinnen und Kellner nimmt unangenehme Ausmaße an. Wohin ich sehe – schwarze Hosen, schwarze Krawatten, weiße Hemden. Wie eine Armee Mormonen auf Missionierungstour stehen wir uns die Beine in den Bauch und warten darauf, dass der Pitbull mit Headset und Klemmbrett den Weg auf das Gelände freigibt. Ich versuche, mir nichts anmerken zu lassen, doch ich bin mir sicher, es misslingt mir vollends.

„Ganz ruhig“, sagt AJ, zündet sich einen Zigarrenstummel an und blickt in die Menge aus Hilfsarbeitern. „Du bist nur eine heiße Medizinstudentin, die sich ein paar Dollars dazuverdienen möchte.“

„Du findest mich heiß?“ Tatsächlich legt sich meine Aufregung ein wenig. „Sorry, aber als Student gehst du nicht gerade durch.“ Ich lege meinen Finger an die Lippen. „Eher als sexy gealterter Professor für Kunst.“

Er kommt nah an mich heran, dass mein Herz einen Satz macht. „Ich? Als Professor? Du hättest mich nicht mehr beleidigen können."

Was macht dieser Mann nur mit mir?

Selbst im Angesicht der drohenden Gefahr glimmt ein Funken Lust in mir auf. Ich lehne mich nach vorne und flüsterte zurück: „Vielleicht lasse ich dich mich irgendwann dafür bestrafen." Meine Lippen berühren hauchzart seine Wangen. „Wenn wir nicht den Rest unseres Lebens im Knast verbringen werden."

„Reißt euch zusammen, oder nehmt euch ein Zimmer." Theo blickt ebenfalls nervös drein und scherzt mit Marco. „Diese sexuelle Spannung ist ja kaum auszuhalten."

„Dito, liebes Schwesterherz." Mein Blick fällt herausfordernd auf Marco, und ich raune ihr zu: „Aber zumindest habe ich nicht die Qual der Wahl und flüchte mich in Unnahbarkeit."

Wir lächeln gemeinsam, und ich schicke ein Stoßgebet gen Himmel, dass alles gut gehen möge.

„So, Herrschaften", ruft der Pitbull und unterbricht jedes Gespräch. „Die erste Schicht kommt Ihnen gleich entgegen, bitte halten Sie sich rechts und nehmen Sie nahtlos Ihren Platz ein."

Endlich werden die Tore geöffnet, und wir blicken in erschöpfte Gesichter. Schnell senken wir unsere Köpfe. Noch beobachten uns die Argusaugen der Überwachungskameras. Zu unserem Glück hat Vater darauf bestanden, dass sie ausschließlich um die Mauer postiert wurden, damit niemand unsere Schritte innerhalb des Zauns verfolgen kann. Wortlos schieben sich die „Kollegen" an uns vorbei. Sie haben mehrere Stunden

Arbeit hinter sich. Daddy wollte es immer perfekt, er brauchte ausgeruhte Kellner, die den Gästen jeden Wunsch von den Augen ablasen und daher in Schichten arbeiteten.

Ich kenne das – obwohl, kennen ist übertrieben. Früher habe ich die Kellnerinnen und Kellner, die ich als kleines Mädchen immer scherzhaft Pinguine genannt habe, von meinem Fenster aus beobachtet, während ich mich für meinen großen Auftritt auf der Wendeltreppe vorbereitet habe. Jetzt bin ich eine von ihnen und versinke in der schwarz-weißen Menge im Zigarettenqualm und dem aufdringlichen Duft von Fruchtkaugummi. Unterdessen brüllt eine strenge Lady im schlichten Kleid Kommandos. Fünf *Saints* in schlecht sitzenden Anzügen beobachten die Gruppe.

„Es geht los! Bitte halten Sie Ihre ID Cards bereit.“

Schon setzt sich die Menge in Bewegung.

„ID-Karten?“, will AJ wissen.

Panik erfasst mich. „Mist! Das ist neu.“

„Eine Vorsichtsmaßnahme“, erklärt Theo. „Cooper ist nicht dumm, er wird einige Änderungen vorgenommen haben.“

„Dann müssen wir dementsprechend reagieren“, sagt AJ selbstsicher, stolpert absichtlich und entschuldigt sich überschwänglich bei der Asiatin, die er angerempelt hat.

Er verzieht keine Miene, als er mir die ID-Karte in die Hand drückt und mit einer Kopfbewegung Marco stumm Befehle erteilt.

„*Si, patrón*“, flüstert der Mann und ist schon unterwegs. Nach einer Minute ist er wieder zurück und reicht den anderen unauffällig die kreditkartengroßen ID Cards. „Wir haben ein Problem, Boss.“

Ich betrachte meine genauer. „Einlasskontrollen mit Bild“, flüstere ich und blicke in das lächelnde Gesicht der jungen Studentin mit den asiatischen Gesichtszügen. Mit aufflammender Wut fahre ich mir durch das rote Haar. „Das passt ja super.“

AJ nickt, zeigt seinen Ausweis. Ein schwarzer, stämmiger Sportler. Auf Marcos ID-Karte ist ein untersetzter Brillenträger abgebildet. Nur bei Theo passt es zumindest im Ansatz, denn eine Frau mit Sommersprossen und Rotschopf grinst uns von der Karte aus an.

„Das war’s“, flüstere ich, ohne es zu wollen.

„Ganz bestimmt nicht.“ Sofort hat AJ sein Mobiltelefon in der Hand. „Showtime“, bellt er ins Handy und legt auf.

Eine halbe Minute später ertönt laute Musik vom Haupteingang. Sie übertrifft die murmelnde Menge und zieht innerhalb von wenigen Augenblicken die gesamte Aufmerksamkeit auf sich.

„Unsere Geheimwaffe ist eingetroffen“, schmunzelt Theo und stellt sich auf die Zehenspitzen, um das Spektakel zu verfolgen. „O Mann, ich wünschte, Adam könnte das noch erleben.“

Im nächsten Moment weiß ich, was sie meint. Unter dröhnender Rapmusik bahnt sich ein pinkfarbener Cadillac den Weg durch die Nobelkarossen.

Die Gesichter der umstehenden Gäste kann ich nicht erkennen, doch das Unverständnis und die pikierten Blicke dürften dem Wagen gewiss sein. *Rat* fährt bis an den roten Teppich, der sich von der Pforte des Haupttors zum Eingangsfoyer schlängelt, wirft dem

Angestellten den Schlüssel im hohen Bogen zu und steigt aus. Durch seine Feder am Zylinder sind seine großspurigen Schritte gut zu erkennen. Noch immer brüllt ein mir unbekannter Rapstar seine Reime aus den Lautsprechern des Wagens, als *Rat* Patricias Tür öffnet und sie für einige Sekunden die Show genießen.

Meinen Blick zieht es zu den fünf *Saints* und der Frau mit dem Klemmbrett. Nervös ruft sie in ihr Headset und fuchtelt so sehr mit den Armen, als würde sie ein Orchester dirigieren.

Wir drängen uns geduckt nach vorne.

Der Sommerwind trägt die ersten Vorboten des Streits vom Haupteingang zu uns. Lautstark beschwert sich *Rat*, warum ihm kein Einlass gewährt werde, obwohl er tief in die Tasche gegriffen habe, um sich eines der begehrten Tickets zu sichern.

Tatsächlich konnte man eine begrenzte Zahl an Eintrittskarten kaufen, der Erlös kommt karitativen Zwecken zugute. So wollte es Dad, und dafür habe ich ihn geliebt. Mit den Jahren wurde der Mayflower-Maskenball zu einer Institution in der New Yorker Ballsaison, doch auch die unterliegt bestimmten Regeln.

Stilvolles Auftreten gehört sicherlich dazu.

Höflich, aber bestimmt versuchen die Sicherheitsleute, *Rat* und Patricia das klar zu machen. Sie schreien, gestikulieren, wedeln mit der Einladung und reden gar von Rassismus und Klassenkampf.

Mit anderen Worten: Sie spielen ihre Rolle großartig.

Der Pitbull vor uns wird zunehmend nervös. Immer wieder sieht die Frau zum Haupttor. Als die versammelte Presse die beiden Paradiesvögel entdeckt hat und ihr Blitzlichtgewitter auf sie niedergehen lässt, wird es der Lady mit dem Klemmbrett zu bunt.

In ihrer Verzweiflung zieht sie vier der Sicherheitsleute von ihrem Posten ab, um die Situation am Haupttor zu bereinigen.

„Los", zischt AJ und drückt seinen muskulösen Körper wie eine Lokomotive durch die gaffenden Pinguine. Er schlägt eine Schneise, sodass wir keine Probleme haben, ihm zu folgen. Innerhalb von wenigen Augenaufschlägen sind wir an der Pforte angelangt.

Der einzige Sicherheitsmann scannt die ID-Karten gleichgültig und blickt zum Theater am Eingang. Er lächelt, der Pitbull zittert dagegen in größter Sorge.

Ruhig und konzentriert gehen wir durch die Schleuse und befinden uns endlich auf dem Gelände des Wohnsitzes der Familie Mayflower.

In meinem Zuhause.

Alles fühlt sich fremd und doch so vertraut an. Ich kenne jeden Winkel, bin auf jeden Baum geklettert, und doch will ich flüchten. Die Angst zieht mich von hier weg, obwohl ich eigentlich hierhergehöre.

„Alles okay bei dir, Maiblümchen?"

„Ja." Ich nicke und wappne mich. „Lass uns diesen Mistkerl fertigmachen." Zu meiner Überraschung beschleunigen sich meine Schritte auf dem Weg zur Villa.

Der große Park mit unserem Baumhaus liegt zu unserer Rechten, das Gewächshaus schmiegt sich links an das Wäldchen. Noch einmal sehe ich zum Haupteingang. Die Musik verebbt langsam, *Rat* und Patricia werden freundlich, aber bestimmt vom Ort des Geschehens entfernt, und der Motor des Cadillac spuckt seine letzten Töne.

„Ab jetzt sind wir auf uns allein gestellt", murmelt Theo missmutig, als hätte sie zu gerne *Rats* Show weiter gesehen.

„Und das könnte für uns zum Problem werden."

AJs Worte haben noch nicht meinen Verstand erreicht, als wir plötzlich alle erstarren und mir kein Ton mehr über die Lippen kommt.

Theodora befreit sich als Erstes aus ihrer Erstarrung. „Eine zweite Einlasskontrolle", flüstert sie gerade so laut, dass wir sie hören können. „Cooper muss die Sicherheitsvorkehrungen massiv verschärft haben."

Ich hebe meine Karte und betrachte noch einmal kritisch das asiatische Gesicht der Frau. Diesmal sind die Securityleute aufmerksamer und lassen sich Zeit mit dem Identitätscheck.

Mein Herz pocht so wild wie bei meinem ersten Kuss. Ich drehe langsam den Kopf. Die *Saints* in ihren schlecht sitzenden Anzügen haben sich wieder postiert. „Zurück können wir nicht."

„Und wenn wir uns jetzt schon unter die Gäste mischen?" Beinahe sehnsüchtig sieht Theodora Richtung Haupteingang.

„Gute Idee, da gibt es nur ein Problem", antwortet Marco und wirft uns seinen Rucksack vor die Füße. Zum Vorschein kommen die Jacketts der beiden Herren und vier venezianische Masken. „Wir würden zu sehr auffallen."

Erst Sekunden später verstehe ich, was er meint. Ein Blick über die Balustrade bis hin zum Balkon verschafft mir grausame Gewissheit. „Sie tragen alle die gleichen Masken", entfährt es mir, und ich muss mich zwingen, nicht blind vor Wut zum Eingang zu stürmen. Früher

konnte jeder seine eigene mitbringen, doch auch dies
gehört offensichtlich der Vergangenheit an.

„Das gibt es zum ersten Mal." Theodora tritt neben
mich. „Cooper weiß, was er tut."

„Gibt es einen Geheimgang? Einen Fluchtweg?", will
AJ wissen und sieht sich um.

Theo und ich schütteln die Köpfe. „Nur den am See,
um ins Baumhaus zu gelangen, und davon hat Cooper
Kenntnis", erklärt sie.

„Und was jetzt?" AJ atmet einmal tief ein.

„Wir brauchen die Masken." Mein Blick fixiert den
Balkon. Ohne sie anzusehen, tippe ich Theo auf die
Schulter. „Siehst du die?"

„Brigitte Weisman und ihre Glucken!"

Das Gegacker der fünf Frauen hätte ich selbst in der
Hölle wiedererkannt. Brigittes platinblonden Haare be-
wegen sich mit jeder Bewegung. Sie zieht kichernd an
der Zigarettenspitze und bläst den Qualm in die milde
Abendluft. Wie immer steht ihre Entourage aus Social-
Media-Stars und *Instagram*-Jüngern bereit, um jedes
Wort von *Big B* aufzusaugen, als wäre es eine Prophe-
zeiung.

„Erinnerst du dich, als sie an deinem zehnten Geburtstag eine Gegenveranstaltung im *Four Seasons* geplant hat, nur damit weniger Gäste zu deiner Party
kommen?", fragt Theo mit funkelnden Augen.

Ich nicke. „Oder wie sie dir die letzten Konzertkarten
der *Backstreet Boys* weggeschnappt hat, als du noch
auf Nick Carter gestanden hast?"

„Mmh", knurrt Theo. Nur eine Silbe, doch ich kann
hören, wie tief der Schmerz sitzt. „In der Privatschule

hat sie jedem erzählt, wie toll es war, und dass Nick ihr im Backstagebereich ein Ständchen gegeben hat."

Wir machen einen Schritt in Richtung Balkon.

„Denkst du, was ich denke?", frage ich.

„Wir sollten ihnen die Masken von den Visagen reißen und sie von der Balustrade stürzen, als wäre es eine Klippe?"

Geschockt wende ich mich zu meiner Schwester um. „Wow, ich dachte eher, dass wir ihnen die Situation erklären und sie bitten, uns die Masken freiwillig auszuhändigen. Aber deine Idee ist auch nicht schlecht."

Beschwichtigend hebt AJ die Hände. „Okay, Ladys, der Plan ist gut, aber an der Ausführung müssen wir noch feilen." Er betrachtet die mit Efeu bewachsene Fassade. „Marco, zieh dir das Jackett an, du bist ab jetzt der Sohn eines reichen mexikanischen TV-Moguls."

Mit gerunzelter Stirn reicht er AJ das Sakko. „Ich verstehe nicht, Boss."

„Spiel einfach mit", raunt Alexander, wirft sich die Jacke über und klettert die Fassade hinauf.

Sekunden später verstehe ich, was er vorhat.

„Ist das dein Ernst? Denkst du, du kriegst die Mädels einfach so rum?", zische ich und hätte ihn am liebsten am Fuß gepackt, um ihn herunterzuziehen. „Du bist so arrogant, dass mir fast schlecht wird, und bei Gott, das soll in dieser Situation etwas heißen."

„Könnte ich vielleicht erst mal den Job erledigen?", zischt er nicht minder wütend und blickt auf mich herab. „Wenn wir dann noch leben sollten, können wir uns gerne über meine Charakterschwächen austauschen, aber ich halte es für gefährlich, hier noch länger rumzustehen und zu diskutieren. Das wirst selbst du einsehen, Maiblümchen."

Während ich vor Zorn bebe, haben AJ und del Gardo mit wenigen Klimmzügen den ausladenden Balkon erreicht.

„Wow, was für hübsche Frauen", höre ich Marco noch sagen, dann gehen ihre Worte in interessiertem Gemurmel unter.

Zurückbleiben Theo und ich. Im Halbschatten unserer Villa tauschen wir ungläubige Blicke.

„Du musst zugeben, sie sind ziemlich heiß in den Smokings. Wenn sie Brigitte herumkriegen, ist der Rest ein Kinderspiel."

„Aber es wird ewig dauern, ihr Vertrauen zu erschleichen. So viel Zeit haben wir nicht." Mehrmals blicke ich mich um. Noch hat uns keine Patrouille erwischt. „Es muss noch einen anderen Weg geben, wenn ..."

„Kommt ihr?" Marcos Stimme ertönt so unverhofft, dass wir ihn ansehen, als wäre er ein Geist. „Warum trödelt ihr, Mädels?"

Noch einmal sehe ich zu Theodora, sie zuckt nur mit den Schultern und greift nach dem Efeu. Ich tue es ihr gleich, und mit wenigen geübten Handgriffen schwingen wir uns über die Balustrade auf den Balkon.

Schon in der ersten Sekunde bleibt mir das Herz stehen. „Was habt ihr getan?" Brigitte und ihre Gang liegen fein säuberlich nebeneinander in einer Sitzecke drapiert, als hätten sie zu tief ins Glas geschaut und wären im Rausch eingeschlafen.

„K.-o.-Tropfen", erklärt Marco lapidar, nimmt ihnen die silberfarbenen Masken ab und reicht sie uns. „Es musste schnell gehen."

Ich fasse es nicht. „Habt ihr immer K.-o.-Tropfen dabei?“

„Nur wenn es nötig erscheint“, antwortet AJ, rückt sein Sakko zurecht und streift die venezianische Maske über.

Del Gardo zuckt zustimmend mit den Schultern, und ich komme mir plötzlich sehr dumm vor. Anscheinend habe ich vergessen, dass wir es mit Verbrechern zu tun haben.

„Außerdem schlage ich keine Frauen“, führt AJ weiter aus.

Irgendwie einleuchtend. Der Zweck heiligt auch hier die Mittel. Theodora und ich öffnen kopfschüttelnd unsere Rucksäcke und tauschen das Kellnerinnenoutfit gegen zwei zerknitterte Abendkleider. Unter normalen Umständen hätte ich mich niemals in solch einem wenig glamourösen Aufzug auf einen Ball getraut, doch für heute muss es reichen. Schnell stecken wir uns die Haare hoch und setzen die Masken auf. Als Letztes streiche ich über AJs Messer in meinem Strumpfband. Theo schnalzt mit der Zunge. Gegenseitig prüfen wir unsere Garderobe und verstecken die Rucksäcke hinter einem Blumenkübel.

„Fertig?“, will AJ wissen und öffnet die Tür zum Ballsaal, ohne eine Antwort abzuwarten.

Ich muss zugeben, er sieht unverschämt gut aus. Der Smoking spannt über seinen durchtrainierten Körper, die Haare liegen perfekt in Form, sogar die Maske fügt sich perfekt in das Erscheinungsbild des Bikers. Obwohl seine Narben jetzt nicht mehr zu sehen sind, umgibt ihn eine Aura des Gefährlichen. Die Männer machen ihm Platz, als er in den Saal tritt.

Mit Nachdruck muss ich mich fokussieren und wünsche mir im nächsten Moment, ich hätte es nicht getan. Es kommt mir wie ein anderes Leben vor, dass ich zuletzt hier war, jedoch liegt mein Geburtstag nur wenige Tage zurück. Cooper hat an den Eisskulpturen festgehalten. Ich erinnere mich, wie ich mich als kleines Mädchen nicht an ihnen sattsehen konnte.

Die sanften Klänge des Klavierflügels werden durch den Raum getragen und untermalen das Stimmgewirr. Die farbenfrohen Kleider der Ladys funkeln und glitzern um die Wette, die Männer in schwarzen und mitternachtsblauen Anzügen wirken stilvoll und respekteinflößend. Unzählige Kellner reichen Horsd'œuvre und Champagner, Spendenboxen stehen unter den Porträts meiner Ahnen. Das Wappen unserer Familie prangt auf dem Boden, als wollte es mich verhöhnen.

„Ganz schön protzig“, raunt AJ. „Und hier seid ihr aufgewachsen?“

„Ja.“ Ich komme nicht umhin, ihm recht zu geben. Plötzlich verstehe ich Vater. Wir hatten Glück – viel Glück, und davon müssen wir etwas zurückgeben. Ich schließe die Augen für einen Moment und könnte mich selbst ohrfeigen, dass ich für diese Erkenntnis eine Mordanklage und eine Entführung gebraucht habe.

Schnell drehe ich mich zu Theodora um. „Wir müssen Vaters Vermächtnis fortführen.“

Es scheint, als hätte sie den gleichen Gedanken, und ergreift meine Hand. „Das werden wir, verlass dich drauf, Schwester.“

Ein geflüsterter Schwur folgt.

„Du führst Marco zur Technik, wir suchen Cooper“, entscheide ich dann.

„Das wird nicht einfach, Sam", flüstert meine Schwester zurück, greift sich ein Glas Champagner und spitzt die Lippen.

Zwischen all den Gästen, den Kellnern und den Künstlern patrouillieren immer wieder die *Saints*.

„Denen sollten wir aus dem Weg gehen", brummt AJ, nimmt sich ebenfalls ein Glas und stellt es mit angewidertem Gesichtsausdruck wieder auf das Tablett, nachdem er einen Schluck genommen hat. „Ich bleibe bei Whisky."

„Und was ist, wenn wir Mom finden, AJ?", will Theodora wissen.

„Ich traue Cooper alles zu. Vielleicht hält er sie sogar als Geisel. Wenn ihr es schafft, versucht, sie zu befreien, ansonsten müssen wir warten, bis unsere Show die Polizei auf den Plan ruft."

Theo nickt, noch einmal umarmen wir uns, dann lässt sie sich von Marco in die Menge führen und ist Augenblicke später zwischen feinen Stoffen und edlem Schmuck verschwunden.

„Und nun, Maiblümchen? Wo hält sich dieses Aas auf?"

„Wahrscheinlich mischt er sich unters Volk, versucht Geld für sein Vorhaben aufzutreiben." Ich knirsche mit den Zähnen. „Es gibt keinen besseren Ort, um Geld und Macht zu sammeln, als diesen Maskenball."

Ich nehme seine Hand und ziehe ihn durch die Menschenmenge, bis wir die Tanzfläche erreichen. Immer wieder sehe ich mich um.

„Wir sollten hier nicht so rumstehen", sagt AJ sichtlich nervös auf dem Parkett. „Das ist zu auffällig."

„Du hast recht." Ich ringe mir ein Lächeln ab. „Ich hoffe, du kannst Walzer tanzen."

Ein Blitzen in seine Augen muss mir genügen. Im nächsten Moment wirbelt er mich geschickt über die Tanzfläche.

„Du steckst voller Überraschungen, Alexander James Wallace."

„Meine alte Gouvernante bestand darauf, dass ich die Tänze lerne. Sie sagte immer, man wisse nie, wofür man so etwas braucht, und dass man sich allzeit sicher bewegen können sollte."

„Lebt sie noch?"

„Nein."

„Schade, ich hätte ihr gerne für die Weitsicht gedankt. Vielleicht ist es Schicksal."

„Glaubst du an so etwas?", will er wissen.

Ich erlaube mir, meine Gedanken schweifen zu lassen. Die Anspannung fällt von mir ab, und ich lege den Kopf an AJs Brust. Er wechselt in einen langsameren Tanzschritt. „Dass alles, was ich bisher getan habe, mich nur zu diesen Moment geführt hat?" Ich lehne mich zurück, blicke in seine dunklen Augen, in denen ich mich verliere. „Zu gern würde ich es glauben, aber ich habe Zweifel – und Angst."

„Die haben wir alle, Maiblümchen. Das Geheimnis ist, einfach weiterzumachen." Er streichelt meinen Nacken, mir wird heiß und kalt gleichzeitig, und als sich unsere Lippen berühren, blende ich alles um mich herum aus.

Ich schmiege mich an ihn und weiß es zu schätzen, dass ich diese Minuten mit ihm verbringen darf.

„Dort ist er!"

Seine Worte reißen mich so unbarmherzig aus meinem Tagtraum, dass mir schwindelig wird. Sofort ist die Wut wieder da und verdrängt alles Gute und Schöne in mir.

„Cooper", zische ich schmallippig wie der Bösewicht aus einem schlechten Film. Es verschafft mir Genugtuung, ihn so erschöpft zu sehen. Die Drogen und der Entzug haben ihre Spuren hinterlassen. Es muss wahrlich ein Teufelszeug in der Spritze gewesen sein. Obwohl er souverän wie immer wirkt, Hände schüttelt, dümmlich grinst und Komplimente an alte, reiche Ladys verteilt, erkenne ich, wie oft er sich den Schweiß von der Stirn wischt.

Am liebsten wäre ich ihm an die Gurgel gesprungen, doch drei *Saints* und ihr Anführer George begleiten ihn auf Schritt und Tritt.

„Er hat seine Privatarmee mitgebracht", knurrt AJ genauso angefressen, wie ich es bin. „So kommen wir nicht an ihn heran."

„Dann muss es die Show richten", stelle ich fest und hoffe inständig, dass Theodoras und Marcos Auftrag von Erfolg gekrönt ist.

Ungeduldig streiche ich über den Griff des Messers unter dem Abendkleid. „Genug Presse ist versammelt, es wird reichen, um Marge umzustimmen und vielleicht sogar, um seine Wahl zum Vorstandsvorsitzenden zu verhindern." Ich blicke auf die Uhr. „Noch eine halbe Stunde bis zu seiner Rede."

AJ nickt. „Dann sollten wir uns ..."

„Was ist los? Hat er uns gesehen?"

Seine schwungvollen Bewegungen enden sofort. Hastig dreht er sich um und ergreift meine Hand. Tatsächlich registriere auch ich, wie Cooper unbestreitbar oft in unsere Richtung sieht. Da Alexander überhaupt keine Ahnung hat, wohin er flüchten soll, übernehme ich die Führung und lotse ihn aus dem Ballsaal hinaus. Überall stehen Menschen, sie prosten sich zu, lachen und unterhalten sich über die neueste Entwicklung von Hedgefonds. Wir nehmen so unauffällig wie möglich die ausladende Treppe in der Eingangshalle.

Automatisch verlangsamen sich meine Schritte.

„Er wäre sehr stolz auf dich", tröstet mich AJ, als er bemerkt, wie wehmütig ich zur Treppe sehe. So viel Empathie hätte ich ihm gar nicht zu getraut. „Ein Teil von ihm wird dich für alle Zeiten begleiten."

„Seit ich denken kann, hatte ich meinen großen Auftritt vor Vaters Rede. Es war so ein Dad-Tochter-Ding. Etwas, worauf ich das ganze Jahr hingefiebert habe."

AJ drückt mich an sich. „Ich weiß, das ist kein Ersatz … aber wenn du möchtest … also, es wäre mir eine Ehre …"

„Danke", sage ich lächelnd, reiße mich vom Treppenabsatz los, und gemeinsam nehmen wir die Stufen nach oben.

Auf den weitläufigen Gängen nimmt die Anzahl der Gäste endlich ab. Zielsicher bahne ich mir einen Weg durch die Villa.

„Wo führst du uns hin?"

„Wir sollten uns bis zu Coopers Rede verstecken", sage ich und hoffe inständig, dass sich seine Männer hier nicht postiert haben, während ich die Hand auf eine Türklinke lege.

„Und wo?"

Ich drücke sie hinunter und atme erleichtert auf, als sie nachgibt und sich das Türblatt öffnet. „In meinem Jugendzimmer."

Kapitel 16 – Ein Hauch von Magie

Mehrfach entfährt mir ein Seufzen, als ich die Tür schließe und wir den Trubel hinter uns lassen. Mit schlafwandlerischer Sicherheit knipse ich zwei Nachtlichter an und lasse mich aufs Bett fallen.

Interessiert sehe ich mich um. Nichts hat sich verändert. Gar nichts.

Zumindest so viel Anstand hat Cooper.

„Schickes Zimmer." AJ mustert jeden Gegenstand und streicht über das riesige Puppenhaus, von dem ich mich nie trennen konnte. „Richtig schön pink. Wer ist diese junge Lady?", will er wissen und nimmt sofort die Puppe mit Brille und lilafarbenen Zöpfen in die Hand, die ihm vom Schrank aus direkt in die Augen geblickt hat.

„Das ist Miss Beasly. Vater hat sie mir geschenkt, als Mutter verschwand."

Er schnalzt mit der Zunge und setzt sie behutsam zurück auf ihren Platz. „Diamanten und Puppen. Tut mir leid, das muss sehr schwer für dich gewesen sein."

„Ich kann mich kaum erinnern", gebe ich zu und lasse mich auf die Bettdecke fallen. „Ich weiß nur noch, dass Vater furchtbar traurig war und nächtelang geweint hat. Das Gesicht meiner Mom verblasst immer mehr, und ich habe weder Muße noch Lust, mir alte Fotos anzusehen."

„Das klingt sehr verbittert", sagt er und setzt sich neben mich. Das Bett federt quietschend nach und unterbricht die Stille zwischen uns.

Ein Nicken bestätigt seine Annahme. „Was würdest du tun, wenn dich deine Mom mitten in der Nacht verlässt und nie wieder ein Sterbenswörtchen von sich hören lassen würde?"

Er knurrt zustimmend. „Wahrscheinlich das Gleiche." Wie Teenager hocken wir nebeneinander. Unsere Gesichter sind starr geradeaus auf die rosafarbene Wand meines Jugendzimmers gerichtet. Obwohl ich oft in Hotels genächtigt habe und sogar ein Apartment downtown besitze, schlafe ich gerne hier. Jedes Stück löst Erinnerungen in mir aus, schöne Gedanken an bessere Zeiten.

Zurückhaltend nimmt er meine Hand. „Komm mit mir, Samantha."

Selten hat er mich mit meinem Namen angesprochen. Ich traue mich nicht, ihm in die Augen zu sehen.

„Niemand wird uns finden. Ich kenne Zufluchtsorte, abgelegene Refugien, von denen keine Menschenseele etwas weiß. Nur wir, die Freiheit und unsere Bikes. Wir informieren Theodora und Marco und blasen die ganze Sache ab." Zum ersten Mal seit langer Zeit schleicht sich Unsicherheit in seine Stimme.

„Und deine Männer? Was ist mit Brooks und den anderen *Reapern*?"

„Natürlich." AJs Finger lösen sich, als wäre ihm das Gesagte hochnotpeinlich. Fast hätte er seine Leute in diesem Augenblick voller Schwäche und Magie vergessen. „Du hast vollkommen recht. Entschuldige bitte ... es war nur ... ein bescheuerter Traum.“

„Wir beide auf einem Motorrad, und nur der Sonnenuntergang leistet uns Gesellschaft?“ Endlich treffen sich unsere Blicke, und nun bin ich diejenige, die seine Hand ergreift. „Das ist nicht bescheuert, sondern wunderschön.“

„Nur leider wird auch dieser Traum nicht wahr werden, oder?“

Ich lehne mich an seine Schulter. „So ist das mit Träumen.“

Die Minuten vergehen schweigend.

Aus einem Impuls heraus drücke ich ihn in die weichen Federn meines Betts und schwinge mich auf ihn. Ein tiefer Kuss folgt, so voller Leidenschaft und Lust, dass niemand glauben würde, in welch gefährlicher Situation wir uns befinden.

Alexander zögert, streichelt lediglich behutsam meinen Nacken, doch als ich das Gewicht verlagere und das Becken gegen seinen Schritt drücke, verliert auch er die Beherrschung. Angst und Wut haben sich tagelang in uns aufgestaut, wie bei einem Kessel, der unter hohem Druck steht.

Wie zwei ausgehungerte Tiere küssen wir einander, ich spüre seine Hände in meinen kupferroten Haaren, seine Lippen an meinem Hals und seine Finger unter dem feinen Stoff des Abendkleids. Sein Sakko streife ich ihm mit wenigen Handgriffen ab. Noch immer tragen wir die Masken, während wir uns wie Süchtige liebkosen. Ich knöpfe mit zittrigen Fingern sein Hemd auf, fahre über seine mit Narben übersäte Brust und beiße so heftig in seinen Hals, dass ich die Muskelstränge unter seiner Haut spüre.

Zur Strafe stößt er mich von sich hinunter, ist in einem Satz auf den Beinen und zieht mich ebenfalls auf die Füße. Er packt meine Haare, dreht mich, sodass er seinen Schwanz an meinem Po reiben kann und bedeckt meinen Nacken mit Küssen. Gleichzeitig streichen die Fingerspitzen seiner freien Hand zärtlich über meine Schlüsselbeine. Alles in seinen Bewegungen hat Methode, um mich so scharf zu machen, dass ich es kaum noch aushalte. Langsam gleiten seine Finger weiter, streifen mir die dünnen Träger meines Abendkleids über die Schultern.

Ich presse den Rücken durch und stehe nur noch in Pumps und Strapse vor ihm, nachdem ich mich des Strumpfbands mit dem Messer entledigt habe. AJ bläst mir Luft in den Nacken. Eine Gänsehaut überzieht schlagartig meinen Körper. Er streichelt meine Knospen, zieht spielerisch daran und fährt über meine Seiten.

Ein Stöhnen entfährt meiner Kehle, ich drehe mich um und befreie ihn vom Rest seiner Kleidung. Als ich ihm die Hose abstreife, ragt mir sein Schwanz steinhart entgegen. Ich lasse ihn zwischen meine Lippen gleiten, benetze mit der Zunge den Schaft und übe mit den Fingern ein wenig Druck auf seine Hoden aus.

Diesmal bin ich diejenige, die etwas Atem auf seine feuchte Eichel haucht, nur um sie wieder in meinen Mund gleiten zu lassen.

Ich spiele so lange mit seinem Schwanz, bis es AJ nicht mehr aushält. Keuchend wirft er mich aufs Bett und zieht meinen Slip hinunter. Die Lust glänzt in seinen Augen, als er sich wie ein Tiger auf mich stürzt und mit der Eichel langsam meine nassen Schamlippen durchbricht.

Bereits mit dem ersten Stoß füllt er mich vollständig aus. Ich schließe die Augen und genieße, wie er nun an der Reihe ist, mit mir zu spielen. Langsam lässt er sein Glied aus mir gleiten, drückt seine geschwollene Eichel in meine intimste Stelle und hält inne. Wir tauschen leidenschaftliche Küsse, bis er sein Becken zärtlich nach vorne schiebt.

Er quält mich, will mich an den Rand des Wahnsinns bringen. Jede Bewegung ist mir viel zu langsam. Grob greife ich in seinen durchtrainierten Po und presse ihn an mich. Endlich spüre ich ihn so tief, wie ich ihn haben will.

Es ist eine Genugtuung zu sehen, dass auch er mit jeder Sekunde ein wenig mehr die Contenance verliert. Die Küsse werden wilder, seine Zärtlichkeiten gleiten ins Grobe ab, und jeder Stoß seiner Lenden wird intensiver und wollüstiger.

Ich greife ihm in die Haare, dringe mit der Zunge durch seine Lippen und ersticke sein Stöhnen, während meine Schenkel zu zittern beginnen und ich jeglichen Halt auf dieser Welt verliere. Wie eine Ertrinkende klammere ich mich an ihn, spüre den leichten Schweißfilm auf seiner Haut und den heißen Atem auf mir.

Ich taumele am Abgrund, das Prickeln im Unterleib wird übermächtig. Mein Blick fängt seinen ein, als sich der erste Orgasmus anbahnt und jeden Zweifel verbrennt.

Ich falle und falle und gebe mich einfach der Schönheit des Moments hin. Sekunden später kommen wir gleichzeitig, und unsere Körper werden eins.

Keuchend liegen wir uns in den Armen.

Noch immer spüre ich seinen Schwanz in mir, nur langsam beruhigt sich unsere Atmung.

„Du bist der erste Mann, den ich hierhin mitbringe“, breche ich nach einer ganzen Weile das Schweigen.

„Ist das ein Kompliment?“

Ich zucke mit den Schultern und flüchte mich in Sarkasmus. Langsam nehme ich die venezianische Maske ab und spiele mit seinen Brusthaaren. „Dad hätte dich gehasst.“

„Schade“, erwidert er lakonisch und zieht auch seine Maske hinunter. „Ich glaube, ich hätte ihn ganz cool gefunden.“

Der Satz bringt ihm einen weiteren Kuss ein. „Alexander?“

„Ja, Maiblümchen?“

„Egal, wie die Sache ausgeht: danke.“

Keine Erwiderung. Er drückt mich nur an sich.

Es ist genau das, was ich brauche.

Kapitel 17 – Masken

Einige Minuten später verlassen wir mit zerzausten Haaren mein Jugendzimmer.

In der Hoffnung, dass der Alkohol und der Rausch des Festes schon ihr Übriges getan haben und wir unerkannt bleiben, suchen wir uns in der Eingangshalle einen Platz an der linken Empore der ausladenden Mitteltreppe.

Vom Treppenabsatz wird Cooper seine Rede halten, genau wie Dad es jahrelang getan hat. Mit einem Mal flammt die ganze Wut wieder auf.

„Da sind sie", flüstert AJ, lehnt sich gegen meine Schulter und zeigt hinunter auf die Menschenmenge.

Zwischen den ganzen Masken erkenne ich Theo und Marco erst nicht, doch dann bemerke ich, dass sie mir an einer der Hauptsäulen am Eingang zuwinken. Mir fällt ein Stein vom Herzen. Del Gardo reckt den Daumen in die Höhe.

„Sie haben es geschafft", stelle ich überglücklich fest.

„Zumindest ein Pärchen war nicht untätig in der Zeit", raunt er zweideutig.

Gerade rechtzeitig zieht mich AJ hinter eine Säule. Erst will ich protestieren, dann erkenne ich Michael Cooper. Applaus brandet auf, als er die Maske abnimmt und ihm jemand ein Mikrofon reicht. Er posiert mit weit ausgebreiteten Armen auf dem oberen Treppenabsatz, bereit, den Ball offiziell zu eröffnen. Halb hinter ihm sehe ich Marge stehen – und mein Verstand setzt aus. Ich will zu ihr, sie umarmen, doch AJ hält mich bereits nach dem ersten Schritt zurück, bis ich mich wieder unter Kontrolle habe.

„Danke."

Voller Genugtuung stelle ich fest, dass der Applaus nicht einmal im Ansatz so frenetisch ist wie noch vor einem Jahr. Die Menschen klatschen peinlich berührt, fast verhalten. Ich muss lächeln. Die meisten haben das Werk meines Vaters also noch nicht vergessen.

„Meine lieben Freunde", beginnt Cooper und wischt sich Schweiß von der Stirn. Er wirkt fahrig, nervös, und selbst aus der Entfernung registriere ich, wie trocken seine Lippen sind. Mein Grinsen wird breiter. Ich wünschte, ich hätte ihm noch mehr Drogen in die Adern gepumpt.

„In aller Herzlichkeit möchte ich Sie und euch zum diesjährigen Maskenball zum Abschluss der Saison begrüßen."

Erneut höflicher Applaus.

Cooper bemerkt, dass der Schatten meines Vaters übermächtig ist und redet schneller. „Leider liegt ein trauriges Ereignis noch nicht lange hinter uns. Uns alle hat der feige Mord an Doktor Adam Mayflower in tiefe Trauer gestürzt." Er atmet schwer, senkt die Stimme. „Es schmerzt umso mehr, dass es mutmaßlich seine eigene Tochter gewesen ist, die, getrieben von Zorn und Habgier, das Leben eines außergewöhnlichen Mannes viel zu früh beendet hat."

Ich lasse meinen Blick über die Menge schweifen. Kein Applaus, die Menschen scheinen verstört. Ein paar wenige nicken, die meisten halten sich mit Emotionen zurück und wagen sich nicht aus der Deckung.

Noch ist nicht alles verloren. Doch je öfter Cooper den Gedanken aufgreift, desto mehr wird er sich in den Köpfen der Menschen festsetzen, bis ein Gerücht schließlich zur bequemen „Wahrheit" wird.

„Ich sehe viele Projekte, die Doktor Mayflower mit ganzer Kraft unterstützt hat." Cooper deutet in die Gästeschar. „Dort zum Beispiel erkenne ich den Polizeipräsidenten Lee und ein paar seiner tapferen New Yorker Cops – ich sage Ihnen, Sir, die jährlichen Zuwendungen werden weiterhin bestehen bleiben."

Diesmal brandet der Applaus deutlich stärker auf, und mein Kiefer mahlt. Er versucht, die Zuneigung der Menge mit Geld zu erkaufen. Mehr ärgert mich allerdings, dass es ihm zu gelingen scheint.

„Genau wie für unsere legendären Firefighter aus der besten und schönsten Stadt der Welt", setzt er nach. „Ein Applaus bitte für unseren Helden vom Fire Department. Auch Ihre Bälle und Feste sind durch Mittel aus der *Mayflower Incorporation* gesichert." Das Klatschen wird intensiver und vermischt sich mit vereinzelten Jubelrufen. „Auch die finanzielle Unterstützung der Kinder- und Tierheime, die der großartige Gönner Doktor Mayflower bedacht hat, werden wir nicht einstellen."

Ich blende die Jubelorgie aus und fixiere meine Stiefmutter Margarete mit festem Blick. Wegen der Maske kann ich ihr nicht im Geringsten ansehen, wie sehr sie sich sträubt oder wie stark sie leidet.

Ich muss sie erreichen, mit ihr sprechen, sie befreien aus diesem Irrsinn – irgendwie.

„Bevor ich diese wundervolle Tradition von Doktor Mayflower übernehme und in aller Demut den Ball eröffne, möchte ich Sie bitten, weiter für seine karitativen Projekte zu spenden." Cooper holt Luft, legt die Hand an seine Brust. „Er war mein Mentor, ja beinahe schon mein Ziehvater. Sein größtes Anliegen war es, die Schwachen zu unterstützen." Er atmet ins Mikrofon, als würden ihm die Worte unendlich schwerfallen. „Aus diesem Grunde sehe ich mich in der Pflicht, sein gutes Werk fortzuführen und den Aufsichtsrat zu bitten, mich als neuen Vorstandsvorsitzenden zu ernennen."

Seine Lügen sind versteckt zwischen Geschenken und warmen Floskeln. Meine Hände ballen sich zu Fäusten. Ich lehne die Wange an die kalte Säule, und nur AJs sanftem Griff an meiner Schulter ist es zu verdanken, dass ich Cooper nicht vor aller Augen an die Gurgel springe.

Der Familienanwalt lässt locker eine Hand in die Hosentasche seines Anzugs gleiten. „Als eine meiner ersten Amtshandlungen werde ich die neue Port City an den Docks vorantreiben. *Ladies and gentlemen*, noch können Sie in dieses Megaprojekt investieren! Ich rede von Penthäusern, Einkaufspassagen, Büro- und Geschäftsräumen am neuen Mittelpunkt der Stadt, und das alles nur ..."

Seine Lippen bewegen sich weiter, doch jemand hat das Mikrofon abgestellt. Danke, Marco. Danke, Theo.

Meine Ohren werden groß. An die Säule gepresst, beuge ich mich nach vorne und lausche den entlarvenden Worten, die ich selbst in der Fabrikhalle von Cooper aufgezeichnet habe.

„... in einer Sache hast du recht: Es ist wahnsinnig anstrengend, die Firma an sich zu reißen.“

„Es war also doch geplant?“

„Nennen wir es Fügung. Und natürlich kann ich mich dem Schicksal nicht verweigern. Wer wäre am besten geeignet, sich vom Aufsichtsrat als Vorsitzender der *Mayflower Incorporation* bestätigen zu lassen? Das musst selbst du zugeben.“

„Es war alles Teil des Plans?“

„Nun, wenn du so möchtest.“

Das Gespräch hallt laut in der Eingangshalle. Sofort sind die Paparazzi zur Stelle, halten ihre Mobiltelefone in die Höhe und machen fleißig Fotos oder filmen.

„Das muss ein technischer Defekt sein!“, brüllt Cooper gegen seine eigene Stimme an. „Ich bin mir sicher, das Problem ist gleich unter Kontrolle.“

Sofort schwärmen seine Bodyguards aus.

Hektische Blicke wechseln sich mit nervösem Lächeln ab.

Beschwichtigend hebt er die Hände und fährt sich über die schweißnasse Stirn. „Das ist natürlich nur ein kleiner Scherz, eine Auflockerung.“

Die ersten gut betuchten Gäste verlieren die Geduld.

„Was hat das zu bedeuten, Michael?“

„Wollen Sie uns auf den Arm nehmen?“

Polizeipräsident Lee ist schon immer ein großer Anhänger meines Vaters gewesen. Mit ein paar seiner Männer macht er einige Schritte in Richtung Treppe.

„Nur ein kleiner Defekt“, beschwichtigt Cooper gebetsmühlenartig. Noch hat er die Meute unter Kontrolle, doch mit jedem Wort, das aus den Lautsprechern dringt, werden die Gäste unruhiger.

Als immer mehr Handys in die Höhe gehalten werden, blicke ich zu Marge. Endlich ist ein Zucken auf ihrem Gesicht zu erkennen. Hastig sucht sie mit den Augen den Raum ab. Anscheinend hat sie schneller als alle anderen verstanden, wer für diese unfreiwillige Einlage verantwortlich ist. Ich traue mich zwei Schritte hinter der Säule hervor, ziehe die Maske vom Gesicht und lasse sie aus der Hand gleiten. Nur Sekunden später entdeckt mich Marge, und ihre Schritte beschleunigen sich.

Wir drücken uns so fest, dass mir die Luft wegbleibt.

„Da bist du ja, Kindchen“, sagt sie und streicht mir über die Wangen. „Ich hatte so gehofft, dass du kommst und diesem grausamen Mistkerl das Handwerk legst.“

„Marge, ich … ich wusste nicht, was ich tun sollte“, stammle ich vollkommen überfordert. „Ich … ich habe Dad nicht umgebracht! Das musst du mir glauben.“

„Natürlich, Schätzchen“, erwidert sie. Ich bin erleichtert, ihre warmen Hände auf meinen zu spüren. „Cooper war es, er hat uns alle betrogen, hält mich gefangen und überwacht alle Gebäudeausgänge.“ Sie sieht sich nach allen Richtungen um. So habe ich meine Stiefmutter noch nie gesehen. „Wir sind hier nicht sicher. Triff mich in Adams Büro und bring Theodora mit, dort können wir ungestört reden und uns überlegen, wie wir diesen unsäglichen Mistkerl zur Strecke bringen.“

Ihre kämpferischen Worte flößen mir Mut ein. Endlich schöpfe ich Hoffnung.

„Und beeil dich“, sagt sie noch, zieht ebenfalls ihre Maske ab und verschwindet hinter Cooper auf der Treppe hinauf zur zweiten Etage.

Unser Anwalt, der Mann, dem wir am meisten vertraut haben und der sich in einen Verräter verwandelt hat. Cooper versucht immer noch, den Fragen der Gäste Einhalt zu gebieten. Die Biker der *Saints* werden ruppiger, ein paar legen sich sogar mit den Cops in ihren Gardeuniformen an. Der Schnauzbart des Polizeipräsidenten zittert gewaltig, Lee fordert Erklärungen.

Still juble ich und koste jede Sekunde dieses unwürdigen Schauspiels aus. Cooper ist da, wo er sein wollte – in der Öffentlichkeit, doch beileibe nicht so, wie er es sich gewünscht hat. „Wir müssen Theo und Marco finden."

AJ nickt hastig. „Ich kümmere mich darum. Wo ist das Büro deines Vaters?"

„Im dritten Stock."

„Gut, geh du zu deiner Stiefmutter und finde heraus, wie wir ihn zu Fall bringen können. Vielleicht hat sie einen Beweis. Ich komme mit den beiden nach." Er streift sich die Maske ab und zieht seine Waffe. „Und, Maiblümchen?"

Als ich mich umdrehe, drückt er mir einen Kuss auf den Mund. „Sei bitte vorsichtig."

„Wie klischeehaft." Ich kann mir ein Lächeln nicht verkneifen. „Aber danke, du auch."

Ein letzter Blick, dann nimmt er die Seitentreppe, streift die Maske wieder über und ist in der nächsten Sekunde in der Menge verschwunden. Ich gehe wenige Yards hinter Cooper die Treppe hinauf. Nur ein kurzer Stoß und er würde über die Brüstung fallen. Oder ein schneller Hieb mit dem Messer und er würde für immer schweigen. Doch dann wäre ich das, zu dem er mich machen will – eine Mörderin.

Ich beiße die Zähne zusammen und haste an ihm vorbei. Noch bevor ich den ersten Schritt auf die Treppe zum dritten Stock setzen kann, schallt seine Stimme vom Band durch die Halle.

„Ich hoffe, du weißt, was du tust, du kleine Schlampe.“

Kapitel 18 – Sternentanz

Erst als ich Dads Büro betrete, fühle ich mich seit langer Zeit endlich wieder zu Hause.

Nichts hat sich verändert, sogar der süßliche Duft des Pfeifenrauchs liegt noch in der Luft. Ich schließe die Tür hinter mir und halte für einen Moment inne, als ich das Sofa betrachte, auf dem ich als kleines Kind die Nächte verbracht habe, weil ich lieber bei ihm als in meinem Bett schlafen wollte.

„Ich komme oft hier hoch, wenn der Schmerz zu groß wird", flüstert Marge. Sie steht mit dem Rücken zu mir vor dem Fenster hinter Vaters Schreibtisch. Die Balkontür steht offen, sodass etwas Wind ins Zimmer getragen wird. „Und leider war das sehr oft in letzter Zeit."

Sie dreht sich um, läuft erleichtert auf mich zu und drückt mich ein zweites Mal an diesem Abend. Ich kann gar nicht anders, am liebsten hätte ich sie nie mehr losgelassen.

„Marge, was ist passiert? Wie konnte Cooper das nur tun?"

„Ich weiß es nicht, Kindchen." Sie löst sich von mir und schüttelt den Kopf. „Er scheint es von langer Hand geplant zu haben. Diese Grausamkeit, Port City bei den Docks, der Plan, sich zum Vorsitzenden wählen zu lassen, und der Tod von Adam – das alles ist sein Werk!"

Infernale Wut kocht in mir hoch. Ich bin nicht imstande, auch nur einen klaren Gedanken zu fassen. Am liebsten würde ich ihm Unaussprechliches antun.

„Er wollte mich zwingen, dass ich dem Aufsichtsrat empfehle, ihn als neuen Vorsitzenden anzuerkennen. Eine Ahnung hatte ich schon immer, doch erst in den letzten Tagen habe ich erkannt, was er wirklich vorhat." Ihre Stimme zittert, die Augen tränennass vor Scham. „Bitte verzeih mir, Samantha. Ich hätte es eher wissen müssen, doch erst seine grausamen Worte haben jeden Zweifel im Keim erstickt." Sie zieht mich wieder an sich. „Er ist zu mächtig, um am Leben zu bleiben", flüstert sie, als würden die Wände Ohren haben. „Seine schmierigen Hände halten zu viele Strippen."

Noch bevor ich verstehe, was sie damit meinen könnte, umrundet sie Vaters Schreibtisch und öffnet die oberste Schublade. Den alten Springfield-Pistolenkarabiner Modell 1855 erkenne ich sofort. Nur etwas über viertausend Stück wurden von der altertümlichen Waffe hergestellt, die einst berittene Dragonertruppen der US-Kavallerie im Kampf helfen sollten. Vater hat oft davon geredet.

Vorsichtig streicht Marge über das dunkle Holz der Waffe. „Es gibt nur eine Möglichkeit, um seinem Treiben ein Ende zu setzen." Leichtfüßig kehrt sie zu mir zurück und legt die Pistole in meine Hände. „Glaub mir, Kindchen, die Wahrheit wird ans Licht kommen, und ich werde aussagen, dass du in Notwehr gehandelt hast. Jeder wird es verstehen, Richter und Jury werden dich freisprechen, und endlich kannst du das Erbe antreten, das dir von Geburt an zusteht."

Es erscheint mir so, als würde die Waffe Tonnen wiegen und mich in den Boden ziehen. „Aber es muss doch eine andere Möglichkeit geben!" Ich blicke zur Tür. „Selbst der Polizeipräsident hat gehört, dass etwas nicht stimmt, die versammelte Presse wird Artikel ..."

„... alles Schall und Rauch." Sie streicht mir wieder über die Wange, sieht mir tief in die Augen, und ich weiß, dass sie recht hat. „Cooper ist klug, er hat Verlage, Websites und Cops in der Hand. Glaub mir, Samantha, es ist die einzige Möglichkeit, um die Sterne der Mayflower zu beschützen."

Meine Finger gleiten zum Hals. Behutsam streichle ich über den Diamanten. Ich habe ihn viel zu lange nur als teures Schmuckstück betrachtet. Erst jetzt wird mir klar, dass große Verantwortung mit ihm einhergeht.

„Wir könnten gemeinsam vor die Presse treten. Vielleicht ..."

Meine Worte versiegen, als Marge die Waffe durchlädt. „Durch das *Maynard*-Zündsystem wird es kurz und schmerzlos passieren", flüstert sie. „Nur eine Kugel, eine kurze Bewegung am Abzug und du hast dein Leben zurück. Niemals mehr kann er dir dann etwas antun, und der Tod deines Vaters wäre gerächt."

Ich zittere am ganzen Leib. Ein Poltern dringt mit einem Mal aus dem Flur, und die schwere Eichentür wird aufgestoßen.

„O Gott", entfährt es mir, als ich die drei erkenne.

Ihre Hände sind auf dem Rücken gefesselt, AJ hat eine Platzwunde am Kopf. Ein Träger von Theos Kleid ist gerissen, und auch Marco sieht nicht so aus, als hätte er sich kampflos ergeben. Vier *Saints*, darunter George, begleiten den vor Wut rasenden Cooper.

„Du glaubst, dass du mich mit deinen kleinen Taschenspielertricks verhaften lassen kannst?", fragt er rot vor Zorn, greift in seine Innentasche und holt einen kleinen Plastikbeutel mit weißem Pulver hervor. Fachmännisch legt er sich eine Linie auf den Handrücken und zieht sie in die Nase. „Ich hätte dich in der Lagerhalle töten sollen, anstatt mit dir zu spielen."

„Du siehst, wozu er fähig ist", kreischt Marge und versteckt sich hinter mir. „Tue es, Schätzchen. Es ist die einzige Möglichkeit."

„Mit dem Ding da?" George hält AJ fest im Griff und beginnt zu lachen. „Leg es weg. Vielleicht sind wir dann etwas netter zu dir. Damit wirst du dich nur selbst verletzen, Kleines."

Die Mündung der schweren Waffe hebt sich. Ich ziele direkt auf Coopers Gesicht. Er wird kreidebleich.

„Was hast du vor, Samantha?" Die Blicke wechseln zwischen Margarete und mir. „Und warum hältst du die Schlampe nicht auf, Marge? Immerhin ist es dein Plan gewesen."

Ich drehe den Kopf leicht. Aus dem Augenwinkel erkenne ich, wie sich meine Stiefmutter noch weiter hinter mir verschanzt.

„Lüge!", brüllt sie aus Leibeskräften. Behutsam schiebt sie die Hand unter meinen Arm und stützt die schwere Waffe. „Er versucht, uns gegeneinander auszuspielen", zischt sie. „Siehst du denn nicht, wie er Gift und Galle spuckt, um seine Ziele zu erreichen? Er hat deinen Vater vergiftet und es so aussehen lassen, als wäre es dein Werk gewesen. Es war alles sein Plan, seine Ausführung, seine Schuld."

Ich weiß nicht mehr, was ich denken soll. Meine Haut steht in Flammen, während mein Herz von Eiszapfen durchbohrt wird.

„Ist das wahr?", will ich zwischen zusammengepressten Zähnen wissen.

„Bullshit!" Cooper greift erneut nach den Drogen. Seine Finger zittern so sehr, dass sich das Pulver wie rieselnder Schnee auf dem teuren Holzparkett verteilt. „Marge, ist das dein beschissener Ernst? Du hast mir den Plan eingeflüstert, in jeder Nacht, in der du mir einen geblasen hast. Du hast das Gift besorgt und in seinen Tee geschüttet!"

„Mom?" Auch Theos Gesicht ist fahl wie der Tod selbst. „Was redet er da?"

„Nur Unsinn, Kindchen", bekräftigt die Frau und schiebt mich weiter zu Cooper. „Er ist ein Blender." Sie kommt ganz nah an mich heran. „Tu es, sonst hat dieser Albtraum nie ein Ende."

„Ihr Weiber!" Verächtlich schüttelt Cooper den Kopf. Sein Gesicht ist vor Zorn und Drogenrausch vollends verzerrt. Nichts ist mehr übrig von dem charmanten, abgeklärten Mann, in den ich mich als kleines Mädchen verliebt habe. „Ich hätte wissen müssen, dass du mich nur benutzt, um an sein Erbe zu kommen. Niemals hätte ich dich alte Schachtel in mein Bett lassen sollen." Er grinst an der Grenze zum Wahn. „Immerhin waren deine Blowjobs Weltklasse." Wie ein Imperator im alten Rom schnippt er mit den Fingern.

Sofort ziehen die *Saints* ihre Waffen, vor der Tür nimmt der Tumult zu. Offensichtlich haben die Sicherheitsleute wachsende Schwierigkeiten, den Fragen der Cops und Presseleute auszuweichen.

Marge duckt sich hinter mich. „Uns läuft die Zeit davon. Glaub diesem Judas kein einziges Wort. Er wird sich immer wieder aus der Verantwortung stehlen." Sie gibt mir einen kleinen Stoß. „Die Justiz wird ihn nicht richten, deshalb musst du es tun. Es ist deine Aufgabe, Samantha, deine Pflicht und dein Erbe. Tue es!" Der Ton gleitet in einen Schrei ab. „Tue es endlich!"

Zwischen blinder Wut und Rachegefühlen erkenne ich etwas, das mich für den Bruchteil einer Sekunde klar sehen lässt. An Marges Hals glitzern drei Diamanten. Es sind die letzten drei Sterne der Mayflowers. Als würde mir ihr Funkeln den Weg aus der Wut weisen, lasse ich die Waffe sinken.

„Du trägst die Sterne", sage ich gedankenverloren.

Erst versteht sie nicht, was meine Worte zu bedeuten haben, dann greift sie sich erschrocken an den Hals. „Dein Vater hätte es sicherlich so gewollt", sagt sie entschuldigend. „Es ist doch besser, als würden sie in einer Vitrine verstauben."

Zweifel vergiften mich.

Ich mache einen Schritt zur Seite. „Sag mir die Wahrheit! Hast du etwas mit dem Mord meines Vaters zu tun?" Meine Stimme überschlägt sich.

„Natürlich hat sie." Cooper lacht schrill. „Es war ihr Plan, ihr Mord. Sie wollte an dein Erbe, doch dafür musste sie dich zur Verbrecherin machen ..."

„... damit ich das Erbe nicht antreten darf", flüstere ich und mein Blick senkt sich.

Plötzlich verwandeln sich Marges Züge. Sie greift unter ihr Kleid, und auf einmal blicke ich in den Lauf einer Pistole.

„Du warst schon immer schwer von Begriff." Die weinerliche, fast flehende Stimme ist mit einem Mal verschwunden und etwas gewichen, das ich nur schwer einordnen kann. „Natürlich musste ich verhindern, dass Adam unser schwer verdientes Geld mit vollen Händen aus dem Fenster wirft." Marge lacht genervt auf. „Was hättest du getan? Ich weiß nicht, ob du es mitbekommen hast, Kindchen, aber seit Adam tot ist, geht es mit der *Mayflower Incorporation* wieder aufwärts." Sie legt den Finger an den Abzug. „Dafür musstest du nur den Sündenbock spielen, damit Theodora in der Erbfolge nachrückt." Sie richtet sich die Haare, entfernt sich etwas von mir und sieht voller Argwohn zu AJ und Marco. „Und du bist mir auch noch wie ein Lamm in Adams Büro gefolgt und hast mir genug Zeit gegeben, unsere Sicherheitskräfte zu informieren, um deine Handlanger in Gewahrsam zu nehmen." Ihr Blick wandert weiter. „Und meiner Tochter hast du auch den Kopf verdreht."

„Mom, sag, dass das nicht wahr ist!" Theo ignoriert die *Saints* und macht einen Schritt nach vorne. „Sag, dass das nicht wahr ist!"

„Komm schon, Theodora, stell dich nicht so an. Wir haben nicht jahrelang im Schatten gelebt und so hart gearbeitet, damit uns alles wieder genommen wird." Ihre Augen sind so kalt, dass es mich fröstelt, als sich unsere Blicke treffen. Sie hebt die Waffe. „Es tut mir leid, Samantha. Aber es gibt keinen anderen Ausweg."

Alles um mich herum läuft in Zeitlupe ab. Mein Herz fühlt sich an, als wäre es mit einem glühenden Schürhaken traktiert worden.

Das war's also. Gerichtet von jenen, die ich am meisten liebe. Ich schließe die Augen und erwarte den kalten Hauch des Todes.

„Nein!" Ich vernehme Theos markerschütternden Schrei, öffne die Augen wieder und sehe, wie sie sich von dem Securitymann losreißt, der ihr nachgesetzt hat. Mit voller Wucht wirft sie sich gegen ihre Mutter. Polternd gehen beide zu Boden. Die Waffe entgleitet Marge.

AJ und Marco nutzen die Gunst der Stunde und rammen ihren Bewachern die Knie in die Magengrube. Doch gegen die Überzahl haben sie keine Chance. Cooper verpasst AJ einen Haken, hebt die Pistole vom Boden auf und richtet sie auf mich.

Seine Augen funkeln im Wahn. „Du wolltest es nicht anders, Prinzessin."

Der Tumult vor der Tür wird lauter. Nur noch wenige Augenblicke und die Cops werden sie aufbrechen. Wen werden sie festnehmen? Wie weit reichen Coopers Seilschaften tatsächlich? Und wie viel ist mein Wort als vermeintliche Mörderin wert?

Alle Fragen sind gleichgültig, wenn wir dann nicht mehr am Leben sind.

In diesem Moment blitzt in Coopers Augen etwas auf, das meine Angst in ungeahnte Höhen treibt und mein Blut zu Eis gefrieren lässt. Nur noch Hass, nur noch Wut. Ich sehe mich selbst von außen, reiße die antike Waffe hoch und will auf ihn feuern, doch Cooper ist schneller. Panisch und hilflos zugleich muss ich mit ansehen, wie der Schuss aus seiner Pistole als Erstes zündet.

Mein Leben ist vorbei.

Doch es ist nicht wie in den Filmen, wo es im Zeitraffer vor dem geistigen Auge abläuft. Ein teuflischer Schrei dringt an meine Ohren, ein Schatten bäumt sich neben mir auf. AJs Sprung mit auf den Rücken gefesselten Händen gleicht dem eines Panthers. Sogar im Flug spannt er sein Kreuz, um dem Projektil möglichst viel Fläche zu bieten.

Ein weiterer Schrei entfährt ihm, als er auf dem Boden aufschlägt, der unter seinem Gewicht erzittert. Erst dann löst sich der Schuss aus meiner Waffe und durchschlägt Coopers Schulter.

„Schlampe!", brüllt er aus vollem Hals und greift sich an die Wunde, während ich mich neben AJ werfe.

Unverständliche Worte verlassen seine Lippen. Ich presse die Hände auf seine Brust, als könnten allein meine Berührungen die Verletzungen heilen.

„Du verdammter Mistkerl", flüstere ich und sehe mit Entsetzen, dass sich meine Hände rot vor Blut färben.

„Sorry, Maiblümchen. Aber den Märtyrertod gönne ich dir nicht."

„Du dummer, dummer Idiot." Ich vergesse die Welt und mich herum und versuche, die Blutung zu stillen.

In diesem Moment fliegt die Tür mit einem lauten Knall auf. Mein verzweifelter Versuch, die Cops zu beschwichtigen, wird von der rauen Stimme des Polizeipräsidenten im Keim erstickt.

„Hände hoch", brüllt er leicht angesäuselt. „Na, wird's bald!"

Ich erkenne, wie Cooper die Flucht über den Balkon antritt.

Es ist mir in diesem Augenblick vollkommen gleichgültig, was mit ihm oder Marge geschieht. Hauptsache, dem Mann, der sich ohne zu zögern für mich in eine Kugel geworfen hat, überlebt diese Horrorversion einer Familienfeier.

„Wag es ja nicht, hier einfach zu sterben!"

„Sogar jetzt bringe ich dich noch zum Rasen." Alexander lächelt matt, seine Lider beginnen zu flattern. „Ein Biker und eine Prinzessin, die Story war ohnehin zum Scheitern verurteilt."

„Nein, ganz und gar nicht", zische ich und binde die Wunde notdürftig ab. Meine Worte sind voller kindlichem Trotz. „Das entscheidest nicht du und nicht auf diese Weise."

„Ich werde nie bereuen, dass ich an unser Märchen geglaubt habe." Er hustet, doch kein Blut tritt aus seinem Mund. Die Lunge scheint nicht getroffen zu sein. Vielleicht gibt es noch Hoffnung. „Hast du nicht noch andere Dinge zu tun, als dich um einen Kriminellen zu kümmern?"

Zwei Cops knien nieder, sprechen bereits in ihre Mobiltelefone und leisten Erste Hilfe.

„Na, geh schon", krächzt AJ, bevor er von einem weiteren Hustenkrampf geschüttelt wird. „Wird's bald!"

Verschreckt stehe ich auf. Sofort sind weitere Männer bei ihm, und jemand hilft Theodora auf die Beine und befreit sie von den Fesseln. Noch immer sind die Nachwehen des Kampfes sichtbar. Immer mehr Cops und Presseleute drängen in das geräumige Büro, die drohende Stimme von Polizeipräsident Lee schwebt über allem, und dennoch leisten einige *Saints* Widerstand.

Von Cooper und George allerdings fehlt jede Spur.

Gerade so erkenne ich, wie Marge auf den Balkon flüchtet. Ohne einen weiteren Gedanken an die Konsequenzen zu verschwenden, folge ich ihr.

Der Nachtwind hat die Wärme aus der Stadt getrieben und zerrt an meinem Abendkleid. Wolken türmen sich im Mondlicht am Firmament auf.

Wie oft war ich hier und habe die idyllische Ruhe der Dunkelheit genossen. In dieser Nacht ist es anders. Keine Grillen zirpen, keine Kröten rufen zur Paarung, nur Motorengeräusche beherrschen die Geräuschkulisse. Auf Vaters gepflegtem Rasen ist ein Hubschrauber gelandet. Wäre Dad schon begraben und würde nicht auf dem kalten Metall der Gerichtsmedizin auf seine letzte Ruhe warten, er hätte sich im Grabe umgedreht.

Hilflos muss ich zusehen, wie mein ehemaliger Schwarm und Anwalt Michael Cooper in den Heli steigt. Vater hat ihn protegiert, war sein Mentor – verdammt, ich glaube sogar, dass er ihm sein Leben anvertraut hätte. Dass er seinen Handlanger George im Schlepptau hat und beide wie feige Kakerlaken die Flucht antreten, sieht ihm ähnlich.

Noch einmal dreht er sich zu mir um. Für einen Moment scheint es, als würde er Abschied nehmen wollen. Ein letzter Gruß in finsterer Nacht, doch Sekunden später verstehe ich, dass selbst diese Geste nur der Berechnung dient.

„Wartet auf mich!"

„Marge?"

Ich blicke über die Brüstung.

Cooper und George müssen über das Geländer geklettert sein, haben sich eine Etage tiefer an einem der unzähligen Wasserspeier festgehalten und konnten sich von dort aus nach unten hangeln. Ein steinerner Gargoyle liegt in Trümmern in unserem Garten zwischen Vaters Rosen. An seiner Stelle klafft nun ein großes Loch. Es muss bei Marges Fluchtversuch entstanden sein.

Sofort knie ich mich hin und reiche der eine Armlänge unter mir hängenden Marge die Hand.

„Nimm meine Hand!", rufe ich.

Ihr Dutt hat sich gelöst, sodass ihr die schlohweißen Haare wie ein Schweif um den Kopf wehen. Das Kleid flattert im Abendwind.

Marge dreht sich Richtung Helikopter. Sogar jetzt bewahrt sie Haltung, und nur ein Kopfschütteln verrät, dass der Plan ein ganz anderer gewesen ist.

„Du verstehst doch, dass ich so handeln musste, oder, Kindchen?" Der Tonfall ist ruhig, und nur die Anstrengung in ihrer Stimme lässt erkennen, dass wir uns nicht beim Tee befinden. „Es war die einzige Möglichkeit, euer Erbe zu retten."

„Indem du meinen Vater getötet hast?", rufe ich und recke mich weiter nach vorne, um ihre Hand zu erreichen. „Und mich zur Mörderin machen wolltest?"

„Es war ein friedlicher Tod." Obwohl ich rasend vor Wut bin, besänftigen mich ihre Worte. „Ich habe Adam geliebt, das musst du mir glauben. Doch im Alter hat sein Wunsch, den Armen und Schwachen zu helfen, immer groteskere Züge angenommen. Er hat Millionen gespendet, die eigentlich in die Firma hätten investiert werden müssen. Bald schon wären wir auf der Straße gelandet, hätten Tausende Mitarbeiter entlassen müssen. Mittellos, verarmt und zum Gespött der Leute degradiert. Das konnte ich nicht zulassen."

„Und deshalb musstest du ihn töten?"

„Hätte ich dabei zusehen sollen, wie alles den Bach hinuntergeht?", zischt sie und rutscht ein Stück ab, da sie die Kräfte langsam, aber sicher verlassen. Panik mischt sich in ihre Stimme. „Du warst zu sehr damit beschäftigt, dich von der Klatschpresse hofieren zu lassen, während wir im Stillen geschuftet haben, um das Unvermeidbare hinauszuzögern." Sie versucht, gegen die Rotorblätter anzuschreien.

Der Helikopter fliegt scharf über unsere Köpfe hinweg. Ein ohrenbetäubender Lärm erstickt alle Worte, ich muss die Augen zusammenkneifen. Allmählich lässt der Lärm nach, und ich höre wieder das Quaken der Frösche. Der Helikopter ist weg. Ohne Marge.

Wer hier wen ausgenutzt hat, ist schwer zu sagen. Cooper und Margarete verdienen einander.

Als ich die Augen wieder öffne, ist Marge ein weiteres Stück Richtung Abgrund gerutscht. In letzter Sekunde bekomme ich ihr Handgelenk zu fassen.

„Mom!" Theodoras Schrei fährt spitz durch die Nacht. In einer einzigen Bewegung legt sie sich neben mich und streckt ihre Hand durch das Geländer. „Gib mir die andere Hand, wir ziehen dich nach oben."

„Ihr werdet mich der Polizei übergeben, nehme ich an."

„Ja", flüstere ich ohne nachzudenken. „Es gibt nur diese Möglichkeit."

„Ein Leben im Gefängnis?" Ihr Mundwinkel zuckt. „Ich bin zu alt, um mich an schlechtes Essen und geschmacklose Kleidung zu gewöhnen."

Ich stöhne vor Anstrengung, Marge macht keine Anstalten, die Hand ihrer Tochter zu ergreifen.

„Auch ein schlechtes Leben ist ein Leben. Und nun zieh dich nach oben, verdammt!", fauche ich und habe größte Mühe, ihre Hand nicht loszulassen.

Meine Finger schlagen sich tief in Marges Fleisch, trotzdem ist sie still. Obwohl es in der Nacht kaum abgekühlt ist, ist ihre Haut kalt wie Quellwasser.

Sie schüttelt den Kopf, und in ihren bernsteinfarbenen Augen erkenne ich, was als Nächstes passieren wird.

„Nein, Kindchen, das werde ich nicht." Marge atmet tief durch. „Ich habe es für euch getan. Passt gut auf euch auf."

Die Worte aus dem Mund meiner Stiefmutter zerreißen mir das Herz. In einem letzten verzweifelten Versuch kugelt sich Theo fast das Schultergelenk aus, um Marge endlich zu fassen zu bekommen. Doch in diesem Augenblick reißt sie sich von mir los.

Theos Schrei nehme ich kaum mehr wahr. Marge fällt stumm und verschwindet schließlich in der Dunkelheit des Gartens, bis der dumpfe Aufprall uns traurige Gewissheit schenkt.

Wir starren atemlos nach unten. Heiße Tränen rinnen uns übers Gesicht. Die Diamanten haben sich durch den Sturz aus der Kette gelöst und sind im Gras gelandet. Im Mondlicht sieht es so aus, als würden sie zum Trost für uns tanzen.

„Ein Sternentanz nur für uns", flüstere ich und drücke meine Schwester, meine einzige Familie, so fest an mich, als würde mein Leben davon abhängen.

„Nur für uns …", flüstert sie schluchzend zurück.

Kapitel 19 – Der Geruch der Straße

Der Regen hört erst auf, als ich die erste Rose in das Grab werfe.

Noch immer habe ich die letzten Sätze des Priesters im Ohr.

„Eine Gesellschaft gedeiht gut, wenn alte Menschen Bäume pflanzen, in deren Schatten sie nie sitzen werden. Doktor Adam Mayflower war so ein Mann."

Ich verharre einige Sekunden reglos und atme den Duft der gereinigten Luft ein. Den schwarzen Schleier hebe ich langsam über meinen Hut und blinzle in die Sonnenstrahlen.

Erst hat der Himmel geweint, jetzt sendet mir Dad einen letzten Gruß.

Wischt weg eure Tränen und genießt das Leben, scheint er zu sagen.

Ich lächle traurig, eine einzelne Träne löst sich.

„Alles in Ordnung, Sam?", will Theodora wissen und nimmt meine Hand.

„Ja." Ich nicke kaum merklich und hake mich bei ihr unter. „Auch dank dir."

Gemeinsam drehen wir uns um. Unzählige Menschen säumen die schmalen Wege des Friedhofs an der Trinity Church und verstopfen die Straßen bis zur Wall Street. Nur wenige verdiente Bürger werden auf dem winzigen Friedhof noch begraben. Es ist eine Ehre, dass Vater zu ihnen gehört.

Die Polizei hat eine Ehrenformation gestellt und die Straßen für die Abschiedszeremonie gesperrt. Nur zum Broadway hin fließt der Verkehr zähflüssig. Sie alle sind gekommen, um meinem Vater die letzte Ehre zu erweisen, doch das ist nicht meine Sache. Ich will sein Leben feiern, am liebsten in die Welt hinausschreien, was für ein großartiger Mensch er gewesen ist.

„Jeder Augenblick ist kostbar", sage ich nachdenklich. „Wir sollten uns freuen, dass wir noch am Leben sind und andere an unserem Glück teilhaben lassen können."

„Du willst das Geld der *Mayflower Incorporation* weiter wohltätigen Zwecken zugutekommen lassen?"

„Wir müssen sogar. Es ist unsere Pflicht. Es hat leider viel zu lange gedauert, bis ich das verstanden habe."

Theo senkt den Kopf. „Wenigstens hast du es verstanden."

Marges Beisetzung war am gestrigen Tag. Nicht hier, nur im engsten Kreis, ohne Kameras und Würdenträger. Theo wollte nicht, dass irgendjemand ihr Grab schändet. Selbst nach allem, was sie getan hat, soll sie in Frieden ihre letzte Ruhe finden.

Ich vermag nicht zu sagen, was in meiner Schwester vorgeht, doch ich werde alles tun, um ihr beizustehen. Schließlich haben wir nur noch uns.

Langsam entfernen wir uns von Vaters Grab, damit die nächsten Trauergäste Abschied nehmen können. Ich bin mir sicher, am Ende wird der schlichte Eichensarg unter den vielen Rosen nicht mehr zu sehen sein und die Schlange erst am späten Nachmittag kleiner werden.

Dann allerdings werde ich nicht mehr hier sein.

„Aber das kannst du ja bald alles entscheiden", sage ich beiläufig, während der Kies unter unseren Sohlen knirscht.

„Wie meinst du das, Sam?"

„Ich könnte mir keine bessere Vorstandsvorsitzende vorstellen."

Noch immer halten wir uns an den Händen.

„Ist das dein Ernst?"

„Ich meine ... nur wenn du willst."

„Natürlich will ich." Theos Stimme überschlägt sich vor Freude. Nur ein paar Nuancen höher und die halbe Trauergemeinde hätte fragend zu uns gesehen.

Wir stützen und gegenseitig, als wir auf den Ausgang zusteuern.

„Und du?", erkundigt sie sich. „Was ist mit dir?"

Ein Lächeln muss als Antwort genügen. Ich werfe ihr einen vielsagenden Blick zu und gehe zu dem Mann, der sich locker an ein Motorrad lehnt. Ich ziehe AJ zu mir und küsse ihn leidenschaftlich.

„Ich verstehe." Theo schmunzelt, und sie scheint zu überlegen, ob sie auch Marco auf diese Weise begrüßen soll.

„Gut so." AJ krümmt sich unter Schmerzen. „Noch mehr von diesen heftigen Küssen und ich muss noch ein paar Tage im Krankenhaus verbringen, um vor dir sicher zu sein."

„Vor mir bist du nie mehr sicher", scherze ich und berühre sanft seine Schulter.

„Jetzt wo du keine Mordverdächtige mehr bist, scheinst du sofort wieder zur Prinzessin zu werden.“

„Bestimmt nicht. Kannst du überhaupt Motorrand fahren?“

Er sieht erst zu seinem Bike, dann zu Brooks und del Gardo. „Was wäre ich nur für ein Präsident, wenn ich das nicht könnte? Zur Not geht das auch mit einer Hand.“

„Wirklich?“ Brooks grinst über beide Ohren. „Also ich zähle nur zwei Bikes.“

„Na schön“, gibt AJ zu, „ich habe den Mustang gefahren. Warum eigentlich?“

„Ein Versprechen“, antworte ich schnell.

AJ zieht eine Augenbraue nach oben. „Maiblümchen, was hast du mit meinem Mustang vor?“

„Ich schenke ihn einer alten Lady, die mir Kleingeld gegeben hat, als ich keine andere Hilfe erwarten konnte.“ Mein Blick wird eindringlicher. „Ich sagte doch, es ist ein Versprechen.“

„Und das sollte man nicht brechen, Boss“, sagt Brooks scharf.

„Hörst du?“ Triumphierend kreuze ich die Arme vor der Brust. „Ich bin echt froh, dass du und die anderen *Reaper* Coopers Tortur unbeschadet überstanden haben.“

„Habt ihr etwas von Cooper oder George gehört?“, will AJ wissen.

Theo schüttelt als Erste den Kopf. „Nach unseren Informationen sind sie nach Argentinien geflüchtet und lecken ihre Wunden. Zusätzlich werden sie mit internationalem Haftbefehl gesucht.“ Ihre Stimme wird plötzlich so kalt wie Eis. „Ich denke, wir werden sie eine ganze Weile nicht sehen."

„Zu schade", erwidere ich gedankenverloren und muss mich zurückhalten, nicht von blinder Rache übermannt zu werden. „Sollten sie es wagen, wieder einen Fuß in die Staaten zu setzen ..."

„... werden wir bereit sein", beendet Theodora den Satz.

Marco, Brooks und AJ nicken stumm, ihre Blicke sprechen Bände.

Auch sie wollen die beiden zur Strecke bringen.

„Und was hast du jetzt vor, Schwesterherz?", will Theodora wissen.

Mit der Frage habe ich gerechnet und lange darüber nachgedacht.

Langsam nehme ich den Hut ab und überreiche ihn Theodora. Ich schmiege mich an AJ, greife in seine Hosentasche und zieh den Schlüssel des Mustang hervor. „Erst löse ich ein Versprechen ein und dann ..." Mein Blick geht zu Alexander.

Er versteht sofort und nickt. „Die Reihen des New Yorker Chapter der *Reaper* wurden ziemlich ausgedünnt", erklärt er, während er sich dem Mustang nähert. „Sam und ich wollten uns ein paar Interessenten und Bewerber aus anderen Städten ansehen."

„Ihr vier werdet also länger verreisen?", fragt Theo.

„Nein", antwortet del Gardo etwas zu hastig. „Nur die beiden. Irgendjemand muss ja die Scherben zusammenfegen, die die *Saints* hinterlassen haben." Grinsend breitet er die Arme aus. „Ich bleibe dir erhalten, *bonita*."

„Na dann ..." Ein letztes Mal für lange Zeit umarme ich meine Schwester, Brooks und del Gardo folgen. „Du musst nicht weinen", entfährt es mir, obwohl ich ebenfalls kurz davor bin zu heulen. „Das ist kein Lebewohl, nur ein Auf bald!"

Theodora drückt mir einen Kuss auf die Wange und öffnet schwungvoll die Wagentür. „Haut schon ab und genießt eure Fahrt in den Sonnenuntergang!"

Ich nehme hinter dem Steuer Platz, AJ setzt sich neben mich.

„Und wohin?", will ich wissen, als der Motor aufheult.

„Du hast deine kleine Schwester gehört – ab in den Sonnenuntergang."

„Wir haben gerade Mittag."

Er zieht mich zu sich und küsst mich lange. „Und ich bin ein Biker ohne Bike. Du merkst schon, unsere Beziehung ist kompliziert. Also, fahr, wohin du möchtest, Maiblümchen."

Mein Blick ist auf die Straße gerichtet. Was muss das erst für ein Gefühl sein, die Stadt hinter sich zu lassen, die Vibrationen des Motors zu spüren und den Duft der Straße in der Nase zu haben? Meine Finger umschließen das Lenkrad.

„Wohin ich will?"

„Ganz genau."

„Wohin ich will."